ODISSEIA

HOMERO

ODISSEIA

TRADUÇÃO
ODORICO MENDES

Principis

Esta é uma publicação Principis, selo exclusivo da Ciranda Cultural.

Texto
Homero

Tradução
Odorico Mendes

Cotejo da tradução
Ibraíma Dafonte Tavares e Shirley Gomes

Preparação
Ibraíma Dafonte Tavares

Notas
Ivi Paula

Revisão
Fernanda R. Braga Simon

Diagramação
Linea Editora

Capa
Laerte Silvino

Texto fixado a partir de: Homero, A Odisseia*, tradução de Manuel Odorico Mendes, São Paulo, Atena Editora, 1955.*

Dados Internacionais de Catalogação na Publicação (CIP) de acordo com ISBD

H766i Homero.

Odisseia / Homero ; traduzido por Odorico Mendes. - Jandira, SP : Principis, 2025.
320 p. : 15,50cm x 22,60cm. - (Clássicos da literatura mundial - Superluxo).

Título original: Ody' sseia
ISBN: 978-65-5097-309-4

1. Literatura grega. 2. Guerra. 3. Jornada. 4. Mitologia. 5. Herói. I. Mendes, Odorico.
II. Título. III. Série.

2024-2328

CDD 880
CDU 821.14

Elaborada por Lucio Feitosa - CRB-8/8803

Índice para catálogo sistemático:
1. Literatura grega 880
2. Literatura grega 821.14

1ª edição em 2025
www.cirandacultural.com.br

SUMÁRIO

LIVRO I

Canta, ó Musa, o varão que astucioso,
Rasa Ílion santa, errou de clima em clima,
Viu de muitas nações costumes vários.
Mil transes padeceu no equóreo ponto,
Por segurar a vida e aos seus a volta;
Baldo afã! pereceram, tendo insanos
Ao claro Hiperiônio os bois comido,
Que não quis para a pátria alumiá-los.
Tudo, ó prole Dial, me aponta e lembra.
    Da guerra e do mar sevo recolhidos
Os que eram salvos, um por seu consorte
Calipso, ninfa augusta, apetecendo,
Separava-o da esposa em cava gruta.
O céu porém traçou, volvendo-se anos,
De Ítaca reduzi-lo ao seio amigo,
Onde novos trabalhos o aguardavam:
De Ulisses condoíam-se as deidades;
Mas, sempre infenso, obstava-lhe Netuno,
Este era entre os Etíopes longínquos,
Do oriente e ocidente últimos homens,
Num de touros e ovelhas sacrifício
A deleitar-se; e estavam já no alcáçar
Do Olimpo os habitantes em concílio.
O soberano, a recordar Egisto
Do Agamêmnon Orestes imolado,
Principia: "Os mortais ah! nos imputam

Os males seus, que ao fado e à própria incúria
Devem somente. Contra o fado mesmo,
Do porvir não cuidoso, há pouco Egisto,
Em seu regresso o Atrida assassinando,
Esposou-lhe a mulher, bem que enviado
O Argicida sutil o dissuadisse:
– De o matar foge, e poluir seu leito;
Senão, tem de vingá-lo, adolescente,
Sendo investido no seu reino Orestes. –
Mercúrio o amoestou, mas surdo Egisto,
Os delitos por junto expia agora".
A quem Minerva: "Sumo pai Satúrnio,
Jaz com razão punido esse perverso;
Todo que o imitar, com ele acabe!
Mas a aflição de Ulisses me compunge,
Que, há tanto longe dos amenos lares,
Em ilha está circúnflua e nemorosa,
Lá no embigo do mar; onde é retido
Pela filha de Atlante onisciente,
Que o salso abismo sonda, o peso atura
Das colunas que a terra e o céu demarcam.
A deusa com blandícias o acarinha;
De Ítaca ele saudoso, o pátrio fumo
Ver deseja e morrer. Não te comoves?
Irritou-te faltando, em sua amada
E em Troia, com ofertas e holocaustos?"
    E o Junta-nuvens: "Que proferes, filha,
Do encerro dessa boca? Eu deslembrar-me
Do mortal mais sisudo, o mais devoto,
Aos Celícolas pio e dadivoso!
Da terra o abarcador é quem o avexa,
Por ter do olho privado a Polifemo,
O mor Ciclope, que, num antro unida
A Netuno, pariu Toosa, estirpe

De Fórcis, deus do pego insemeável.
O Enosigeu d'então lhe poupa a vida,
Mas de Ítaca o arreda. Provejamos
Na vinda sua; aplaque-se Netuno:
Só contra todos contender não pode".
A olhicerúlea: "Ó padre, ó rei supremo,
Se vos praz que à família torne Ulisses,
Da ínsula Ogígia à ninfa emadeixada
Mercúrio o intime, o herói prudente parta.
A Ítaca baixo a confortar o filho:
Os comantes Argeus convoque ousado;
Suste aos vorazes procos a carnagem
De flexípedes bois e ovelhas pingues.
Dali, na Esparta e na arenosa Pilos,
Do amado genitor se informe e indague,
E entre humanos obtenha ilustre fama".
Já liga alparcas de ouro incorruptíveis,
Que a propelem como aura pelas ondas
Ou pelo amplo terreno; a lança empunha
De érea afiada ponta e desmedida,
Com que turmas de heróis desfaz metuenda,
Progênie de tal pai. Do Olimpo frecha;
Em Ítaca, ao vestíbulo de Ulisses
Tem-se, e de hasta na destra, parecia
O hóspede Mentes campeão dos Táfios.
Ao pórtico acha intrusos pretendentes
Sobre couros de bois que morto haviam,
Os dados a jogar. Servos e arautos
Misturam nas crateras água e vinho,
Ou com povosa esponja as mesas pulem,
E partem nelas abundantes carnes.
Distante a vê Telêmaco deiforme:
No meio, taciturno e consternado
No genitor pensava, que expulsá-los

E reger venha o leme do governo.
Entrementes a avista, e não sofrendo
Por mais tempo de fora um peregrino,
Corre, aperta-lhe a mão, sua arma toma:
"Hóspede amigo, salve; o que precisas,
Depois do teu repasto o saberemos".
Ei-lo encaminha a deia, e já na sala
Ante celsa coluna encosta a lança
À nítida hastaria, onde em fileira
As de Ulisses valente em pé dormiam.
Num trono a põe dedáleo de alcatifa
E de escabelo aos pés, senta-se perto
Em variegada sela; à parte ficam,
Para que, à bulha e ao trato com soberbos,
O hóspede o apetite não perdesse,
E do pai ele a folgo o interrogasse.
De gomil de ouro às mãos verte uma serva
Água em bacia argêntea, a mesa lustra,
Que enche a modesta afável despenseira
De pães e das presentes iguarias;
Escudelas de várias novas carnes
O trinchante apresenta e copos de ouro,
Que arrasa de almo vinho arauto assíduo.
Suspenso o jogo, os feros pretendentes
Ocupam já cadeiras e camilhas;
Dão água às mãos arautos, pão cumulam
Servas em canistréis; atiram-se eles
Aos regalados pratos, e as crateras
Lhes coroam mancebos. Farta a sede,
Farta a fome, em prazer os embriagam
Música, dança, adornos de banquetes:
Cítara ebúrnea entrega um dos arautos
A Fêmio, que forçado ali tangia
E o cântico ajustava ao som das cordas.

Inclinou-se Telêmaco a Minerva,
Dizendo à puridade: "Hóspede caro,
Vou talvez enfadar-te? Eles só curam
De cantigas e danças, porque impunes
Comem do alheio, os bens do herói consomem,
Cuja ossada ou jaz podre em longes terras,
Ou rola entre maretas; ah! se o vissem
Cá reaparecer, mais que ouro e galas,
Planta leve amariam. Fado acerbo
Urge-o porém, e embora algum terrestre
A volta sua afirme, as esperanças
Murchas estão, nem luzirá tal dia.
Ora, quem és? De que família e pátria?
Com que gente vieste e em que navio?
Vindo a pé não te creio. Uses franqueza,
Hóspede me és recente ou já paterno?
A muitos nosso teto agasalhava,
E meu pai atraía os forasteiros".
A de azuis claros olhos: "Não duvides,
Mentes sou, de ser nado me glorio
De Anquíale belaz, e os Táfios mando,
Náuticos hábeis. Vim, com meus remeiros
Sulcando o negro pélago, a Temeses
De estranha língua permutar meu ferro
Pelo seu cobre: o vaso tenho surto
No Retro porto, fora da cidade,
Junto ao Neio frondoso. Antigo hospício
Me une a teu pai, e o diga o bom Laertes;
Herói que, é fama, a corte mesto esquiva,
Em campo solitário, onde ama idosa
Lhe apresta a mesa, ao vir cansado e lasso
De amanhar fertilíssimos vinhedos.
Cuidei, corria voz, tornado Ulisses;
Mas os deuses o impedem, que inda vive

Em ilha de mar vasto circunfusa,
Por bárbaros detido e involuntário.
O que o Céu sugeriu-me, eu to assevero,
Se bem áugur não seja ou grão profeta:
Não tardará; que, embora o tenham ferros,
Ardis cogita. Sê sincero; os olhos
E a cabeça tens dele, és tu seu filho?
Como agora frequentes conversávamos;
Desde que para Troia, entre os mais cabos
Se embarcou, nunca mais nos avistamos".
E o príncipe modesto: "Hóspede, é certo
Que minha mãe de Ulisses me diz prole;
Por si mesmo ninguém seu pai descobre.
Oh! gerado fosse eu de um mais ditoso,
Que em suas possessões envelhecesse!
A porvir de um herói, já que o perguntas,
Esse é desgraçadíssimo dos homens".
E Palas: "Deu-te o Céu preclaro berço,
És da casta Penélope nascido.
Mas, dize, que festim, que turba é esta?
Para que a tens? São núpcias? É banquete?
Por escote o não fazem. Que insolência!
Qualquer homem de siso há de irritar-se
De os ver assim". – Telêmaco prudente:
"Hóspede, honesta e rica era esta casa,
Quando aquele varão conosco estava;
Mas obscuro ocultá-lo aprouve aos deuses.
Menos dor fora se acabasse em Ílion,
Ou no meio de amigos triunfante:
Erigindo-lhe a Grécia um monumento,
Ao filho seu legara imensa glória.
As Harpias cruéis mo arrebataram;
Sem brilho algum morreu, só lutos, herdo.
Outros prantos o fado me suscita:

Os chefes de Dulíquio ambiciosos,
De Ítaca rude e Samos e Zacinto
Pretendem minha mãe, que os não repulsa,
Bem que fiel tais himeneus deteste;
Famélicos o haver me dilapidam,
E malvados a morte me aparelham".
Palas com dó: "Precisas de que Ulisses
A mão carregue sobre audácia tanta.
Oh! de seu paço à entrada aparecesse
De elmo, adarga e hastas duas, qual chegando
O vi de Éfira e de Ilo Mermérida,
Aonde fora numa nau veleira
Comprar veneno para ervar as setas;
Mas, como Ilo o negou temendo os numes,
Lho deu meu pai, que amigo em nossa casa
O regalou de saborosos vinhos:
Surdisse, e a boda amargaria aos procos.
Se cá deva o Laércio ou não vingar-se,
Arcano é divinal; tu considera
De enxotá-los o modo, eu to aconselho:
Em assembleia aos teus amanhã fala,
Atesta o Céu, despede esses intrusos;
A desejar Penélope outro esposo,
Torne a seu pai, que as núpcias lá celebre,
E um dote para a filha haja condigno.
Se outro cordato aviso adotar queres,
Navegues, a indagar de Ulisses novas,
Em ótimo baixel de vinte remos:
Talvez alguém te informe, ou soe o brado
Com que Jove aos mortais gradua a fama.
Interroga a Nestor primeiro em Pilos,
Na Esparta ao louro Atrida, que o postremo
Dos lorigados reis entrou na Grécia.
Vivo Ulisses, paciente um ano esperes;

Morto, regressa, um monumento exalça
E consagra-lhe exéquias dignas dele;
De ti novo marido a mãe receba.
Isto acabado, às claras ou por fraude,
Sério dos procos desfazer-te busca:
De brincos pueris não é mais tempo.
Ouves de Orestes o renome honroso,
Por ter vingado o pai no infame Egisto?
Sê no valor qual és no garbo e talhe;
Gabem-te, filho, as gerações futuras.
Vou-me à inquieta nau por minha ausência:
Tudo observes, amigo, e nada esqueças".
E o moço: "Hóspede, os sábios teus conselhos
Preceitos são de pai, que eu n'alma guardo.
Mas demora-te ainda, a fim que um banho
O coração te alegre, e prenda exímia
Aceites hospital, que tu conserves,
Doce memória da amizade nossa".
"Não me estorves", replica, "ansioso parto.
A tua oferta para a volta aceito;
A Tafo hei de levá-la, e dignamente
Retribuir". Eis voa a gázea deusa,
Águia Anopeia, infunde-lhe coragem,
Na alma avivando o pai. Crendo-a celeste,
O deiforme assombrado aos mais se agrega.
Mudos a Fêmio atendem, que o de Troia
Triste regresso dos Aqueus modula,
Por Minerva disposto. A nobre Icária
Penélope a divina cantilena
Do alto percebe, e desce pela escada.
Não só, com duas servas; ante os procos,
À porta, o véu de pejo ao rosto abaixa,
Entre as servas lagrima, ao vate fala:
"Fêmio, outros carmes e trabalhos sabes
De homens e deuses, da poesia assunto;

Escolhe um que a beber te escutem ledos:
Suspende esse cantar, que amargo sempre
O coração me rala e mo entristece,
À lembrança do herói, cuja alta glória
Por toda Hélade e Argólida ressoa".
"Reprovas, minha mãe", contesta o filho,
"Que nos deleite a impulsos do seu gênio?
Os poetas não culpes, culpa a Jove
Que a prazer os inspira e o estro acende.
Não peca em celebrar de Aqueus os males,
E se é nova a canção, mais prende os homens:
Reforça o ânimo teu para sustê-la.
Se luz não teve para a volta Ulisses,
Em Troia outros heróis também ficaram.
Mas dentro as servas atarefa, intende
Na roca e no tear: varões discorram,
E eu mormente que sou da casa o dono".
Recolheu-se com pasmo, na prudência
Do filho meditando, pela escada,
Mais as fâmulas duas, vai carpindo
O amado ausente esposo, até que em sono
Boa Minerva as pálpebras lhe fecha.
De compartir seu leito ávidos, eles
Na escurecida sala tumultuam;
A quem Telêmaco: "O alarido cesse,
De Penélope amantes ultrajosos:
Ora à mesa o cantor saboreemos,
Na harmonia parelho às divindades.
Amanhã sem rebuço, em parlamento,
Exporei meu desejo de expulsar-vos:
Mutuando os festins, comei do vosso.
A preferirdes consumir sem termo
Os bens de um só, recorro aos Sempiternos:
Júpiter o castigo vos fulmine,
E nestes paços expireis inultos".

Aqui, mordendo os beiços, da ousadia
Pasmavam do mancebo; a Antino, garfo
De Eupiteu, rebentou: "Do Olimpo, certo,
A sublime linguagem te ensinaram;
Se és audaz, é que de Ítaca circúnflua,
Oh! destinam-te o cetro hereditário".
Mui ponderoso o príncipe: "O que ajunto
Não te exaspere, Antino: eu de vontade
Granjeara de Júpiter o cetro.
Mau reputas reinar? Quem reina goza
Opulenta morada e as mores honras.
Na ilha há jovens e anciãos que aspiram,
Morto Ulisses, ao mando: quero apenas
O rei ser desta casa, e dos meus servos
Pelo braço paterno conquistados".
E Eurímaco de Políbo: "Quem seja
De Ítaca rei, no grêmio está dos numes:
Senhor és do palácio, e enquanto a pátria
For habitada, príncipe, não temas
Que da riqueza tua alguém te esbulhe.
Mas conta-nos, amigo, donde veio,
Que herdades o teu hóspede cultiva,
Qual é sua prosápia. Anunciou-te
Perto Ulisses, ou dívida reclama?
Foi-se rapidamente, e se encobria;
Porém no aspecto seu nobreza inculca".
"Eurímaco", responde o cauto moço,
"Ah! não verei meu pai, nem creio anúncios,
Nem curo de adivinhos que na régia
Consulta minha mãe. Aquele é Mentes,
Hóspede meu paterno, que se jacta
Filho do ilustre Anquíale; é de Tafo,
Governa os Táfios, navegantes hábeis".
Fala assim, mas conhece a divindade.
Na dança e melodia eles se enleiam,

Té que Vésper assoma, e fusca a noite
Vão-se à casa lograr do mole sono.
Cuidados com Telêmaco rolando,
Um pátio busca interno, onde aposento
Soberbo tinha; avante, aceso um facho,
Ia a castíssima Euricleia, filha
De Opes de Pisenor, que, enrubescida,
Por vinte bois comprada, igual da esposa
A estimava Laertes, mas honesto
Nem lhe tocou, para forrar ciúmes;
De Telêmaco a serva era dileta,
Porque infante o pensara. Esta é quem abre
O camarim formoso: ele na cama
Despe a macia túnica; dobrada
Em cabide a pendura junto ao leito
A boa velha, que ao sair, a porta
Por um anel de prata a si puxando,
Corre da aldrava o loro. De ovelhuna
Lã coberto, a cismar despende a noite
Na viagem que a deusa lhe ordenara.

LIVRO II

Veste-se, à luz da dedirrósea aurora,
Sai da alcova o amadíssimo Ulisseida;
Ao tiracolo a espada e aos pés sandálias,
Fulgente como um deus, expede arautos
A apregoar e reunir os Gregos.
De hasta aênea, ao congresso alvoroçado,
Não sem dous cães alvíssimos, se agrega;
Minerva graça lhe infundiu celeste.
Seu porte e ar admira o povo inteiro;
Cedem-lhe os velhos o paterno assento.

Egípcio ergueu-se, de anos curvo e sábio,
A lembrar-se de Antifo, que audaz indo
Com Ulisses a Troia, do Ciclope
Foi na seva espelunca última ceia;
O herói carpia o filho, e bem que houvesse
Três outros, um dos procos Eurínomo,
Dous nas lavouras ocupados sempre,
Concionou lagrimando: "Nunca, atentos
Cidadãos, em congresso nos sentamos,
Desde que Ulisses embarcou divino:
Que provecto ou mancebo o ajunta agora?
Que urge? Anúncio há de exército inimigo?
Ou tratar vem de público interesse?
Nas justas intenções o assiste Jove".
O Ulisseida não mais fica em seu posto;
Ledo, orar cobiçando, em pé recebe
Do arauto Pisenor sisudo o cetro,
Por Egípcio começa: "Eis-me, tens perto
Quem, ancião, convoca esta assembleia;
Nem há novas de exército inimigo,
Nem trato hoje de público interesse,
Mas do meu próprio. Hei duas graves penas:
Falta-me o pai, que o era do seu povo;
O pior é que amantes importunos,
Filhos dos principais aqui presentes,
Minha mãe vexam, minha casa estragam.
A Icário temem ir, que a filha dote
E escolha o genro que lhe for mais grato;
Em diários festins, meus bois tragando,
Cabras e ovelhas, minha adega exaurem.
Nem outro Ulisses que remova o dano,
Nem forças tenho e militar perícia;
Mal seria tentá-lo: oh! se eu pudesse!
Da ruína e infâmia, cidadãos, salvai-me;
Os vizinhos temei, temei que os deuses

Em vós a indigna tolerância punam:
E vos rogo por Júpiter, por Têmis,
Que demite ou congrega as assembleias,
Socorro, amigos; só me reste a mágoa
Do extinto pai. Se dele ofensas tendes,
E contra mim os instigais, mais vale
Vós os móveis e imóveis consumirdes:
Assim, tinha o recurso de que a tempo
Em Ítaca meus bens vos reclamasse,
Compensações recíprocas fazendo.
Ora, insanável dor me infligis n'alma".
De cólera chorando, o cetro arroja;
Comisera-se o povo. À queixa amarga,
Em roda emudeceram, mas Antino
Rompe o silêncio: "Altíloquo e impotente,
Da ignomínia o ferrete em nós imprimes?
A ninguém mais, Telêmaco, a mãe cara
Somente arguas, que de astúcias mestra,
Quatro anos quase, nos contrista, ilusos
De promessas, recados e esperanças,
E al tem no coração. Com novo engano,
Nos disse, ao predispor fina ampla teia:
– Amantes meus depois de morto Ulisses,
Vós não me insteis, o meu lavor perdendo,
Sem que do herói Laertes a mortalha
Toda seja tecida, para quando
No longo sono o sopitar o fado:
Nenhuma Argiva exprobre-me um funéreo
Manto rico não ter quem teve tanto. –
Esta desculpa ingênuos aceitamos.
Ela, um triênio, desmanchava à noite
À luz da lâmpada o lavor diurno;
Ao depois, avisou-nos uma escrava,
E a destecer a teia a surpreendemos:
Então viu-se obrigada a concluí-la.

Saibas nossa resposta, e a saibam todos:
Penélope de Icário ao paço envies,
Marido a sabor dela o pai lhe escolha.
De indústria, engenho e ardis, a ornou. Minerva,
Quais não dera às mais célebres Aquivas,
Tiro e Alcmena e Micena emadeixadas;
Mas dos dotes abusa em que as supera,
A príncipes da Grécia atormentando.
A insistir na repulsa, na vontade
Que os imortais no peito lhe puseram,
Terá glória perene, embora sintas
Esgotados rebanhos e tesouros;
Pois, o assevero, a empresa não largamos,
Antes que ela um consorte a gosto eleja".
Logo Telêmaco: "A expulsar, Antino,
Quem me pariu e amamentou me instigas?
Viva Ulisses ou não, se tal cometo,
A meu avô dar cumpre estreita conta;
Aflito pelo pai, depois que as Fúrias
Penélope, este lar deixando, impreque,
Me incitará mau gênio humanos ódios:
Não, não proferirei tamanho crime.
Mutuando os festins, comei do vosso,
A casa despejai-me. A preferirdes
Gastar os bens de um só, recorro aos deuses:
Júpiter o castigo vos fulmine,
E nestes paços expireis inultos".
Aqui despede o próvido Satúrnio
Do alto águias duas, que, de pandas asas
Pelas auras a par, ante o congresso
Mirando em giro e sacudindo as penas
Sobre as cabeças, prometiam mortes;
Lacerando-se à unha a testa e o colo,
Da cidade por cima à destra voam.
No anúncio a refletir, pasmaram todos.

Ergueu-se o herói Mastórida Haliterse,
Agoureiro o melhor entre os coevos,
E orou de grado: "Cidadãos, ouvi-me,
Risco iminente pressagio aos procos:
Não tarda Ulisses, que vizinho traça
Deles o exício e de outros Itacenses.
De os refrear o modo averiguemos,
Ou se abstenham por si, que é mais cordato.
Inexperto não sou; predisse aos Gregos,
No embarcar para Troia o astuto Ulisses,
Que sem nenhum dos seus, após vinte anos
E transes mil, ignoto aqui viria:
Quanto prenunciei vai ser cumprido".
Eurímaco retorque: "Eia, a teus filhos
Corre a vaticinar, para que um dia
Sério desastre, ó velho, não padeçam:
Profeta eu sou maior; nem quantas aves
Ao sol adejam, prognosticam males.
Como Ulisses, ao longe oh! pereceras,
Áugur falaz; com olho só no lucro,
O ódio nunca em Telêmaco excitavas.
Mas, se de teu prestígio e idade abusas
Irritando o mancebo, eu te asseguro,
Funesto lhe serás, sem nada obteres,
E a ti multa imporemos, que te grave
E ao vivo doa. Mande, eu lho aconselho,
A Icário a mãe: as núpcias lhe aprontemos,
E um dote para a filha haja condigno.
Cesse a porfia assim; pois ninguém medo,
Nem o loquaz Telêmaco, nos mete.
Predições desprezamos, cujo efeito
Único é detestarmos o adivinho.
A desfalcar seus bens continuaremos,
Enquanto ela indecisa entretiver-nos:
Todos rivais, pela virtude sua,

Longos dias passamos na esperança,
Outras nobres senhoras enjeitando".
Dissimula Telêmaco: "Não quero
Nisto, Eurímaco e ilustres pretendentes,
Falar mais: tudo os Céus e os Gregos sabem.
Mas dai-me ágil baixel de vinte remos,
No qual, o instável pélago sulcando,
Eu vá, na Esparta e na arenosa Pilos,
Do suspirado pai colher notícias:
Talvez alguém me informe, ou soe o brado
Com que Jove aos mortais gradua a fama.
Vivo Ulisses, paciente um ano espero;
Morto, aqui volto, e um monumento exalço
E consagro-lhe exéquias dignas dele;
De mim novo marido a mãe receba".
Mal toma o seu lugar, Mentor ergueu-se,
Sócio do grande Ulisses que à partida
Confiou-lhe interesses da família,
Que ao velho obedecia; este prudente
Orou de grado: "Cidadãos, ouvi-me,
Cetrígero nenhum benigno seja,
Nem precatado e bom, sim duro e injusto,
Já que o povo deslembra o divo Ulisses,
Rei homem, rei e pai, senhor e amigo.
Aos cegos procos a violência passo,
Porque, a seu risco devorando a casa,
Pensam que Ulisses nunca mais ressurja;
Ardo só contra o povo, que estais mudos,
Que, tantos sendo, ao menos com palavras,
Não reprimis o orgulho de tão poucos".
Bradou Leócrito Evenório: "Bronco
E insolente Mentor, nós desistirmos!
Disputar-se o festim será difícil
Dos príncipes à flor: se o próprio Ulisses
Maquinasse expelir de casa os procos,

Não folgava de o ver a amante esposa;
Crua morte os convivas lhe dariam.
Fútil arenga. Ao trabalho, ó povo;
Naliterse e Mentor, muito há paternos
E amigos seus, dispunham-lhe a viagem.
Falho o projeto, longamente, eu creio,
Tem de inquirir em Ítaca estrangeiros".
Ei-lo, solve o congresso; os mais às próprias,
De Penélope à casa os procos foram.
Telêmaco da praia ao longo parte;
No alvo mar banha as mãos, suplica a Palas:
"Socorro, ó nume que a meu lar vieste,
E ontem mandaste que, talhando as vagas,
De Ulisses fosse em busca; obstam-me os Gregos,
E sobretudo os feros pretendentes".
Palas à prece acorre, em voz e em corpo
A Mentor semelhando: "Siso e esforço,
Ó mancebo, terás, se em ti se instila
O ânimo de teu pai em dito e em feitos,
Nem baldarás teus passos: a não seres
De Penélope sangue e do Laércio,
Que lograsses o intento eu duvidara.
Muitos filhos do tronco degeneram,
Raros o imitam, raros se avantajam;
Pois de Ulisses herdaste o gênio e o brio,
O teu projeto conseguir esperes.
Desses loucos e injustos não te importes;
Sem previdência, ignoram que atra morte
Para um só dia lhes comina o fado.
Não mais o teu propósito retardes:
Mesmo agora aparece aos pretendentes;
Vitualhas apresta e acondiciona,
Em ânforas o vinho e em densos odres
Mete a farinha, dos varões medula.
Paterno sócio, te serei companha,

Em baixel que te esquipe: ondicercada
Ítaca abunda em naus de toda a sorte;
A melhor se aparelhe e ao mar se deite".
À voz da filha do Satúrnio, à casa
Dirige-se o Ulisseida angustiado;
Os soberbões encontra a esfolar cabras,
A assar no pátio suculentos porcos.
Rindo lhe ocorre Antino e a mão lhe trava:
"Fraco e loquaz Telêmaco, desterra
Mau pensamento; investe, como dantes,
Ao comer e ao beber, valente e guapo.
Gregos te escolherão navio e remos,
Onde a Pilos divina, ao som da fama,
Tu vás de Ulisses indagando novas".
Sério o príncipe: "Antino, com soberbos
Folgar não devo ou conviver forçado.
Não basta que os meus bens dilapidásseis
Na infância minha? Alerta e mais crescido,
Aconselhei-me, e a ira em mim referve:
Seja em Pilos ou Ítaca, procuro
Vossa ruína; os passos meus não frustro.
Passagem pagarei, pois vos aprouve
De embarcação privar-me e de remeiros".
E a mão da mão de Antino arranca fácil.
Rompe o festim, e a charlear um deles:
"Hui! Telêmaco a perda nos prepara!
Ou da arenosa Pilos ou de Esparta
Vingadores trará, se é que de Éfira
Não nos trouxer letíficos venenos,
Que na cratera a todos nos propine".
E outro a zombar: "Quem sabe se naufrague
E longe expire, como o errante Ulisses?
Seria um grão trabalho o dividirmos
Tamanhas possessões, à mãe deixando,
Ou a quem a esposasse, este palácio".

Ele à paterna estância ampla e sublime
Corre, onde amontoavam-se ouro e cobre,
Óleo odorífero e de vestes arcas;
Dentro, em redor envelheciam pipas
De almo divino baco, se inda Ulisses,
Depois de tanta angústia, ao lar voltasse.
Desperta as portas bífores cerradas
Guardava a ecônoma Euricleia, filha
De Opes de Pisenor; chamou-a e disse:
"Em ânforas bom vinho, ama, embotelha,
Do mais suave que a tornada espera
Do infeliz nobre herói, se a morte o poupa,
Delas enche uma dúzia e arrolha todas;
Alqueires vinte em odres bem cosido
Vaza de grãos de elaborada Ceres.
Tudo arruma em segredo; à noite venho,
Mal Penélope a câmara procure.
A Esparta e a Pilos arenosa vou-me,
Do pai dileto a recolher notícias".
Clama Euricleia, debulhada em pranto:
"Filho, que insânia a tua! ires sozinho
Por esse mundo! É morto o grande Ulisses,
Ai! longe do seu ninho, em terra ignota:
Fica entre nós; para teus bens gozarem,
Se partes, eles te armarão ciladas;
Ao cruel vago mar não te confies".
"Ama", responde o príncipe, "sossega;
Isto não é sem deus. Jura à mãe cara
Onze dias ou doze encobrir tudo,
Salvo se o tenha ouvido ou queira ver-me:
Não deforme chorando as faces belas".
Firma a velha um solene juramento,
E enquanto o vinho em ânforas transfunde
E despeja nos odres a farinha,
O jovem se reúne aos pretendentes.

Mais excogita Palas: disfarçada
No régio garfo, as ruas percorrendo,
Incitava um por um a achar-se prestes,
Ao lusco e fusco, ante um baixel veleiro
Ao de Frômio pedido egrégio filho,
Que o prometeu benévolo e previsto.
Obumbrava a cidade o Sol no ocaso:
Do porto à boca, a mesma olhicerúlea,
Em nado posta a nau bem petrechada,
Congrega e exorta a pontual maruja.
Depois anda ao palácio; os pretendentes
Entre o vapor do vinho em sono enleia,
Turba-os, das mãos os copos lhes sacode:
Eles para dormir, da mesa erguidos,
Carregadas as pálpebras, se espargem.
Retoma a forma de Mentor a deusa,
Fora chama a Telêmaco: "Nos bancos
Te aguardam prontos os grevados Gregos;
Não demoremos a partida, vamos".
Já caminha, e Telêmaco após ela.
Chegados ao baixel, na praia encontram
Comantes nautas, a quem fala o moço:
"Os víveres, amigos, transportemos
Que hei no aposento: exceto uma cativa,
Nem minha mãe conhece este segredo".
Ei-los, colocam tudo na coberta:
Embarca o príncipe, adiante Palas,
Que a par o assenta à popa. Safam cabos
E abancam-se remeiros, bem que a deusa
Mande favônio Zéfiro, que aleia
E encrespa o turvo ressonante pego.
A vozes de Telêmaco, manobram:
De abeto o mastro levantado encaixam
Em sua base e o ligam de calabres,
Com táureas cordas brancas velas içam.

Venta em cheio; a fremir, purpúreas vagas
O buco açoutam, que as retalha e voa.
Finda a mareação, do mais estreme
Em pé crateras coroando, libam
Aos imortais, principalmente à prole
De Júpiter Minerva, que da noite
À nova aurora viajou com eles.

LIVRO III

O Sol, do pulcro lago ressurgindo,
Em céu de bronze alumiava os deuses
E n'alma terra os homens, no abordarem
A celsa Pilos de Neleu fundada,
Em cuja praia ao criniazul Netuno
Touros em tudo negros imolavam:
Eram bancadas nove e de quinhentos,
Bois nove a cada grupo. Ao nume as coxas,
Consumidas as vísceras, ardiam,
Quando, ferrado o pano, em terras saltam.
    Guia e instrui a Telêmaco Minerva:
"Não mais te acanhes, pois rasgaste os mares,
A inquirir onde vive ou jaz Ulisses.
Presto, a Nestor doma-corcéis; vejamos
O que há na mente, roga-lhe a verdade;
Nem ele mentirá, sisudo e probo".
    "Como hei de", respondeu-lhe, "apresentar-me?
Como saudá-lo? Sou, Mentor, noviço
Em discorrer com tento, e me envergonho
De interrogar um velho". – E a de olhos zarcos:
"Telêmaco, tua alma há de inspirar-te,
E um nume sugerir-te; eu não te julgo
Nado e nutrido sem favor celeste".

Então se apressa, e o príncipe atrás segue
Dos Pílios ao congresso, onde se achavam
Nestor e filhos, que o banquete aprontam;
Quem assa, quem no espeto a carne enfia.
Ao vê-los grande número os abraça
E convida ao festim. Primeiro a destra
O Nestório Pisístrato lhes toma,
Entre o irmão Trasimedes os coloca
E seu pai n'alva areia e moles peles;
Porção de entranhas lhes oferta; o vinho
Em áureo copo vaza, e reverente
Fala à prole do aluno de Amalteia:
"Hóspede, ao rei Netuno ora conosco,
A porto chegas para o seu festejo.
Liba e depreca, é justo, e ao sócio passes
O doce vinho com que os Céus invoque;
Todos, julgo, dos Céus necessitamos:
Jovem comigo em anos emparelha;
Terás primeiro o copo". E aqui lho entrega.
Contente Palas do varão cordato,
Que a velhice acatava, assim perora:
"Digna-te, Enosigeu, de ouvir meus votos!
Honra a Nestor e os filhos, agradece
A completa hecatombe aos outros Pílios;
Dá-me e ao sócio o voltarmos tendo obtido
O que imos procurando a remo e vela".
O rito já preenche, e traspassado
O bicôncavo copo, à risca o mesmo
Faz o Ulisseu mancebo. Do braseiro
Tirando, assados superiores trincham,
O solene festim lauto celebram.
Vencida a sede e a fome, satisfeitos
Completamente os hóspedes, o velho
Gerênio cavaleiro os interroga:
"Donde vindes cortando as salsas vagas?

Traficais? Ou piratas sois errantes,
Que para dano alheio a vida expondes?”
De Minerva Telêmaco animado,
Por ter informações do herói famoso
E nome entre os mortais, responde afouto:
“Nestor Nelides, ó da Grécia adorno,
Direi quem somos: de Ítaca selvosa,
Não público negócio, mas privado,
Que vou contar sincero, aqui nos trouxe;
Vogo após o rumor do pai querido
O longânimo Ulisses, que a teu lado
Soa haver sovertido os muros Teucros.
Já consta o fim de quantos lá pugnaram;
Mas Jove esconde o seu: ninguém me explica
Se a mãos hostis em terra há sucumbido,
Ou soçobrou nas águas de Anfitrite.
Os pés te abraço, o fado seu declara,
Se o viste, ou se narrou-te um peregrino.
Sem dita ah! veio do materno ventre!
Por dó nada me ocultes, eu to rogo;
E, se a ti fiel sempre, em dito e feitos,
Foi na guerra onde Aqueus sofreram tanto,
Isto lembre-te agora e não me iludas”.
A quem Nestor: “Os males me recordas
Que entre esse povo, amigo, suportamos,
Ou quando errantes pelo escuro pego
A depredar nos conduzia Aquiles,
Ou no cerco dos muros Priameios
De heróis sepulcro: o márcio Telamônio,
O Pelides caiu, lá jaz Patroclo
Em destreza divina, lá meu filho
Antíloco gentil, ágil, brioso.
Mas quem memoraria as outras penas?
Fiques cinco ou seis anos, que no meio
Da narração com tédio voltarias.

"Um novênio mil dolos maquinamos;
Jove a custo pôs termo a tantas lidas.
Aos demais nos ardis se avantajava
Teu pai, se o é: com pasmo eu vejo o imitas,
Moço egrégio, em facúndia e gesto e porte.
Nunca, no parlamento ou no conselho
De Ulisses dissenti, por bem dos povos.
Derruída Ílion celsa e a velejarmos,
O Supremo em furor dispersa os Dânaos,
Que todos justos nem prudentes eram;
Muitos vítimas foram da olhigázea
Prole de iroso pai, que entre os Atridas
A discórdia acendera. Os dous, à tarde
Contra o costume os nossos convocando,
Que do vinho turbados concorreram,
O motivo expressaram da estranheza:
Queria Menelau que o dorso imano
Talhássemos do mar; o irmão queria
Deter-nos, e com sacras hecatombes
A Minerva aplacar. Cegueira e insânia;
Fácil do intento um nume não se abala.
Insultam-se os irmãos, e Argeus grevados
Com sinistro alarido em pé disputam;
A noite, infenso o Padre, uns contra os outros
A excogitar velamos. N'alva, os lenhos
Deitam-se ao divo salso mar, de escrava
Alticintas onustos e do espólio:
Fica-se em torno ao rei dos reis metade,
Metade voga. Um deus amaina as ondas,
E em Tênedos portados, suspirando
Pelo saudoso lar, sacrificamos.
Aumenta o mal, nova discórdia surde:
Vários, ao sumo. Atrida por obséquio,
Após o cauto Ulisses retrocedem.
Nos meus navios fujo, pressentindo

Os desígnios de Júpiter funestos,
E Tidides me segue e os seus com ele.
Mais tarde Menelau nos topa em Lestos
Na extensa rota a meditar: se, Psíria
Dobrando à esquerda, iríamos acima
Da alpestre sáxea Quio ou desta abaixo,
Singrando ao longo da ventosa Mimas.
Rogávamos ao deus, que acena e manda
Esquivarmos na Eubeia algum desastre:
Brama o vento, e sulcando o mar piscoso,
A Geresto os baixéis de noite abordam;
Atravessado o pélago, a Netuno
Sagramos táureas coxas. Entra em Argos
Ao quarto dia a Diomedeia frota;
A Pilos me encaminho, sem que afrouxe
A brisa que soprou-me o Céu benigno.
Assim, meu filho, nada sei dos Graios,
Salvos ou perecidos; mas te explano
Quanto em meu teto já me tem constado:
Corre que os bravos Mirmidões lanceiros
Pôs em casa o de Aquiles digno gérmen;
Que os seus pôs o Peâncio Filoctetes;
Que, em feliz travessia, o rei Cretense
Todos já recolheu de Troia escapos.
De Agamêmnon lá mesmo a sorte ouviste:
Caro custou seu crime a Egisto infame.
Quão belo um nobre herdeiro, como Orestes,
Que o pai vingou no pérfido homicida!
Amigo, sê também, se és guapo e esbelto,
Sê de valor e esforço, e o mundo assombres”.
    E o mancebo: “Ó Neleio, Aquiva glória,
Sim, foi justa a vingança; honrado sempre
Orestes há de ser. Tivesse eu forças
Contra insolentes e molestos procos!
Eu nem Ulisses venturosos fomos;

Cumpre-nos suportar". – Contesta o velho:
"Que me lembras? A fama aqui me veio
Dos que oprimem-te e a casa te arruínam,
Requestando a Penélope. Abaixaste
O colo ao jugo, ou por supremo influxo
Aborreceu-te o povo? Inda quem sabe
Se o pai sozinho ou com geral apoio,
Não puna ultrajes tantos? Oh! Minerva
(Nunca um deus a mortal foi tão propício)
Te protegesse com o amor que tinha
Em Troia exicial ao grande Ulisses!
Eles de boda a sede apagariam".
Telêmaco porém: "Prometes muito;
Espantas-me, ancião, mas nada espero,
Nem que os numes o queiram". – "Desses dentes",
Minerva acode, "que proferes, néscio?
A quem quer favorece ao longe um nume.
Prefiro demorar-me entre fadigas
E ver o dia do regresso à pátria,
A sucumbir no lar como Agamêmnon,
Pela traição de Egisto e Clitemnestra.
Contudo os imortais salvar não podem
Da condição comum qualquer valido,
Se a Parca o empolga para o sono eterno".
Telêmaco atalhou: "Mentor, cessemos,
Bem que isso me interessa: aparecer-nos
Veda-lhe o seu destino. De outro assunto
Me esclareça Nestor, que em três idades
Se diz que reina, excele na justiça,
É na presença um deus. Como foi morto
O rei dos reis? Como um varão mais forte
De Egisto ao braço pereceu doloso?
Onde era Menelau? Certo, ó Nelides,
Longe errava da Argólida ao momento
Que a tal flagício o pérfido arrojou-se".

Então Nestor: “Sabê-lo vais, meu filho.
Ponderas bem; se à volta o louro Atrida
Inda o encontrasse, a Egisto sobre a cova
Ninguém terra espargira, e na campanha
Tivera sido a cães e abutres pasto,
Sem que uma só mulher chorasse o monstro.
Nós em altas façanhas, ele estava,
Lá num retiro de Argos pascigosa,
A seduzir em ócio com branduras
A nobre Clitemnestra, que a princípio
Resistiu, roborada na virtude
Por um poeta que, ao partir, o esposo
Ao lado lhe deixou; mas, quando Egisto
Pôs numa ilha deserta o Aônio aluno,
Que o Céu votara às aves de rapina,
De grado ela se foi do amante à casa:
Conseguido o que nunca obter cuidava,
Muita perna de rês queima nas aras,
Muita imagem pendura, alfaias, ouros.
Parto com Menelau, que me era unido;
Próximo ao sacro promontório Súnio,
Febo asseteia-lhe o Onetório Frôntis,
Que meneava o leme, sem segundo
Em dirigir a proa nas tormentas.
Bem que à pressa, em Atenas celebrados
O enterro e funerais, o Atrida segue
Pelo sombrio pélago, e nas águas
Do cabo Maleia, o imbrífero Tonante
Solta estrídulos ventos e em montanhas
Incha escarcéus; dispersa, a frota em parte
A Creta arriba, onde os Cídones moram
Às abas do Járdano. Alcantilada
Nos Gortínios confins se eleva rocha
Do escuro ponto, e ali maretas Noto
Quebra em Festo ao sinistro promontório;

Pelo pequeno escolho divididas:
Naufraga, e apenas a campanha livra
Menelau, que em cerúleas proas cinco
O sopro e as ondas para o Egito impelem.
Enquanto vaga entre homens de outra língua
E as naus de outro carrega e mantimentos,
Perfaz o dolo Egisto, e por sete anos
Duro impera em Micenas opulenta;
No oitavo, o divo Orestes vem de Atenas,
Vinga seu pai ao matador matando,
E ao sepulcral banquete assenta os Gregos
Do imbele adúltero e da mãe perversa:
O afável Menelau surge esse dia,
Nos baixéis de riqueza abarrotados.
Não muito e longe dos soberbos andes,
Que devorem-te a casa e os bens repartam:
Seria, amigo, péssima a viagem.
Eu te aconselho a visitar o Atrida,
Que veio donde vir já não pensava,
Por temporais jogado além do horrendo
Pélago vasto, que nem aves podem
Num ano atravessar. Ou corta os mares
No teu navio, ou se ir por terra queres,
Dou-te meu carro, e os filhos te conduzam
De Esparta à nobre corte: a preces tuas,
O probo rei te falará sincero".
    Caído o Sol, adverte a gázea Palas:
"Sábio discorres, velho, mas das vezes
Talhem-se as línguas, e mesclado o vinho,
Libemos a Netuno e às mais deidades:
Hora é de repousar; sepulto o lume
Na opaca treva, recolher-nos cumpre
Deste festejo". – Todos lhe obedecem:
Dão água às mãos arautos; as crateras
Coroando moços, distribuem copos

Em derredor; e, no brasido as línguas.
Em pé libam de novo e à larga bebem.
Já Minerva e Telêmaco desejam
Tornar-se a bordo; mas Nestor o impede:
"De vos deixar partir o Céu me guarde,
Como infeliz trapento, a quem falecem
Agasalhos de mantas e tapetes:
Hei tudo, e à farta; no convés não durma
Do amigo o nada; eu vivo, ou meus herdeiros,
Para hospitais deveres exercermos".
"Justo, ancião, discorres", diz Minerva:
"Aqui pernoite o príncipe contigo;
Vou confortar a gente e prover tudo.
Prezo-me eu só de velho; os mais vieram
Equevos e a Telêmaco votados.
Hei de a bordo encostar-me, e alvorecendo,
Aos honrados Caucomes dirigir-me,
Antiga a recobrar grossa quantia
Em coche um dos teus filhos o encaminhe,
Rijos lhe empresta alípedes cavalos".
Dali, como um xofrango, a de olhos garços
Desaparece com geral assombro;
A Telêmaco a destra o velho aperta:
"Não serás, filho, imbele e sem virtude,
Pois tão jovem te assiste uma deidade;
É certamente a predadora Palas,
Que a teu pai distinguia. Oh! tu rainha,
Glorifica-me e a prole e a casta esposa!
Imolarei do jugo intacta aneja,
De larga fronte com dourados cornos".
Aceita a prece, à régia com seus filhos
E genros parte; e, em ordem colocados,
Ele o vinho mistura de anos onze.
De ânforas que destapa a despenseira,
Brinda e roga à do Egífero progênie.

Para dormir, saciados se despedem:
Nestor o diviníssimo Ulisseida
Retém no paço, e ao pórtico sonoro
Um recortado leito lhe oferece,
De Pisístrato perto, belaz chefe,
Inda na adolescência; o rei descansa
Num retrete recôndito, onde a cama
Afofara a consorte veneranda.

Ao roxear da pudibunda aurora,
Surge Nestor, ante o portão repousa,
Em alva pedra a óleo bem polida,
Poial já de Neleu, divino engenho:
Ali, depois que a Dite o pai descera,
Soía aquela dos Argeus custódia
O cetro alçar. Das câmaras saídos,
Cercavam-no Equéfron e Estrácio e Areto
E Perseu e o deiforme Trasimedes,
Sexto Pisístrato, o menor da estirpe.
Era Telêmaco, a imortais parelho,
Junto ao régio Nestor, que assim começa:
"Filhos, eia, a Minerva engrandeçamos,
Que ao solene festim vi manifesta:
Um corra ao prado em busca do vaqueiro,
Que uma novilha traga; outro aqui chame
O ourives Laerceu, que doure os cornos;
Ande à nau de Telêmaco o terceiro,
E os nautas, menos dous, nos apresente.
Ficai-vos os demais; que as servas dentro
Lauta mesa aderecem, que nos sirvam
De cadeiras e lenha e de água pura".

Tudo obedece: A rês do campo chega;
De Telêmaco chega a marinhagem;
Com bigorna e alicates e martelo,
Utensílios do ofício, o fabro chega;
Chega Palas e atenta a cerimônia.

Ouro Nestor fornece; o artista o assenta,
Para a deusa alegrar, da rês nos cornos;
Por estes Equéfron e Estrácio a levam.
Traz de cima em bacia floreada
Água Areto, e uma serva em cesta molas;
Afiada o guerreiro Trasimedes
Secure empunha, a golpear disposta;
Para o sangue aparar Perseu tem vaso;
Ora o pai, água esparge e farro pio,
Ao fogo lança da cabeça o pelo.
　　Finda a prece, o Nestório Trasimedes,
Rápido os nervos cervicais talhando,
As forças lhe dissolve; em gritos rompem
Filhas e noras, a pudica esposa,
Eurídice, a maior das de Clímeno;
Do chão vasto a novilha erguem, sustentam,
E Pisístrato príncipe a degola:
Mana o sangue da vítima, que expira.
Partem-na; e, como é rito, as cérceas coxas
Cobrem de pingue dúplice camada,
Postas várias por cima; o velho as torra,
Negro vinho entornando; ao pé mancebos
Bons espetos sustêm quinquedentados.
Ossos combustos, vísceras comidas,
Picam-se as carnes, que enroscadas assam,
Os pontudos espetos revirando.
Filha menor, a bela Policasta
O hóspede lava; e, de óleo perfumado,
Ele, em túnica nova e gentil manto,
Saiu do banho com divino aspecto,
Junto abancou-se do pastor de povos.
　　Pronto o assado e o banquete, os mais prestantes
O vinho em copos de ouro em pé transfundem.
Repleta a fome e a sede, ei-lo o Gerênio:
"Filhos, ora a Telêmaco parelha

Crinita ao carro atai". – Sem mais delonga,
Jungidos os corcéis, mete a caseira
Pão, vinho, provisões que os reis costumam;
Sobe Telêmaco à formosa biga;
Da juventude príncipe, o Nestório
Pisístrato a seu lado as rédeas move
E açouta os brutos, que por gosto arrancam
Da árdua Pilos formosa. O dia inteiro
De uma e outra banda o jugo não sossega,
Té que, ao Sol posto, em Feres se dirigem
A Díocles, de Ortíloco nascido,
Que o foi do rio Alfeu: lá pernoitaram
Em jocunda pousada; e, mal fulgia
A manhã dedirrósea, a biga jungem
Ao vário coche, e os brutos flagelados
Ledos voam do pórtico estrondoso.
Por frugífero campo atravessando,
A carreira os unguíssonos terminam,
Quando as veredas obumbrava a tarde.

LIVRO IV

Já no vale da grã Lacedemônia,
Em casa o Atrida glorioso encontram
Com pompa a celebrar do filho as núpcias
E as da filha sem pecha. Em leves carros
Ia enviá-la à Mirmidônia corte,
Ao do Rompe-esquadrões herdeiro Pirro,
De Ílio cumprindo o juramento sacro.
Do Espartano Aléctor une uma virgem
Ao forte Megapentes, que uma escrava
N'ausência lhe pariu: de Helena prole
O Céu não lhe outorgou, depois da amável

Hermíone, rival da loura Vênus.
No amplo alcáçar opíparo convívio
Deleita a cidadãos e a forasteiros,
À lira canta um músico divino,
Dous bailadores a compasso pulam;
Mas o coche ao vestíbulo e o Nestório
E Telêmaco estão. Pajem do Atrida,
O bravo Eteoneu, que os observava,
De povos ao pastor a informar veio:
"Dous hóspedes, quiçá de Jove garfos,
Temos: desatar cumpre a veloz biga,
Ou mandá-los, senhor, para outro asilo?"
"Dantes eras, Boétidas, sisudo",
O flavo rei troou; "mas louquejaste,
Compassível discurso. Ah! quantas vezes
O pão comi da mesa do estrangeiro!
De novas aflições me afaste Jove!
Solta a parelha, os hóspedes convida".
Eteoneu chama os fâmulos, que o seguem:
Aos suados corcéis, do jugo livres,
Meiam cevada e espelta a manjedoura;
À parede luzente o carro apoiam;
Introduzem na régia os peregrinos,
Régia brilhante como o Sol e a Lua.
Já farta a vista, em limpa cuba os lavam
E ungem de óleo as escravas, que, em felpudos
Albornozes, e túnicas macias,
Do soberano a par os apoltronam.
De gomil de ouro às mãos verte uma delas
Água em bacia argêntea, a mesa lustra,
Que enche a modesta afável despenseira
De pães e das presentes iguarias;
Escudelas de várias novas carnes
O trinchante apresenta e copos de ouro.
Dá-lhes a destra e fala Menelau:

"Comei, saboreais; depois da ceia,
Saberemos quem sois. De escura estirpe
Certo não vindes, mas de heróis cetrados:
Gérmen vil não rebenta em plantas nobres".
Aqui, tergo bovino assado e gordo,
Seu quinhão de honra, aos hóspedes oferta,
Que ao regalado prato as mãos estendem.
Refeitos já, Telêmaco ao Nestório
Inclinou-se em voz baixa: "Considera,
Amigo da minha alma, como ecoa
E esplende a sala, em bronze, em prata, em ouro,
Em eletro e marfim! Do interno Olimpo
É tal o adorno imenso: espanta olhá-lo".
Menelau, que o percebe, acode: "Filhos,
Ninguém se iguala a Jove na opulência;
Eterno é seu palácio. Uns nos haveres
Superam-me, outros eu: mas que infortúnios
Oito anos carreguei, vagando os mares!
Vi Chipre, vi Fenícia, vi o Egito,
A Etiópia, a Sidônia, Erembos, Líbios;
Onde aos cordeiros nascem presto os cornos,
E há três partos a ovelha anualmente:
Lá senhor nem zagal tem míngua nunca
De queijo e carnes e mungido leite.
Enquanto eu cumulava tais riquezas,
Por dolo da consorte o irmão foi morto,
E elas na amarga dor não me consolam.
Ter-vos-ão vossos pais, quem quer que sejam,
Contado os meus pesares: de Ílio em cinzas
O precioso espólio os não compensa.
Com pouco no meu lar me contentava,
Se incólumes vivesse os que remotos
Da Argólida ubertosa lá caíram.
Amiúde, sentado a lamentá-los
Saudoso verto lágrimas que enxugo,

Pois viver não podemos de tristezas;
Porém choro um mormente, e o recordá-lo
O sono tira-me e o sabor, dos Gregos
O mais acérrimo e constante, Ulisses.
Quantas penas o fado reservou-lhe,
Quantas a mim também na ausência longa!
Se respira ignoramos; e o pranteiam
O decrépito pai, a honesta esposa,
Tenro o filho Telêmaco deixado".
    À lembrança de Ulisses, água chove
Dos olhos do mancebo, que às mãos ambas
Esconde-os n'aba do purpúreo manto:
Menelau o descobre; em si reflete
Se o deixa declarar-se, ou prosseguindo
Lho pergunte e se explique. Entanto, Helena
Do alto assoma camarim fragrante,
Qual Febe de arco de ouro: Adestra logo
Chega-lhe uma poltrona, traz-lhe Acipe
De lã mole tapete, e Filo o argênteo
Rico açafate dádiva de Alcandra,
Mulher de Políbo, o da Egípcia Tebas,
Em maravilhas célebre. Houve dele
O flavo rei de prata duas tinas,
Duas trípodes e áureos dez talentos;
Houve de Alcandra Helena roca de ouro,
De ouro com orlas e redondo embaixo
O açafate que Filo apresentou-lhe
De preparado fio, a roca em cima
E roxa lã. No assento e de escabelo
Aos pés Helena, a Menelau inquire:
"De Jove aluno, que hóspedes nos honram?
Quer acerte, quer não, falar desejo:
Tanto não vi, de vê-lo estou pasmada,
Mulher nem homem semelhar-se a outrem!
Aposto haver Telêmaco ante os olhos,

De Ulisses ramo, que o deixou de berço,
Quando magnânimo entre os nobres Graios
Foi debelar, por minha culpa, Troia".
E o marido: "Consorte, o mesmo cuido.
As mãos tem dele e pés, cabelo e testa,
O penetrante olhar; do herói me lembra,
Do que por mim sofreu, do que inda sofre:
Há pouco o moço, em lágrimas desfeito,
No purpurino manto as escondia".
Pisístrato ajuntou: "Pastor de povos,
Ele é sim, que modesto aqui primeiro
De interpelar se peja a um rei tamanho,
Cuja encantada voz nos regozija.
O ancião Nestor mandou-me acompanhá-lo;
Vem pedir-te ou socorros ou conselho;
Sendo ausente seu pai, na própria casa
Ah! padece, e lhe faltam protetores,
Falta-lhe povo que remova o dano".
E o rei: "Quê! no meu teto o filho tenho
De quem por mim correu perigos tantos!
Sobre os outros heróis o amava eu sempre,
Se feliz travessia às naus veleiras
Nos concedesse o próvido Satúrnio.
Cidade evacuando a mim sujeita,
Paços lhe erguera, e de Ítaca ele a gente,
Família e bens à Argólida passava.
Em contínua aprazível convivência,
Nada nos separava, antes que a morte
Nos cobrisse de trevas. Mas o Olímpio
Tal dita inveja, nega-lhe a tornada".
Gera-se um vivo pranto: Helena chora,
Chora o esposo e Telêmaco; o Nestório,
Não enxuto, recorda-se de Antíloco,
Morto às mãos de Mêmnon da Aurora filho,
E bradou: "Prudentíssimo aclamar-te

Nestor em nossas práticas saía;
Digna-te ouvir meu parecer, Atrida:
À mesa nunca choros me recreiam,
Mas na alvorada removê-los cabe;
Só consagram-se aos míseros defuntos
Cortada a coma e lágrimas sentidas.
O irmão perdi também, que reconheces
Não era o mais imbele: ouvi que a muitos,
Pois lá não fui, se avantajou garboso
Velocíssimo Antíloco e bizarro".
Atalha o Atrida: "Em obras e palavras
Prudência inculcas de maduros anos;
Saíste ao celso pai, querido jovem.
Fácil o sangue de um mortal se estrema
A quem ditoso berço e casto leito
O Satúrnio fadou; como o Nelide,
Que em velhice pacífica desliza
Entre guapos herdeiros valorosos.
Mas suspenda-se o luto; as mãos se lavem,
Toca a cear. Telêmaco à vontade,
Raie a manhã, conversará comigo".
Água ministra Asfálio, atento servo;
Deitam-se os convidados às viandas.
Helena al excogita: anexa ao vinho
De nepentes porção, que aplaque as iras
E as tristezas desterre; o que a bebesse
Não brotava uma lágrima no dia,
Por mãe nem genitor, irmão nem filho,
Que visse degolar. De Jove à prole
Dera bálsamos e ervas Polidana,
De Fono Egípcia esposa, cuja terra
Os reproduz saudáveis ou nocivos,
E onde o médico excede os homens todos
E de Péon descende. Helena exclama,
Preparada a poção: "De heróis procedem,

Sim, divo Menelau; mas poderoso
Dispensa o Eterno as mágoas e os prazeres.
Discursando o festim saboreemos;
De gratas narrações vou deleitar-vos.
Todas não posso referir proezas
Do sofrido varão durante o assédio;
Onde os Aqueus mil transes aturastes;
Mas uma contarei. De chagas torpes
E andrajos desfeado, qual mendigo,
Em Ílio introduziu-se, e em pobre escravo
Da mesma frota Argiva disfarçou-se.
Por mim só conhecido, ele às perguntas
Me quis tergiversar; mas, quando ao banho
O ungi, vesti-o, e lhe jurei segredo
Até que aos pavilhões e às naus voltasse,
Me revelou dos Gregos os projetos.
Alguns matando à espada, cheio foi-se
De informações. As Teucras ululavam;
Eu me alegrei, pois já de novo o peito
Patrizar me pedia, arrependida
Sentindo o haver, a impulsos da Cipônia,
Largado a casa, a filha, o toro, o esposo,
Que em talento e beleza a ninguém cede".
    O marido aplaudiu-a: "Sim, consorte,
Muito hei peregrinado, heróis vi muitos;
O coração de Ulisses nenhum tinha:
Paciente, engenhoso, e forte e sábio,
Quanto ideou, quanta mostrou constância,
No cavalo artefato, em que os melhores
Clade e exício aos Trojúgenas levamos!
Com Deifobo divino ali vieste,
E em seu favor um nume te inspirava;
Em três giros, palpaste a cava insídia,
E com voz da mulher de cada chefe
Os nomeavas todos. Eu no centro

E Tidides e Ulisses te escutamos:
Surdir os dous ou responder quisemos;
No ímpeto e fogo Ulisses nos conteve.
Calam-se os mais, ia falar Anticlo;
Com mãos robustas pertinaz Ulisses
Lhe aperta a boca, o exército preserva,
Até que enfim reconduziu-te Palas".
Eis Telêmaco: "É duro que as virtudes,
Sublime rei, da Parca o não livrassem,
Qual se tivesse um coração de ferro.
Mandai-nos ora aonde ambos logremos
As delícias do sono". – Presto Helena
Desdobrar faz ao pórtico umas camas
De almofadas e espessos cobertores
E purpúreos tapetes: logo as servas
Aparecem de facho, e tudo aviam;
Conduz arauto os hóspedes; lá dormem
O herói Telêmaco e o Nestório egrégio.
Pernoita Menelau na interna alcova,
E a mais gentil mulher nos braços dele.
Do éter gênita, surde a roxa aurora:
Desperta, veste-se o belaz Atrida;
Cingindo a espada, as nítidas sandálias
Calça, e ao pé do Ulisseida vem sentar-se:
"Que precisão, Telêmaco, rasgado
O equóreo dorso, te conduz a Esparta?
É pública ou privada? Eia, franqueza".
Prudente o moço: "A ti, senhor, pujante,
Vim para de meu pai colher notícias.
Enchem-me a casa, arruínam-me a fazenda,
Matam-me negros bois, e ovelhas pingues
Os procos de Penélope, vorazes,
Arrogantes, violentos e importunos.
Conta-me, eu te suplico, a morte sua,
Se a viste ou referiu-te um forasteiro.

Foi no ventre materno à dor votado!
A minha tu não poupes, nada ocultes;
E, o caro genitor se em tudo e sempre
Te era fiel na desastrosa guerra,
Isso lembre-te agora e não me iludas".
O Espartano suspira: "Oh Céus! cobardes
Ao tálamo aspirar de herói tamanho!
Se, em covil de leão depondo acaso
Os filhinhos de mama, o vale e monte
Lustra a corça a pastar, entrando a fera
Os esgana cruel: destarte Ulisses
Lhes dará morte certa. Ele se ostente,
Ó Jove, Palas, Febo, como em Lestos
Quando com Filomelides em luta,
O prostrou com prazer dos bravos Gregos:
A boda em breve acerba lhe seria.
Satisfazer-te vou no que me imploras;
Dir-te-ei sem rebuço quanto arcano
Aclarou-me o veraz marinho velho".
"Os deuses, que nos punem, de olvidá-los,
Impaciente no Egito me retinham,
Porque faltei com justas hecatombes.
Lá Faro surge à flor da azul campina,
De foz em fora, quanto em singradura
Marcha popa a que vente aura sonora;
Tem um porto seguro e boa aguarda,
E ao pélago os baixéis dali descendem.
Uns vinte dias, não soprando Eolo,
Que pelo undoso ponto os nautas leva
E a planície lhe encrespa, eu demorado,
Com poucas provisões, lassa a companha,
Desesperava já, quando Idoteia,
Do potente Proteu marinha prole,
Ocorreu compassiva a mim sozinho;
Que os mais de curvo anzol, do ventre urgidos,

De toda a ilha em derredor pescavam.
Acometeu-me a deusa: – Estulto ou fátuo,
Ficas-te, hóspede, em mágoas te apascentas,
E enquanto aqui sem termo estás detido,
Langue e definha o coração dos sócios.
“Ó deusa, contestei, seja qual fores,
Por meu gosto o não faço, mas suponho
A Celícola algum ter ofendido.
Ora dize, a imortais é claro tudo,
Quem assim me proíbe o mar piscoso. –
“Ela ingênua me foi: – Do Egito o velho,
De Netuno ministro, aqui se aloja,
Proteu meu pai, que as úmidas entranhas
Tem sondado e conhece. Há de ensinar-te,
Se obténs prendê-lo, como a rota sigas,
E se o queres também, de Jove aluno,
Os maus ou bons domésticos sucessos
Durante errores teus no instável pego. –
Eu porém: – Com que insídias surpreendê-lo
Poderei, sem que fuja ao pressentir-me?
Não é para mortais vencer a numes. –
“A guapa ninfa continua: Atende.
Ao meridiano Sol, do salso abismo,
Hirtas sobre a cabeça as fuscas ondas,
Surde o ancião de Zéfiro aos sonidos;
Numa espelunca dorme, e em torno juntos
Ápodes focas de Halosidna bela,
A exalarem ascosa maresia.
N’alva, hei de colocar-te em sítio azado,
Com três que elejas da valente frota.
Seus ardis eu te expendo. Cinco a cinco,
Ronda e enumera as focas, e no meio
Deita-se qual pastor com seu rebanho;
Sopita-se depois. De jeito e força
Os agarreis, bem que anele escapulir-se;

E em serpe ao converte-se, em água, em fogo,
Tende-o mais duro e firme, até que o velho,
Já volto à prima forma, a interpelar-te
Comece. Inquire então que nume avesso
Te fecha o mar piscoso. – Ei-la mergulha;
N'alma comoto, às naus varadas corro.
Depois da ceia, inteira a noite amena
Pela praia arenosa adormecemos.
"Já vermelha a manhã, do imenso lago
À borda chego a suplicar os deuses,
Mais três seguros destemidos sócios.
Para enganar o pai, do fundo a ninfa
De focas sai com frescas peles quatro;
Camas na areia escava, à espera tem-se;
Vê-nos enfim, nas camas nos concerta,
A cada qual em sua pele enfronha.
Tetra cilada! os focas trescalavam
Nutridos na salsugem: de um cetáceo
Quem pode ao pé jazer? Útil a deusa,
Neutralizando o cheiro, doce ambrosia
Nos unta às ventas: A manhã passamos,
Com paciência os quatro; acima os focas
Surgindo, junto a nós se enfileiraram.
"Merídio vem Proteu; conta, examina,
Por nós principiando, o gado obeso,
E sem dar pelo engano ali se estende.
A vozearmos súbito o agarramos:
Sem lhe esquecer o ardil, muda-se o velho
Em jubado leão, drago, pantera,
Cerdo, riacho, ou tronco de alta copa;
Mas, com tenacidade urgido, o astuto
Lasso vociferou: – Que deus, Atrida,
A forçar-me instruiu-te? Que pretendes? –
Mas eu: – Por que me enganas, tu que sabes
Que ansioso estou sem termo aqui detido?

Ora dize, a imortais é claro tudo,
Quem assim me proíbe o mar piscoso?" –
"Devias", respondeu-me, "antes do embarque
Sacrificar ao Padre e à corte sua,
Para alcançares próspera viagem.
Amigos não verás, nem pátrio alvergue,
Sem que ao Dial Egito rio volvas
E às divindades hecatombes sagres:
O teu desejo então será cumprido". –
Magoado por de novo irmos ao rio,
Longa árdua rota em borrascoso pego,
Inda insisti: "Proteu, quanto me ordenas
Preencherei; mas dize-me sincero
Se os Aquivos que em Troia se apartaram
De Nestor e de mim respiram todos,
Se algum morte imprevista, após a guerra,
Teve a bordo ou nos braços dos amigos.
Ele: – Indagas, Atrida, os meus segredos?
Olha que d'água os olhos não te banhem.
Dos livres da matança em que te achaste,
Só morreram dous chefes arnesados,
E um vivo está no meio do Oceano.
Ante as remeiras naus, bebendo as ondas,
Ajax de Oileu da Parca foi preado:
Primeiro às pedras o lançou de Giras
Favorável Netuno, onde escapara
Malgrado a Palas, se ímpio não bramasse
Que era salvo apesar dos mesmos deuses;
Eis, da blasfêmia azedo, o rei dos mares
Pega do seu tridente e fere a penha
Aos pés de Ajax, que se abismou no fundo
Com porção do rochedo. Em cavo bojo
Foi por Juno Agamêmnon preservado;
Mas, ao dobrar o Maleia, uma tormenta
O arrojou pesaroso ao campo extremo,

De Fiestes morada, ora de Egisto:
Seguro cria-se, e mudado o vento,
Recolhidos os deuses, o chão pátrio
Beija alegre e o ensopa em quente choro.
Um vigia o avistou, que o ano inteiro,
De dous áureos talentos com promessa.
Pôs de atalaia Egisto, e que era atento,
Por temer que, aportando inopinado,
O herói do seu valor se recordasse;
Denunciá-lo foi. Súbito Egisto,
Insidioso, valentões da plebe
Vinte escolheu, que estavam de alcateia,
Aprestado um banquete em outra sala.
O traidor, meditando, em coches parte
O Atrida a convidar, que à ceia incauto,
Como a rês no presepe, é trucidado;
Nem sócio deste, nem de Egisto mesmo
Poupam na régia os brutos matadores. –
  "Caí na areia em pranto, e compungido
Viver nem ver queria ao Sol a face.
De prantear cansei-me e rebolcar-me,
E então Proteu: – O luto é sem remédio,
Basta; a Micenas corre; ou vivo ou morto
Ou de Orestes punido, ao menos chegues
Para os seus funerais. – Isto me acalma
O generoso peito, e veloz falo:
– Pois bem, doa-me embora, esse outro ou preso
Ou morto no Oceano me declares. –
  "Prossegue o vate: – É o Ítaco Laércio.
Na ilha o vi desfeito em grossas lágrimas.
Por Calipso retido, e sem navio
Para vogar no páramo salgado.
Genro de Jove, tu de Helena esposo,
Morrer em campo Argólico não deves,
Mas, junto ao flavo Radamanto, o Elísio

Deleitoso habitar, confins da terra;
Onde os humanos docemente vivem,
De temporais, de neves, de invernadas
Sempre isentos, e de auras do Oceano
Fresco bafejo a respirar suave. –
Então sumiu-se no espumoso ponto.
"Com meus divinos sócios, no embarcarmos,
Ia deliberando, e espessa a noite,
Finda a ceia, no seco repousamos.
No matutino albor, em nado os lenhos
De amuradas iguais, mastros eretos
E tendidas as velas, de seus bancos
Batem remeiros o espumoso pego.
De novo ao rio Egito navegamos,
E apaziguado o Céu com sacrifícios,
Do irmão levanto em honra um cenotáfio.
Prosperamente os ventos assoprando,
Mandam-me os deuses à querida pátria.
Agora, fica tu comigo uns dias,
Dez ou doze; haverás válido coche,
Três corcéis, linda copa, que, em sagradas
Libações, deste amigo te recorde".
"Não me detenhas", replicou Telêmaco.
"Um ano, deslembrado o lar paterno.
Dessa boca eloquente aqui pendera;
Mas, já com tédio, na divina Pilos
Meus sócios, Menelau, por mim suspiram.
Dás-me um tesouro; eu deixo-te os cavalos
Nas mimosas campinas em que imperas,
Onde à larga germinam loto, junça,
Trigo, cevada e espelta; lá nem tenho
Vastos circos nem prados: só de cabras,
Não de poldros nutriz, me é cara a terra;
Pois, Ítaca mormente, em roda as ilhas
Do nosso mar em pastos não verdejam."

Ri-se o pugnaz Atrida, e a mão lhe cerra:
“És de bom sangue, acertas. Posso, filho,
Pela mais bela a dádiva trocar-te
Por argêntea cratera de áureas bordas,
Lavor exímio de Vulcano mesmo:
Foi do rei dos Sidônios glorioso
Prenda, ao nos despedirmos; de hoje é tua”.
E entanto em sala interna resplendente
Concorrem: quem ovelhas, quem trazia
O vigoroso vinho; o pão, de fitas
Ornadas moças. Lauta a ceia aprestam.
Mas de Ulisses na régia, ao disco e dardo
Os procos num calçado se exerciam
Pátio, que da protérvia era o teatro;
E, ao pé de Antino e Eurímaco deiformes,
Indagou Noémon, de Frônio garfo:
“Sabe-se, Antino, da arenosa Pilos
Se Telêmaco é vindo? Em meu navio
Foi-se, e a Élide vasta ir necessito;
Éguas doze lá tenho e mus bravios,
E alguns desejo acostumar ao jugo”.
Atônitos calaram, que o supunham
Em Pilos não, mas a velar nos prédios,
No pastor e na grei. De golpe Antino:
“Quando, como partiu? Seletos jovens
De Ítaca tem consigo, ou tão somente
Mercenários e escravos? Que ardileza!
Fala a verdade; a nau, por força a deste,
Ou cedendo a seus rogos voluntário?”
Súbito Noémon: “Fi-lo espontâneo.
A preces de homem tal quem não cedera,
E em tanta angústia? A gente mais luzida
E a Mentor vi no embarque, ou certo um nume,
Que em tudo o parecia. Mas, oh! pasmo,
O divino Mentor bem que embarcasse,

Na manhã de ontem me encontrei com ele".
Disse, e à casa paterna recolheu-se.
Os audazes, comotos e aterrados,
Se abstêm dos jogos. O Eupiteio ruge,
De rábido furor, olhos em brasa:
"Oh! que atrevida empresa! de acabá-la
Julgado era incapaz: mocinho, às ondas,
A despeito de nós, deitou navio,
E com gente escolhida foi-se impune.
Este começo nos agoura danos,
Se o não tolhe o Satúrnio. Já, ligeiro
Baixel de vinte remos; que, à passagem
De Ítaca e Samos numa espera, conto
Que a viagem por seu pai lhe seja amarga".
Aprovam todos e ao palácio montam.
Médon, que ouviu de fora o atroz conluio,
Pelo pátio açodou-se a anunciá-lo,
E Penélope indaga: "Eles te enviam,
Para que as servas do divino Ulisses
Terminem seu trabalho e a mesa ponham?
Basta de importunar-me e a quaisquer outros.
Esta lhes fosse a derradeira ceia!
Ó vós que ao meu Telêmaco amiúde
A substância esbanjais, nunca em meninos
Quem seu pai era aos vossos escutastes?
Brando ao povo, em palavras comedido,
Justo e humano, alguns reis não semelhava
Que ódio e favor dispensam caprichosos.
Ah! vós lho agradeceis com torpes feitos".
E o sensato Médon: "Fosse, ó rainha,
Esse o mal todo! os bárbaros meditam,
Jove o remova, assassinar teu filho
Ao regresso de Pilos e de Esparta,
Aonde foi colher de Ulisses novas".
Do abalo sufocada, esmorecida,

Joelhos frouxos, lágrimas nos olhos,
Estúpida soluça e balbucia:
"Quê! nada urgindo, cavalgou meu filho
Num dos corcéis do mar que a salsa imensa
Via atravessam! Nem pretende ao menos
Renome entre os humanos!" – "Eu ignoro",
Torna Médon, "se um deus, se impulso próprio
Fê-lo ir do pai no alcance, ou vivo ou morto".
Nisto, o arauto a seu posto recolheu-se.
Bem que a sala em cadeiras abundasse,
Atormentada ao limiar sentou-se
Da câmara custosa, a lastimar-se;
Em ais cercam-nas as servas quantas eram,
Velhas e moças, a quem diz chorando:
"O Céu me aflige, ó caras, mais que a todas
Que nasceram comigo e se criaram:
Meu marido perdi, leão no esforço
De virtudes complexo, espelho aos Dânaos,
De Hélade e Argos espanto; ora o só filho
Preia inglório será das tempestades.
Cruéis, vós que o sabíeis, à partida
Acordar-me do leito não viestes:
Se eu da sua intenção fosse inteirada,
Ele ou não ia ou morta me deixara.
Uma aqui chame a Dólio, o velho escravo.
Paterno dom, cultor dos meus pomares;
Corra, informe a Laertes, e este ao povo
Deplore a trama que extinguir a estirpe
Dele e de Ulisses divinal promove".
A ama Euricleia então: "Querida ninfa,
Mates-me a duro bronze, ou bem me poupes,
Não te oculto, ciente o pão e o vinho
Eu mesma forneci; jurei sagrado
Por doze dias, salvo ou pressentires
Ou vê-lo desejares: tinha medo

Que te ofendesse o pranto as faces belas.
Tu purifica-te e alvas roupas cinge,
No alto com tuas fâmulas implora
A Tritônia que o filho te conserve;
Não contristes o velho. Eu não presumo
Que o Céu deteste a geração de Arcésio:
Sequer nos restará quem nesta régia
Mande e em longínquos ubertosos campos".

Com isto aliviada, enxuga os olhos;
Sobe, e se purifica e se reveste,
Ora com suas fâmulas, esparso
De açafates o farro: "Ouve-me, ó gérmen
Do aluno e Amalteia; se o prudente
Ulisses te queimou de ovelha ou touro
Gordas pernas, conserva-lhe o só ramo,
Daqui me afasta os arrogantes procos".
Geme e ulula; aceitou-lhe os votos Palas.

Pelos escuros átrios em tumulto,
Sem suspeita, os protervos se diziam:
"Certo, ignara do risco de seu filho,
Cobiçada a rainha apresta as bodas".
Mas Antino os atalha: "Endiabrados,
Calai-vos, pode alguém denunciar-nos;
Tácitos nosso plano executemos".

Vinte escolhendo, lesto à praia os guia;
Eis, o baixel em nado, o mastro erigem,
Remos aos bordos em correias atam,
Armas carregam valorosos pajens,
E dos envergues fora as brancas velas,
Comem de largo, esperam que anoiteça.

Penélope, em jejum, no andar cimeiro,
Só no inocente cuida, se ele escape,
Ou se aos golpes sucumba dos traidores:
Como temendo, em círculo doloso
De montanheses, o leão cogita,

Ela pensa e repensa, e recostada
Lhe amolenta as junturas meigo sono.
Palas, que isto aguardava, uma aparência
Da Icária Iftima, em Feres com Eumelo
Casada, aos paços de Laércio expede,
Porque o pranto a Penélope refreie;
Na câmara a visão, por entre o loro
Da fechadura entrando, à cabeceira:
"Adormeces, Penélope", lhe brada,
"Aflita e mesta? Os numes não permitem
Essa tristeza; reverás teu filho,
Que nunca os ofendeu nem levemente".
Às portas já Penélope dos sonhos
Adormentada, fala: "A que vieste,
Irmã, que, ao longe moradora, nunca
Me visitavas? Queres que eu deponha
As dores e aflições que n'alma sinto?
Perdi meu bom marido, exemplo aos Dânaos,
Honra da Grécia: agora o só renovo,
Inexperto em negócios e em trabalhos,
Meteu-se em cava nau. Mais choro a este;
Que se afunde, ou padeça em clima alheio,
Temo e tremo: inimigos o insidiam,
E antes que volte aqui matá-lo anseiam".
"Ânimo, ajunta o fusco simulacro;
Não te assustes que o segue uma de todos
Aparecida: a consolar-te as penas
A potente Minerva a ti mandou-me."
"Se és deusa", diz Penélope, "ou da deusa
Ouviste a voz, do outro infeliz me informes:
À luz do Sol acaso inda respira,
Ou jaz defunto na Plutônia estância?"
A sombra contestou: "Se é morto ou vivo
Omito, é vão discurso". E como vento
Por entre a fechadura esvaeceu-se.

Desperta a Icária, exulta ao ver o sonho
Da noite na calada sobrevir-lhe.
A úmida via os pérfidos sulcavam,
De Telêmaco o exício ruminando.
Fica entre Samos e Ítaca fragosas
Ásteris, ilha exígua, de pastagens,
De abras, de uma e outra banda, ao crime azadas,
Para a traição, de espreita, ali se escondem.

LIVRO V

Mal surge a Aurora do Titônio leito,
O mundo alumiando, à corte sua
Preside o poderoso Altitonante,
E Minerva solícita o Laércio,
Pela Ninfa retido, assim deplora:
"Ó padre, ó vós beatos sempiternos,
Cetrígero nenhum será benigno,
Reto e humano, sim duro e injusto e fero;
Pois ninguém, entre os povos de que Ulisses
Era um pai, já se lembra dos pesares
Que padece, impedido por Calipso,
Faltando-lhe galé que à pátria o leve
Pelo equóreo amplo dorso. O nobre herdeiro
Traçam-lhe assassinar, que a Esparta e Pilos
Foi do afamado pai colher notícias".
E o Nubícogo: "Filha, que proferes?
Não projetaste mesma o como Ulisses
Venha e se vingue? O filho guiar podes,
E a nau dos pretendentes retroceda".
Volto a Mercúrio: "Núncio e amada prole,
Já já, que a ninfa de cabelos crespos
Solte o herói. Nem varão nem deus o ajude:

Em tecida jangada a curtir penas,
Ao vigésimo dia arribe à Esquéria;
Donde os Feaces, a imortais propínquos,
Honrado a par de um nume, à terra o enviem,
Em nau de alfaias e ouro e bronze onusta,
Quanto nunca, se incólume tornasse,
Do espólio que lhe coube, transportara:
O lar e os seus rever tem por destino".
Calça o Argicida os áureos seus talares,
Com que, parelho aos ventos, o amplo globo
E o vasto mar transcursa; a vara toma
Que, a seu prazer, dá sonos ou desperta;
À Piéria descai, e rui dos ares
E à tona d'água aleia, qual peixinhos
Por inquieto golfo o guincho caça,
Crebo na escuma as asas imergindo.
Já do azul ponto à ínsula apartada
Voa, e à gruta caminha de Calipso:
De longe tuia recendia e cedro,
Ardendo no fogão; melífluas árias
Ela entoava, a teia percorrendo
Com lançadeira de ouro. Em torno à gruta
Choupo, odoro cipreste, alno viceja;
Ali – extensas no bosque aninham-se aves,
Gaviões e bufos, linguareiras gralhas,
Ao marinho bulício afeiçoadas.
Fora, parreira de pubentes ramos
Floresce em uvas; quatro fontes regam
De água pura, chegando-se e fugindo,
Aipos e violais em moles veigas:
Um deus pasmado ali se deleitava,
E o fez Mercúrio assim. De ver saciado,
Ele dentro penetra, e a ninfa augusta
Num relance o conhece; porque os deuses
Por distantes que morem, dão-se todos.

Lá não encontra o generoso Ulisses,
Que era na praia, os macerados olhos
Pelo ponto infrugífero estendendo,
Em suspiros e lágrimas. Num trono
Maravilhoso e esplêndido sentado,
A ninfa o inquire: "Venerando amigo,
De áurea vara a que vens? Não vinhas dantes.
Cumprirei, no que possa, os teus mandados.
Hospitaleiros dons vou presentar-te".
Ela, em mesa que alçou, mistura ambrosia
E rubro néctar. Saboreia alegre
E diz Mercúrio: "Deusa, em deus perguntas
A que venho? Obrigado fui por Jove:
Quem voluntário atravessava o ingente
Pélago salso, onde cidade falta
Que nos sagre solenes hecatombes?
Mas transgredir-lhe as ordens não podemos.
Dos que os Priameus sitiados muros
Ao décimo ano destruíram, consta
Que tens contigo o mais desventuroso:
No regresso ofendida, excitou Palas
Tempestade em que os sócios pereceram;
Salvo abordou só ele às praias tuas.
Quer Jove que o mais breve o deixes livre;
Dos seus não morra ausente: amigos, pátria,
O alto paço rever, tem por destino".
Freme Calipso e rápido responde:
"Cruéis sois todos, ínvidos, ciosos
De que em seu leito às claras uma deusa
Mortal admita e ame e aceite esposo.
Roubado Órion da Aurora dedirrósea,
O invejastes, vós deuses té que Febe
Casta e auritrônia o derribou na Ortígia
Com brandas frechas; de Jasão cativa,
Quando num trietérico pousio

Com ele Ceres de anelada coma
Ajuntou-se amorosa, a fulminá-lo
Foi pronto Jove: agora, ó deuses, tendes
Zelos desse homem, que salvei lutando
Sobre a quilha de nau despedaçada
Pelo mesmo Tonante, e que sozinho
Arrojoram-me à ilha as negras ondas.
Carinhosa acolhi-o, na esperança
De isentá-lo da morte e da velhice;
Mas do Satúrnio o mando irresistível
Execute-se, vague pelos mares
De novo o herói. Não posso despedi-lo;
Vasos faltam-me e nautas que o transportem
Por essa imana via: hei de contudo
Mostrar-lhe o como ileso à pátria volva".
"Despede-o já", replica-lhe Mercúrio;
"Nunca irrites a Júpiter, nem queiras
Irado experimentá-lo". Disse, e foi-se.
Dócil a ninfa, se dirige à praia
Onde Ulisses longânimo gastava
A doce vida, os olhos nunca enxutos,
Saudoso e enfastiado; pois com ela
Por comprazer dormia constrangido,
E gemebundo, o ponto contemplando,
Passava o dia em litoral penedo.
Rosto a rosto lhe fala a deusa augusta:
"Cesse o pranto, infeliz, não te consumas;
Parte, consinto. Abate a bronze troncos,
De alto soalho ajeita ampla jangada,
Em que o sombrio páramo atravesses:
De pão te hei de prover e de água e vinho,
De agasalhada roupa; auras favônias
Te levarão seguro à terra cara,
Se esta for dos Supremos a vontade,
Que em saber e juízo me superam".

E arrepiado o herói: "Que teces, deusa?
Numa jangada queres tu que eu tente
As vagas horrendíssimas, difíceis
Às mesmas de iguais bordos naus altivas,
Do Etéreo aos sopros a exultar afeitas?
Não farei tal, solene se não juras
Que nenhum dano, ó deusa, me aparelhas".
Sorri mansa Calipso, a mão lhe afaga:
"És ardiloso e desconfias sempre.
Já comigo o jurei; mas o orbe saiba,
O céu vastíssimo, a infernal Estige
(Grave aos numes terrível juramento),
Que nenhum dano, Ulisses, te aparelho:
No teu caso obraria o que proponho.
Férrea e iníqua não sou, mas compassiva".
E anda e Ulisses também, que entrado ocupa
O trono de Mercúrio; em frente, a ninfa
Lhe oferece o que os homens alimenta,
E as serventes a ela ambrosia e néctar.
Saciados ambos, começou Calipso:
"Voltar queres, astuto, em breve aos lares?
Embora, adeus. Se as penas antevisses
Que te aguardam, comigo em laço estreito
Imortal ficarias, bem que aneles
Tua esposa abraçar, cuja lembrança
Te rala de contino; em garbo e talhe
A sobrelevo; que as mortais não podem
Comparar-se em beleza às divindades".
Ulisses respondeu: "Sublime deusa,
Não te agraves portanto; eu sei que em tudo
A prudente Penélope transcendes,
Nem da morte és escrava ou da velhice;
Mas para os lares meus partir suspiro.
Se um deus me empece, como os já passados,
Suportarei constante os outros males".

Cai a noturna treva: ambos num leito
No amor se deliciam. Na alvorada,
Uma túnica e um manto Ulisses veste;
Veste a ninfa um cendal cândido e fino,
Faixa de ouro gentil ata à cintura,
Orna a cabeça de elegante coifa.
A despedir o amante resignada,
Érea forte bipene lhe fornece
De oleagíneo cabo artificioso,
Enxó dá-lhe amolada; aos fins o leva
Da ilha, onde medram árvores gigantes,
Choupo, alno, abeto a percutir as nuvens,
Secos e aptos a vencer caminho:
Depois que a selva mostra, à casa torna.
Ardente ele derruba troncos vinte,
Falca, desbasta, esquadra, alisa e talha.
Com trados volta a ninfa; o herói verruma,
Cavilha, junta as peças: quanto é largo
De nau de carga o bojo, obra de mestre,
Era a barca de Ulisses. Finca espeques,
Pranchas estiva, um tabulado forma;
Antena ao mastro anexa; mune o leme,
Contra escarcéus, com vergas de salgueiro;
Alastram-na pesados lígneos toros.
De lona, por Calipso oferecida,
Vela engenha, e de escotas e calabres
O mastro apruma; enfim, sobre alavancas,
A jangada escorrega ao mar divino.
Ao quarto Sol perfeito o seu trabalho,
Por despedida ao quinto a ninfa o lava,
Perfuma e veste; o vinho em odre fecha,
Num maior água, em saco os acepipes,
O sustento em surrão; tépidas auras,
Meigas invoca. O pano o divo Ulisses
Contente expande, lesto agita o leme;

Cortado o sono, as Plêiadas observa,
Tardo Bootes, a Carreta ou Ursa
Em Órion sempre fita ao revolver-se
A só que foge os banhos do Oceano:
Ir desta à esquerda lhe ordenou Calipso
Dias vários navega, até que enxerga,
Já no décimo oitavo, umbrosos topes
Da mais vizinha terra, a dos Feaces,
Qual pavês a ondear no escuro pego.

Vem da Etiópia e dos Sólimos serros
Netuno o avista; sacudindo a fronte,
Em si raiva: "Ah! que dele dispuseram
Na minha ausência os deuses! Quase tocas
Onde, Laércio, é fado os males findes;
Mas nem todos provaste". Eis move o cetro;
Procelas concitando, altera as ondas,
A praia e o mar enfusca, assola os ventos;
A noite rui do céu; muge Euro, Noto,
Bóreas árido, Zéfiro insolente.
No peito esmorecido o herói murmura:
"Ai de mim! temo o anúncio de Calipso,
Que à pátria eu chegaria atormentado.
Jove de que bulcões enluta os ares!
Que lufadas, que brenhas, que borrascas!
Presente o exício tenho. Oh! Três e quatro
Vezes ditosos os que em Troia sacra
Por amor dos Atridas feneceram!
Acabasse eu na hora em que êneas lanças
Do Aquileu corpo em cerco me choviam!
Lá funerais houvera gloriosos:
Força é hoje beber indigna morte".

Nisto, empinado vagalhão desaba,
Horríssono investindo a frágil barca:
Demite o leme e fora cai Ulisses;
Um tufão rende o mastro, e vela e antena

Longe arremessa. Os ventos o soçobram;
Vir ao de cima os escarcéus lhe tolhem;
Pesam-lhe as vestes que lhe deu Calipso.
Surde enfim, da cabeça escorrendo água,
Com ânsias vomitando os salsos goles;
Mas não se olvida, a nado o lenho aferra,
Senta-se vigoroso, engana a Parca.
Ele à matroca em vórtices flutua,
Como Áquilo outonal pela campina
Montões joga de folhas e de espinhos:
Noto, Euro, Bóreas, Zéfiro contendem;
Ora um, ora outro, apossam-se da presa.
Ino Cadmeia, já falante moça
De torneado pé, que entre as marinhas
Deusas é Leucoteia, amiserou-se
Do seu penar; do fundo na figura
De um mergulhão saindo e na jangada
A revoar pousando: "Infeliz", disse,
"Por que o Enosigeu te aflige e vexa?
Ruja, que não sucumbes. Sê cordato,
As vestes e o madeiro entrega às vagas;
Lança-te a nado à ilha, onde um refúgio
Se te destina; toma, e aos peitos esta
Cinge, para salvar-te, imortal banda.
Ao negro ponto, às praias mal que atinjas,
Virando as costas, para trás a arrojes".
Dada a banda, as maretas remoinhando
Nas entranhas a escondem. Cauto Ulisses
Geme e hesita em seu ânimo divino:
"De um nume que ilusão! Desobedeço,
Pois a terra indicada é mui remota.
Antes sofrer com paciência, enquanto
A barca se sustém; nadar pretendo
Assim que a desconjunte a marulhada:
Outra nenhuma salvação me resta".

Grosso escarcéu Netuno eis sublevando,
Qual dissipa em tufão de palha acervos,
Traves destroça e tábuas furibundo:
Num dos pedaços leve o herói cavalga,
Despe-se, a banda cinge, prono estira
Os braços vigorosos, ardente nada.
A cabeça o tirano azul meneia,
Consigo diz: "Batido pelas ondas,
Padece agora, até que aos homens chegues
De Jove alunos; desta feita espero
Escarmentar-te". E ao ínclito palácio
De Egas move os cavalos crinipulcros.

Palas não se descuida: aos outros ventos
Obstrui as vias, e os sopita e calma;
Deixa o Bóreas soprar e os mares quebra,
A fim que a salvo se introduza Ulisses
Entre os Feaces do vogar amigos.
Duas noites flutívago e dous dias
A cada instante a morte imaginava;
Mas na aurora terceira, quedo o ruído,
Sereno o ar, de cima de uma vaga
Olhos aguça e a ilha vê mais perto.
Como se alegra o filho, cujo enfermo
Pai dileto, por graças dos Supremos,
Sara de uma longuíssima doença,
De que um gênio odioso o atormentava;
Tal folga ele da terra e da floresta.
Nos pés se estriba e insiste; mas, a alcance
De um grito, ouve o murmúrio dos rochedos,
E a mareta a roncar na árida costa
E de alva aspersa escuma a cobrir tudo.
Busca em torno angra, porto ou surgidouro,
Acha recifes e ásperos cachopos.

Dos joelhos frouxo e de alma quase morta,
Geme e em seu grande coração discorre:

"Ah! terra deu-me Jove inesperada,
Brenhas de água venci, mas onde aborde
Não me aparece; agudas pedras vejo
E a fremir escarcéus, e lisa penha
Escarpada e a raiz na profundeza.
Não posso os pés firmar para evadir-me:
Por mais que eu lide, à resvalente roca
Talvez do fluxo o ímpeto me esbarre;
Se além nado a encontrar ou seio ou passo,
Temo que entre gemidos a ressaca
Me empuxe e empegue, e infenso deus me lance
Algum dos monstros que Anfitrite cria;
Sei quanto me é contrário o grão Netuno".
        Inda pensava, e à crespa riba um feio
Esto o rebate; e a cútis lacerava
E fraturava os ossos, por Minerva
Se não fosse inspirado: a penha aferra
De ambas as mãos, e aguarda em ais que o rolo
O deixe ao recuar, mas o refluxo
Ao largo o arrasta e longe; e qual pólipo,
Que destacam da cama, traz pedrinhas
Apegadas aos pés, retém o escolho
Das fortes mãos tenazes a epiderme.
Da marejada opresso, ah! perecera
Contra o fatal querer, se a gázea Palas
A prudência do herói não reforçasse.
Do fundo acima vem, transnada e fende
Marulhos que bramindo a costa orvalham,
Uma abra demandando, enseada ou praia;
A foz emboca enfim de um rio ameno,
Tuto e limpo de pedras e abrigado;
Reconhecida a veia, orou devoto:
"Quem sejas, rio, atende as preces minhas;
Do furor de Neturno a ti recorro.
Um peregrino é sacro aos mesmos deuses:

Eu, peregrino errante, há muito sofro;
Suplico, ó rei, de mim te compadeças".
Tranquilo a correnteza o rio amaina,
Recebe-o em sua areia. Ele os nervudos
Braços contrai e pernas; combalido,
Inchado o corpo, alija amargas gotas
Pelos beiços e ventas; anelante,
Sem voz e extenuado, o corpo estende.
Resfolga e areja, anima-se, descinge
E entrega a banda ao rio, que a transporta;
Ino dela se apossa. Em apartado,
Num juncal se reclina, e o chão beijando,
Fala à sua alma grande: "Ai! que me resta?
Se ao relento pernoito às margens turvas,
O rocio matutino e as graves auras
Me abaterão de todo: em selva opaca,
A consentir-me estar cansaço e frio,
Dormirei sossegado; mas receio
Ser de feras escárnio e mantimento".
Reflete, e envia-se à floresta umbrosa,
Em monte ao pé do rio. Uma figueira
E um zambujo, a medrar na mesma touça,
Ali de modo achavam-se enredados,
Que nem úmidos sopros, sóis violentos,
Nem chuveiros a copa transpassavam:
Debaixo acama Ulisses tantas folhas
Quantas para a abrigar dous ou três homens
Em rigoroso inverno bastariam;
Ledo se deita e chimpa-se no meio.
Qual, no extremo de um campo sem vizinhos,
Conservando semente para o fogo,
Mete alguém seu tição na escura cinza;
O paciente herói se esconde nelas.
Palas, porque o descanse das fadigas,
Lhe derrama nas pálpebras o sono.

LIVRO VI

Enquanto lasso e grave Ulisses dorme,
Corre Minerva ao povo dos Feaces,
Que antes moravam na espaçosa Hipéria.
De arrogantes Ciclopes infestada.
À Esquéria os trouxe o divo Nausítoo,
De homens cultos remota; ali fez muros,
Casas e templos, dividiu seus campos.
Desce a Dite, e por numes instruído
O substitui Alcino: aos paços deste
Palas de Ulisses foi dispor a entrada.
    Na câmara dedálea de Nausica,
Na beleza e no porte sobre-humana,
Régia virgem, como aura introduziu-se,
Bem que, êmulas das Graças, duas servas
Lá de uma e outra banda repousassem
Às reluzentes e cerradas portas.
A equeva amiga da princesa, filha
Do marítimo Dimas afamado,
Ela imitando, à cabeceira clama:
"Lenta a mãe tua te pariu, Nausica?
Descuidas-te da roupa, e as núpcias instam;
Para ti mesma e a comitiva toda,
Hás mister os vestidos mais formosos:
Ganhas assim renome, dás contento
Aos genitores teus. N'alva, a caminho,
O mais depressa lavaremos juntas;
Pois longo tempo não serás donzela:
Pretendem-te os melhores dos Feaces,
Da mesma estirpe tua. Ao rei mus pede,
Carroça que amanhã transporte os cintos,
Peplos e mantos: ir a pé mau fora;
Distam muito os lavacros da cidade".

Advertida a princesa, a deia ascende
À beata mansão, que deleitosa
Nunca ventos açoutam, regam chuvas,
Ou neve asperge; onde ar sereno e limpo,
Onde vivo esplendor eterno brilha.
A Aurora apoltronada esperta a jovem,
Que, atravessando as casas, vai comota
Ao pai contar o sonho e à mãe augusta:
Ela, ao fogão, fiava lã purpúrea
Entre as servas; tardio, ele à soleira,
Para o grande conselho ia saindo.
A filha o atalha: "Genitor amado,
Mandas-me aparelhar carroça leve,
Onde carregue à fonte as pulcras vestes
Que sujas guardo? Em conferências cumpre
Estares com asseio ante os senhores;
De cinco filhos teus, são dous casados,
Mas lépidos os três querem solteiros
De lavado ir à dança: eu tudo avio".
Cala as núpcias ao pai, que assaz percebe:
"Nada, filha, te nego; ágil carroça
Terás de taipas cinta". Ao mando, os pajens
Tiram-na fora e os mus, que ao jugo prendem.
Ela do plaustro ao leito a roupa desce;
Vários manjares traz a mãe num cesto,
Com sobremesa e um odre bom de vinho;
À filha, já montada, uma áurea entrega
Redoma de óleo, que as perfume. A jovem
Brida flagela os mus, que estrepitosos
A carga e o flóreo bando arrebatavam.
Junto ao rio, onde há poças de água pura
Que a sordidez expurga, os brutos soltam
Nas margens a pascer melosa grama.
Tiram a roupa, acalcam-na à porfia
Dentro das covas, torcem-na, enxaguada

A estendem pela praia, onde os seixinhos
Tinha alvejado o mar. Enquanto a enxugam
Ao Sol fulgente, banham-se elas mesmas,
E de óleo ungidas à ribeira jantam.
Fartas já de comer, as toucas despem
E à pela jogam; doce cantilena
Entoa a bracicândida Nausica.
Se, no excelso Taígete ou no Erímanto,
Javalis a caçar e gamos leves,
Das de Jove escoltada agrestes ninfas,
Se diverte a frecheira irmã de Febo;
Com prazer de Latona, alta cabeça,
Entre as belas belíssima se estrema:
Tal as outras supera a intacta virgem.
    Mas, jungida a parelha para a volta,
A roupa elas dobravam, quando Palas
Traça a maneira por que veja Ulisses
A que aos Feaces conduzi-lo deve.
Eis a princesa a uma atira a pela,
Que errada cai no pego; as moças gritam,
E Ulisses, despertando, em si discursa:
"Ai de mim! que mortais aqui se alvergam?
Bárbaros são, injustos e ferozes,
Ou tementes aos deuses e hospedeiros?
Senti femínea voz, talvez de ninfas
Que habitem nestes coles, nestas fontes,
Nestes ervosos lagos. Inquiramos
Se homens são porventura e conversáveis".
    Com mãos inchadas quebra um denso ramo
Que os genitais encubra, e da espessura
Sai qual montês leão, que, em si fiado,
Arrosta o vento e a chuva, e de olho em brasa
Cães e ovelhas comete e agrestes corças;
Mesmo a curral seguro o ventre o impele:
Tal, em nudez forçada, à companhia

Pulcrícoma o varão se apresentava.
Horrível da salsugem, dele fogem
Por entre as ribas: só de Alcino a jovem,
Por Minerva animada, o encara afouta.
Reflete o sábio se lhe abrace as plantas,
Ou rogue-lhe de longe que um vestido
Preste e a cidade ensine: e, receoso
De lhe ofender o pejo, este segundo
Meio prefere e brandamente implora:
"Deusa ou mulher, suplico-te, ó rainha.
Se és íncola do Olimpo, representas
Em talhe e porte esbelto a grã Diana,
Prole de Jove sumo; se és terrestre,
Oh! três vezes teus pais e irmãos felizes,
Que alegras nas coreias graciosas!
De todos felicíssimo o que à cheia
Casa te guie bem-dotada e rica!
Nunca de sexo algum meus olhos viram
Tão formoso mortal: admiro e pasmo.
Nesta rota sinistra, eu fui-me a Delos
Com boa gente, e ao pé crescia da ara
Apolínea um renovo de palmeira,
Cujo aspecto assombrou-me; eu não pensava
Que maravilha tal brotasse a terra:
Assim, mulher, me espantas, nem me atrevo,
Nesta grave miséria, os pés tocar-te.
Pós dias vinte que da ilha Ogígia
Flutuava em borrascas, enfim ontem
Um deus cá me aportou, para outros males;
Inda os Céus não cansaram de afligir-me.
De mim tem dó, rainha, a ti primeira
Na desgraça recorro; uma alma viva
Eu não conheço: aponta-me a cidade;
Se o tens acaso, um roto ou velho pano
Dá que me esconda as carnes. Justos numes

Te concedam, senhora, o que desejas,
Marido e paz doméstica e família:
Do acordo conjugal nasce a ventura;
Tudo medra, os consortes são ditosos;
Causa prazer aos bons e aos maus inveja".
E a cândida Nausica: "Hóspede, ignóbil
Nem insano te julgo. A seu talante
Aquinhoa os mortais o Olímpio Jove:
Se te coube o infortúnio, a fronte acurva.
Já que abordaste aqui, terás vestidos
E o que pede um mesquinho suplicante.
Vou guiar-te à cidade; habito nela
E em seu distrito o povo dos Feaces.
Filha me honro de Alcino generoso,
Que tem do império o cetro soberano".
Vira-se à comitiva: "Olá! Criadas,
Fugis deste varão, como inimigo?
Ninguém nos hostiliza; aqui num cabo
Do undoso campo, sem comércio externo,
São dos deuses validos os Feaces.
Um triste peregrino, o envia o Padre,
Aos pobres compassivo; a contentá-lo
Tênue dom basta. Ao nosso, ó companheiras,
Dai bebida e comer; do rio em parte
Ide-o banhar dos ventos abrigada".
Param; mútuo exortando-se, o conduzem
Ao prescrito lugar, e apõem-lhe e entregam
Manto, as mais vestes, a redoma de ouro,
E a meter-se o convidam na corrente.
Mas o divino Ulisses: "Apartai-vos,
Quero mesmo limpar-me da salsugem,
E o que há muito não faço, ungir-me de óleo:
Temo lavar-me todo nu, de moças
Ofendendo o pudor". – Elas se afastam
E o contam à senhora. Imundas costas,

Cabeça e largos ombros, ele esfrega;
Veste o que a virgem dera, enxuto e ungido.
Maior o torna e mais robusto Palas,
Solta-lhe a coma ondada e semelhante
À jacintina flor; qual fabro exímio,
Que ela mesma adestrara e o coxo mestre,
Graça lhe imprime na pessoa a deia.
Marcha, e à praia sentado, em gentileza
Resplandecia; às aneladas servas
Diz absorta a senhora: "Albinitentes
Companheiras, ouvi-me: sem mistério
Não veio o herói; vulgar primeiro o cria;
E aos numes o comparo. Oh! Se eu tivesse
Tal marido, e na Esquéria nos ficasse!
Vós do que houver servi-o". Assim fizeram.
Por tão longo jejum, sôfrego Ulisses
Come e bebe; e Nausica bracinívea
Na carroça depõe dobrada a roupa,
Os unguíssonos ata, monta, amoesta
O alto varão: "Sus, hóspedes, à cidade;
Ao paterno palácio te encaminho,
Onde os magnatas acharás Feaces.
Razoável te suponho, isto executes:
Por agros e plantios, eu diante,
Com minhas servas anda após o carro;
Mas retém-te às muralhas da cidade,
Que dous portos possui de estreita boca.
Lá vara cada um na sua estância
O açoutado baixel. Medeia aos portos
Largo foro, com lajes das pedreiras
Dos contornos calçado, e nele o templo
Alteia de Netuno. Ali conservam
Mastros, cabos, maçame, e remos talham;
Que os Feaces não curam de arco e aljava,
Sim de antenas e velas, que bizarros

Pelo espumoso pélago os naveguem.
O pé digo reprimas; que, insolente
Como é do bairro a plebe, a desluzir-me
Algum pode morder-me: – Olhai Nausica;
Segue-a gentil estranho apessoado;
Será marido? Perto nenhum mora;
De um navio errabundo o ajuntaria?
Ou deus será do Olimpo que, a seus rogos
Baixe e lhe assista sempre? É bom que fora
Fosse-o tomar; que os muitos que a desejam
Da Feácia nobreza, ela os despreza.
Desta afronta e censura hei de correr-me;
E em caso igual censurarei aquela
Que, a despeito dos pais, antes das núpcias,
Com homens se mostrasse. Hóspede, à risca
Preenche o meu conselho, a fim que obtenhas
Do rei gente e socorro e pronta volta.
No caminho, alameda encontraremos,
Luco Paládio, e fonte e em roda prados,
Onde meu pai tem quinta e flóreos hortos,
E dali à cidade um grito alcança:
Neste lugar espera, e quando penses
Que é tempo já de estarmos recolhidas,
Entra no muro, indaga onde o palácio
Do magnânimo Alcino; outra morada
Os Feaces não têm que a rivalize,
E um menino qualquer pode ensinar-ta.
Do átrio penetres velozmente à sala,
E busques minha mãe: sentada ao lume
Do aceso lar, é maravilha vê-la
E detrás dela escravas; encostada
Ao pilar, volve um fuso purpurino.
Próximo está meu pai qual deus, no sólio
Almo vinho gostando: o rei pretiras,
E os joelhos abraces da consorte,

Para que da partida a luz te raie;
Por distante que habites, se a comoves,
Ver conta a celsa casa e a doce pátria".
    Ei-la verbera os mus, que o rio deixam
À desfilada, airoso o passo alternam;
Mas de jeito regia o açoute e as rédeas,
Para os a pé de vista a não perderem.
Cai o sol; ao delubro de Minerva
Demorando-se Ulisses, a depreca:
"Do aluno de Amalteia, ouve-me, ó filha!
Se tu não me atendeste quando jogo
Fui do ínclito Netuno, atende-me ora,
Dá que os Feaces mísero me amparem".
    Palas o escuta, sem que lhe apareça,
Com temor de seu tio, que iracundo
Até Ítaca mesma há de vexá-lo.

LIVRO VII

Ora o sofrido herói; marcha a carroça,
Para Nausica ao pórtico soberbo:
Os irmãos seus deiformes, que a rodeiam,
Os mus disjungem, dentro a carga levam.
Ela à câmara sobe: o fogo acende
E a ceia lhe concerta Eurimedusa,
Do Epiro transportada em naus remeiras,
Pelo povo escolhida em recompensa
Para o potente Alcino, dos Feaces
Como um deus adorado; a qual na régia
Nutriz foi da donzela, e é camareira.
Ergue-se Ulisses, e a propícia deia
O embuça em névoa grossa, que insultá-lo
E ofender ninguém possa, nem detê-lo

Ou quem seja inquirir; mas, da risonha
Cidade ao começar, vem Palas como
Rapariga de cântaro à cabeça,
E o Laércio a interroga: "Filha, queres
Conduzir-me de Alcino aos reais paços?
Estrangeiro e infeliz, de longe arribo;
Nem do lugar um morador conheço".
"Sim, respeitável hóspede", responde;
"Meu bom pai fica perto. Abro o caminho;
Tu cala-te, que a turba hostil e acerba
Não sofre nem festeja os forasteiros.
Tal gente, ousada nas talhantes quilhas,
Os mares trana, pois lhas deu Saturnio
Velozes qual a pluma e o pensamento".
Ela avança, ele a segue. À chusma oculto
Marítima perpassa, que Minerva
Lhe difundia divinal caligem:
Os portos vai mirando e as alterosas
Naus e o foro e as muralhas estupendas
Com valos guarnecidas. Mas, vizinhos
Ao paço, adverte a guia olhicerúlea:
"Dentro, hóspede e senhor, de Jove alunos
À mesa encontrarás. Anda e não temas;
O audaz e franco, donde quer que chegue,
Vence embaraços. A rainha busques,
A quem de Areta cabe o grato nome,
E é da real prosápia do marido.
Eurimédon feríssimos gigantes
Altivo dominava, e o duro povo
Com ele pereceu; de Peribeia,
Menor filha e a mais guapa, houve Netuno
O bravo Nausítoo, aqui reinante,
O qual foi pai de Rexenor e Alcino;
A Rexenor matando o Arcitenente,
Ele deixou, casado era de fresco,

Não masculina prole, única Areta;
Com Areta esposou-se o tio Alcino.
Mais honrada não há matrona alguma
Dos caros filhos, do consorte mesmo;
Quando passeia, divindade a julgam
E de seus lábios as palavras colhem;
Boa e inspirada, os cidadãos congraça.
Rever esperes, se te for benigna,
Os amigos e a pátria e a celsa casa".

Pelo ponto infrugífero, eis Minerva
Da Esquéria amena parte, e se dirige
A Maratona e Atenas de amplas ruas,
De Erecteu sobe o alcáçar. Ao de Alcino,
Sem que o límen transponha, tem-se Ulisses
A cogitar. Magnífico palácio
Como o Sol fulge e a Lua: éreas paredes
Firmam-se em torno, da soleira adentro,
Com seus frisos de esmalte, áureas as portas,
Argênteos os portais ao brônzeo ingresso,
Argênteas vergas, a cornija de ouro;
De ouro e de prata uns cães, de lado a lado,
Com alma e coração, Vulcânio invento,
São de Alcino os custódios vigilantes,
Imortais e à velhice não sujeitos;
Para o interior há tronos desde a entrada,
Com finos véus de mãos femíneas obra,
Onde em redor assentam-se os magnatas
A comer e beber, durante o ano;
Com primor fabricados, junto às aras
Mancebo de ouro estão, de acesos fachos
A alumiar de noite os conviventes.
Servem cinquenta moças: quais, em pedra
Flavo trigo a moer; quais, aos teares;
Quais, a virar num rodopio os fusos,
Como do álamo as folhas buliçosas.

Untado e bem tecido o linho estila:
Tanto os Feaces navegando excelem,
Quanto as mulheres têm, mercê de Palas,
Para a teia e o lavor engenho e arte.

Não distante, há vergel de quatro jeiras,
Onde florentes árvores viçosas,
De inverno e de verão, perene brotam;
Zéfiro meigo lhes sazona os frutos,
Um pula, outro arregoa, outro envelhece.
Nova sucede à pera já madura;
À escachada romã sucede nova;
Esta oliva é de vez, rebenta aquela;
Junto à maçã vermelha a verde cresce;
Figo após figo, mela, uva após uva.
Medra abundante vinha: em área cachos
Estão secando ao Sol, quais se vindimam,
Quais pisam-se em lagar; doces roxeiam,
Ou no desflorescer acerbos travam.
O arruado pomar fenece em horta,
De verduras mimosa em toda quadra.
Pelo inteiro jardim corre uma fonte;
Jorra ao pátio a maior ante o palácio,
Donde bebe a cidade. Eis quanto os numes
Ao nobre Alcino em casa prodigaram.

Ulisses mira e pasma, e na caligem
Paládia envolto, o limiar transpondo,
Acha-os libando a Hermes negocioso,
Brinde final dos que do leito curam;
E mal, vizinho ao rei, da augusta esposa
Às plantas cai, a nuvem se dissipa.
Todos o encaram mudos, e ele exclama:
"Filha de Rexenor, divina Areta,
Mísero eu te suplico e a teu marido
E aos mais senhores: oxalá que extensa
Vida obtenhais e transmitir à prole

Bens e fortunas que vos der o povo!
Breve porém mandai-me à pátria minha;
Fora dos meus padeço há largos anos".
Nisto, ao fogão sentou-se no cinzeiro.
O silêncio reinava, até rompê-lo
Equeneu venerando, o mais idoso
Dos Feaces heróis, mais eloquente,
Mais douto no passado, e orou sisudo:
"O hóspede, Alcino, ali jazer na cinza
É pouco honesto; o aceno os mais te aguardam
Em sede claviargêntea, eia, o coloques;
Vinho manda infundir, para ao Fulmíneo,
Que assiste a honrados hóspedes, libarmos;
Já, ministrei-lhe ceia a despenseira".
E o rei pega do sábio, em trono o assenta
Resplendido, que próximo ocupava
O forte e amado filho seu Laodamas.
Serva em bacia argêntea às mãos verte água
De áureo gomil, desdobra e espana a mesa;
Pão traz modesta ecônoma e iguarias
Novas, que às encetadas acrescenta.
Come Ulisses e bebe, e o rei com força:
"Mistura, tu Pontono, e da cratera
O vinho distribui, para ao Fulmíneo,
Que assiste a honrados hóspedes, libarmos".
O arauto o brando vinho que mistura,
Em copos vaza e o distribui aos chefes.
Depois Alcino: "Egrégios conselheiros,
Ide saciados repousar, vos digo.
Os antigos do povo amanhã venham;
Em festejo hospital ofereçamos
Completo sacrifício às divindades;
Em seguida curemos de que alegre
Ele, por mais remota, à pátria aborde,
Sem moléstia nem danos; acautelemos

Qualquer mal no caminho. Já na terra,
Sofra as penas que as Parcas lhe fiaram
Desde o materno ventre. E a ser do Olimpo
Habitador, mistério aqui se encobre:
Deuses muito há que a nós se manifestam;
Conosco, nas solenes hecatombes,
Demoram-se ao banquete; e se um Feace
Os depara viandante, não se escondem,
Pois neles entroncamos, como as tribos
De Ciclopes cruéis, gigantes rudes".
    "Alcino", o herói tornou, "perde essa ideia:
Aos Celícolas tu não me confrontes
Em índole e presença; humano e frágil,
Ao mais triste mortal sou comparável,
Nem te posso explanar quanto infortúnio
Tem sobre mim os deuses carregado.
Mas, da mágoa apesar, deixa que eu ceie;
O estômago importuno me aguilhoa,
No meio da aflição me pica e lembra
O comer e o beber, dá trégua às penas.
N'alva expedi-me: ao ver, pós tantas lidas,
Minha terra e família e doces lares,
Acabe-se esta luz ali comigo".
    Aplaudem-no os Feaces, confiando
Que o disserto orador o intento logre,
E trás farto libar foram-se ao leito.
O herói fica-se e Areta e o rei divino,
E as servas a baixela entanto arrumam.
Logo Areta, que as obras reconhece
Dela e da gente sua: "A interrogar-te
Primeira, hóspede, sou. Quem és e donde?
Como houveste essa túnica e esse manto?
Não dizes tu que náufrago abordaste?"
    "Narrar-te já", responde, "quantos males,
Senhora, o Céu vibrou-me, é mui difícil;

Mas ao que me perguntas satisfaço.
De humanos e mortais mora apartada,
Na Ogígia ilha do alto-mar, Calipso,
De Atlante gérmen, de encrespada coma,
Ardilosa e tremenda; ali mau gênio
Lançou-me só, desfeito havendo Jove
A raio a embarcação no escuro abismo,
Onde os meus nautas soçobraram todos.
Por nove dias, aferrado à quilha,
De vaga em vaga, ao décimo de noite
A praia toco. A ninfa carinhosa
Me tratou, me nutriu, velhice e morte
Quis tolher-me, e abalar-me nunca pôde.
Firme reguei de choro as dadas roupas
Incorruptíveis; mas, de Jove ao mando
Ou volúvel, no curso do ano oitavo
A partir me exortou numa jangada,
Pão forneceu-me e vinho e odoras vestes,
Favônias a invocar-me auras suaves.
Aos oito sóis de undívaga derrota,
Vossa alta umbrosa terra apareceu-me,
E no peito exultei. Mas ai! Netuno,
Insensível ao pranto, em furor sempre,
Com vastas brenhas de surdir me impede,
E a barca um vagalhão me desconjunta.
As ondas meço a braço, té que à ilha
Sanhudas nuns penedos me remessam
Inacessíveis. Novamente nado,
A foz emboco enfim de um rio ameno,
Tuto e limpo de escolhos e abrigado;
Em salvo, ânimo cobro. A tarde assoma,
Deixo o rio Dial; em selva opaca,
Inda que atribulado, acamo folhas,
E um deus noite e manhã me embebe em sono.
Ao declinar do Sol, acordo e avisto

A filha tua às imortais parelha,
N'alva praia entre as fâmulas brincando;
Suplico, admiro o tento que, ó rainha,
Esperar não puderas dos seus anos
De imprudência e loucura: fez banhar-me,
De vestidos proveu-me e de alimento.
Nesta angústia, senhora, eis a verdade".
"Hóspede", acode Alcino, "a filha minha
Ao decoro faltou, que ao nosso alvergue
De antemão suplicada, lhe cumpria
Na comitiva sua conduzir-te".
O manhoso atalhou: "Tu não censures
A inocente princesa; ela mandou-me
Acompanhar as servas, e eu neguei-me.
Temi quiçá que ao vê-lo te irritasses:
À suspeita é propensa a espécie humana".
"Temerário não sou", replica Alcino,
"Ou pronto em me irritar; o honesto e justo,
Hóspede, em mim domina. Oh! queira o Padre,
Minerva e Apolo, tal qual és, de acordo
Com meu sentir, que genro meu te fiques!
Doo-te casa e bens. Mas por violência
Ninguém te reterá: condena-o Jove.
Dorme em sossego, disporei seguro
Teu regresso amanhã: durante as calmas
Os nautas remarão, se além de Eubeia
Mesma o desejes, ilha a mais remota,
Segundo os que de Télus navegaram
Ao filho Tício o flavo Radamanto;
Porém num dia aqui se recolheram.
Conhecerás que chusma e naus possuo
Para à voga arrancada o mar fenderem".
Folga e depreca Ulisses: "Padre excelso!
Cumpra Alcino a promessa; a glória sua
Encha a terra fecunda, e eu veja a minha".

Inda assim praticavam, quando Areta
Albinitente ao pórtico uma cama
Estender manda, com purpúreas colchas,
Com tapetes e espessos cobertores;
Vão de facho na mão fazê-la as servas,
E o paciente herói depois avisam:
"Hóspede, vem dormir, que é pronta a cama".
Ulisses com prazer no recortado
Catre ao sonoro pórtico se estira.
Foi dentro Alcino se gozar do sono,
Com sua esposa o leito compartindo.

LIVRO VIII

Do éter assoma a dedirrósea filha;
Ergue-se o rei, presenta o egrégio Ulisses
Ante as naus ao congresso convocado,
E a par assentam-se em polidas pedras.
Cuidadosa do urbífrago Laércio,
Palas, de Alcino o arauto semelhando
Na cidade apregoa: "Ao foro, ao foro;
Um de vulto imortal ide ouvir, chefes,
Que hóspede Alcino recolheu das vagas".
Incitados, a praça e os bancos enchem.
Mirando aquele em cuja fronte e espáduas
Graça divina despejou Minerva;
Mais guapo o fez e esbelto e majestoso,
Para que, a todos formidando e grato,
Nos certames de si desse alta prova.
Conciona grave na assembleia Alcino:
"O que hei no peito, príncipes, declaro.
Veio-me à casa este hóspede errabundo,
Se do Oriente ignoro ou do Ocidente,

Mas passagem me pede e que a fixemos.
A ida se lhe apresse; um forasteiro
Nunca em meu lar se lastimou retido:
Novo negro baixel ao mar divino,
Cinquenta e dous receba exímios nautas.
Ligados presto os remos aos toletes,
Eia, a lauto festejo compareçam.
Não me falheis, cetrados: convidai-me
Demôdoco imortal, que em estro aceso
Por Jove, entoa cânticos melífluos".
    Ei-lo, avança; os cetrígeros o escoltam,
O arauto corre ao músico sublime.
Cinquenta e dous se elegem, que submissos
Vão-se à praia e o navio deitam n'água,
Alçam mastro, içam velas, prendem remos
Com atilhos de coiro, e tudo prestes,
Abrindo o pano, o lenho põem de largo;
Passam depois ao régio nobre alcáçar,
Salões, átrios, vestíbulos se atulham
De mancebos, de velhos, turba imensa.
Alcino doze ovelhas e oito porcos
De alvos dentes imola e dous refeitos
E flexípedes bois, que os mais esfolam,
Deleitoso banquete aparelhando.
Conduz Pontono o vate aceito à Musa,
Que o cegou, mas lhe deu canto suave
E do bem e do mal o entendimento;
Num trono o põe de prata cravejado,
Numa coluna o encosta, e lhe pendura
Sobre a cabeça em prego a doce lira
E de a tomar indica-lhe a maneira;
Pousa-lhe um canistrel em mesa ornada,
Com cheia copa que à vontade empine.
Atiram-se aos manjares os convivas.
    Expulsa a fome e a sede, a Musa instiga

O poeta a cantar guerreiro canto,
Cuja fama às estrelas se exaltava;
A rixa era de Ulisses e de Aquiles,
Com ditos agros num festim sagrado;
E o rei dos reis folgava, porque entrando,
No estrear Jove a lide Grega e Teucra,
Do Pítio Apolo no marmóreo templo,
O oráculo a vitória prometeu-lhe,
Dês que os melhores Dânaos contendessem.
Prossegue o vate, e Ulisses à cabeça
Com força deita o purpurino manto,
Para encobrir nas morenadas faces
As lágrimas que a pares borbulhavam.
No intervalo da música, as enxuga
E desce o manto, liba às divindades.
Na bicôncava taça; quando, a rogos
Dos que a toada e a letra enamorava,
O bom cego as repete, o herói suspira
E, tornando a embuçar-se, esconde o choro.
    Junto, o percebe o rei: "Feaces, basta.
Nós, de iguarias cheios e de acorde,
Glória e adorno da mesa, ao foro andemos:
Narre o estrangeiro aos seus quanto hábeis somos
Em luta e pugilato, em salto e curso".
    Marcha, e os grandes com ele; ao prego a lira
Suspende o arauto, e à cola guia o cego
Dos que iam divertir-se nos certames,
De infinita caterva acompanhados.
Jovens de pulso, Anquíalo, Acrônio,
Nautes, Elatreu, Ocíalo se ergueram,
Ponteu, Proreu, Toon, Prines, Eretemes,
Anabesinco, Anfíalo progênie
De Polineu Tectômides; nem faltam
O igual de Marte Euríalo, o formoso
E esbelto Naubólides mais que todos,

Fora o guapo Laodamas; este alçou-se
Também com seus irmãos, de Alcino ramos,
Hálio gentil e Clitoneu galhardo.
Começam pelo curso, e da barreira
Entre nuvens de pó rápidos voam:
Quanto um pousio arando excedem mulas
A bois tardonhos, Clitoneu bizarro
Pretere os outros e regressa ao povo.
Anfíalo em saltar, no disco Elatreu,
Vence Euríalo os mais na acerba luta,
Na punhada Laodamas, que no meio
Do regozijo brada: "Amigos, vinde,
Perguntemos se o hóspede é nos jogos
Exercitado: o corpo tem fornido,
Pernas, coxas, pescoço, espáduas, punhos;
Inda é verde, sofresse embora há pouco
O trabalho do mar, que tanto custa
E do varão mais rijo as forças quebra".
Euríalo aprovou: "Pois bem, Laodamas,
Vai tu mesmo incitá-lo". Eis ante Ulisses
Tem-se o filho de Alcino: "Hóspede padre,
Entra, se os aprendeste, em nossos ludos;
Quadram-te à maravilha: é do homem timbre
De pés e mãos valer-se denodado.
Bane a tristeza, partirás em breve;
Em nado é teu baixel e os vogas prontos".
Mas o astuto: "Laodamas, tu provocas
A que zombem de mim? Não penso em ludos,
Penso na dores que passei tamanhas;
A volta mendigando, ao rei depreco
E ao popular congresso". Em face o ataca
Súbito Euríalo: "Hóspede, não cuido
Que nos certames dos varões te exerças;
Menos atleta válido pareces
Que de marujos traficante mestre,

A especular na carga e mercancia
Da remeira galé, de roubos arca".
Torvo Ulisses o mede: "E tu pareces
Doudo varrido a proferir dislates.
Nem tudo Jove dá; beleza nega,
Ou loquela, ou juízo: um não formoso
Com suave eloquência orna o semblante,
E olhado com prazer, modesto e firme,
No parlamento se insinua e reina,
E na rua e na praça um deus o aclamam;
Outro, gentil como íncolas celestes,
Insulso é no exprimir-se. Tu, mancebo,
Nobre és de aspecto, mas no tino falhas;
Com teu parlar minha alma exacerbaste.
Não me creias ignaro dos certames;
Da idade no vigor fui dos primeiros:
Hoje o pesar me oprime, e o que hei passado
Na guerra e em salsas vagas; mas embora,
Meu coração mordeste, os jogos tento".
Aqui, de manto mesmo, um grosso aferra
Disco muito maior que os dos Feaces
O peso a revoltões zunindo expede:
Bem que pujante a chusma a remo e vela,
Se agacha ao tiro, e sobrevoa a pedra
Salvando as marcas todas. – Palas uma
Logo fixando, em vulto humano fala:
"Pode, hóspede, apalpando qualquer cego
Teu sinal discernir, que é nímio avante
Sem confusão dos mais; nenhum Feace
Tirar-te-á do lanço, eu to aseguro".
O herói folga de tal benignidade,
E brando ajunta: "À liça agora, moços;
De novo jogarei, talvez mais longe.
Vós me irritastes, a ninguém recuso;
Ao cesto, à luta, ao curso, desafio

Todos, menos Laodamas, que hospedou-me:
Pelejar com o amigo é de um vil néscio;
Quem quer que o tente num país estranho,
O jus perde ao respeito e a benefícios.
Nenhum temo ou desprezo; às claras venha
O que me julgue imbele experimentar-me.
No arco mormente primo; sei na turba
De hostis frecheiros num dos seus a farpa
À vontade empregar: nos campos Troicos
Só me vencia o archeiro Filoctetes;
Entre os mortais que o pão da terra comem,
Gabo-me e prezo de lhe ser segundo.
Com prístinos varões não me comparo,
Com Hércules e Êurito Ecaliense,
Que na sua arte aos numes se atreviam:
O grande Êurito foi de curta vida,
Ímpio desafiando o iroso Apolo.
Meu dardo alcança como de outro a seta.
Só receio os Feaces na carreira,
Das ondas nimiamente quebrantado:
Nem sempre era o navio bem provido,
E frouxos tenho os trabalhados membros".
Ao silêncio geral sucede Alcino:
"Tens, hóspede, razão de te agastares
Contra esse audaz, e a peito o provar tomas
De constante valor munido seres.
Que homem sisudo nunca mais te argua.
Ouve-me, outra impressão de nós conserves,
Para, ao festim com tua esposa e filhos,
Contares aos heróis quais prendas Jove
Desde avós nos transmite: em luta e cesto
Não somos extremados, sim ligeiros
E na marinha exímios; o banquete
Nos praz, coreia e música, a mudança
De vestidos, bom leito e quentes banhos.

Bailai vós, peritíssimos Feaces;
O hóspede narre aos seus quanto excelemos
Em navegar, em pés, em dança, em canto.
Corra alguém, e a Demôdoco da régia
Depressa traga a cítara sonora".
Pontono corre. Os públicos do circo
Nove eleitos juízes, levantados,
O lugar aplanando, o espaço alargam.
O arauto volta; a cítara o poeta
Recebe, a quem na arena adolescentes
Cercam destros e airosos, em cadência
Pulsando o chão divino: absorto Ulisses
O enredo, o passo, a rapidez contempla.
Demôdoco depois dedilha e canta
Como furtiva a coroada Vênus
Uniu-se a Marte, que o Vulcânio toro
Maculou com mil dons peitando a esposa.
Pelo Sol advertido, o grão ferreiro
Parte, vingança a meditar profundo;
No cepo encava a incude, laços forja
Que desdar-se não podem nem romper-se.
Mal os conclui, à câmara caminha
Do seu leito amoroso; uns aos pés liga,
Outros ao sobrecéu, com tanta insídia,
Que de aranha sutil quais teias eram,
Mas a qualquer Celícola invisíveis.
Armada a fraude, simulou viagem
De Lemos à caríssima cidade.
Marte, cujos frisões têm freios de ouro,
Não obcecado, o fabro viu partindo;
Veio-lhe presto à casa, cobiçoso
De gozar Vênus bela: esta pousava
De visitar o genitor Saturnio;
Pega-lhe o amante na mimosa destra:
"Vazia a cama está; Vulcano é fora,

Aos Síntios foi-se de linguagem bronca".
Ei-los ao leito jubilando ascendem,
E nas malhas do artista se emaranham;
Nem desatar-se nem mover-se podem,
Sem ter efúgio algum. Torna Vulcano,
Antes que a Lemos chegue; o Sol o avisa.
Ao seu pórtico para angustiado,
Urro esforça raivoso, que no Olimpo
Retumba horrendo: "Ó Padre, ó vós deidades,
Vinde rir e indignar-vos desta infâmia.
Por coxo a Dial Vênus me desonra,
Amando ao sevo Marte, que é perfeito:
Se esta lesão me afeia, é toda a culpa
De meus pais, que gerar-me não deviam.
Vede-os, oh! triste aspecto como dormem
No meu leito enleados; mas duvido
Que em seu ardor jazer assim desejem.
Meu laço os reterá, té que haja o dote
E os dons feitos ao pai, que deu-me a filha
De formosura exemplo e de inconstância".
No éreo paço Vulcânio já Netuno,
Mais o frecheiro Febo e o deus do ganho,
As deusas de pudor não comparecem;
Do pórtico os demais, às gargalhadas,
O dolo observam do prudente mestre,
Olham-se e clamam: "Da virtude o vício,
Do inferno o lesto e forte é suplantado;
O manco ao mais veloz prendeu com arte,
Pague o adúltero a multa". Apolo ao núncio
De bens dador voltou-se: "Quererias,
Filho de Jove, assim dormir nos braços
Da áurea Ciprina?" Respondeu Mercúrio:
"Oxalá, Febo Apolo, ao pé de Vênus
Vós me vísseis dormir, e as próprias deusas,
No tresdobro dos fios envolvido".

Renovou-se a risada; mas Netuno
Sério ao mestre pediu que solte a Marte:
"Solta-o; prometo que a teu grado e à risca
Hajas a multa aos imortais devida".
"Rei", contesta o aleijado, "não mo ordenes;
A caução para o fraco é fraca sempre:
Como eu te obrigaria, se ele escapo
Se recusasse?" Então Netuno: "Marte
Se renuir, pagar-te-ei, Vulcano".
Rende-se o ínclito coxo: "Não me é dado
Negar-to". E os laços desliou de um toque.
Os réus fugiram: para a Trácia, Marte;
Para Pafos Ciprina, a mãe dos risos,
Que ali tem bosque e recendentes aras.
Banhada em óleo divinal ungida,
As Graças do mais fino a paramentam.
Ulisses da harmonia se recreia,
E a gente em roda. Alcino bailar manda
Laodamas e Hálios sós, que a palma levam:
Um, curvo atrás, às nuvens roxa pela,
Que fez Políbo, alteia, e outro, a pulo,
Antes que aos pés lhe caia, a encontra e joga;
A alma terra ao depois, tripudiando,
Alternos batem, com geral aplauso.
O estrépito sossega, e Ulisses fala:
"Bem gabaste na dança os teus Feaces;
Estou, potente rei, maravilhado".
Alegre Alcino: "Príncipes, decerto
É sábio e dons merece. Há cabos doze,
E eu treze: cada qual brinde-lhe um manto
Rico e túnica nova e áureo talento,
E junto obtenha tudo e à ceia folgue;
A injúria apague Euríalo e o congrace
Com palavras e dádivas". – De grado
Seu próprio arauto unânimes despacham,

E Euríalo obedece: "De vontade
Quero aplacá-lo, ó maioral dos povos;
Haja esta brônzea espada com bainha
De recente marfim e argênteos punhos,
Digna dele". E ao passá-la: "Ó venerável,
Espalhe o vento irrefletidas vozes.
Longo há fora dos teus, hóspede, os numes
Restituam-te à pátria e à mulher cara".
"Salve", Ulisses responde, "e sê ditoso.
Nunca, jovem amigo, a falta sintas
Do presente que afável me concedes".
Aceita e cinge a espada claviargêntea.
O Sol transmonta, e as dádivas afluem
Que ao real paço arautos conduziam;
De Alcino os filhos as recebem logo
E à mãe vão reverentes presentá-las;
O pai à casa os principais convida,
Senta-os em tronos, volve-se à rainha:
"Traze, mulher, tua arca a mais luzente,
Boa túnica e um manto; ao lume aqueçam
Caldeira para banho. Ele gozoso
Os dons remire dos heróis Feaces,
Divirta-se ao banquete e os hinos logre.
Dou-lhe em memória uma áurea fina taça,
Por onde libe à Jove e à corte sua".
Ela ordena; uma trípode as escravas
Põem ao fogo e por baixo lenha acendem;
A água, lambendo a labareda o bojo,
Ferve em caixões... N'arca louçã, que trouxe,
Dos Feaces a roupa e o ouro mete,
Mais a túnica e o manto: "A tampa", adverte,
"Hóspede, esguarda; em nó seguro a feches,
Para ninguém lesar-te na viagem,
Quando em ferrado sono a bordo pegues".
Na tampa o cauto herói passa um nó firme,

Invenção da engenhosa augusta Circe.
Da caseira a banhar-se convidado,
Entra a prazer em tina de água morna;
Pois tamanha delícia não gozava,
Dês que a ilha deixara de Calipso,
Onde ele como um nume era tratado.
Lavam-no, ungido vestem-lhe as escravas
Túnica e manto, e sai para entre os cabos
Vinhos saborear. Então Nausica,
Beleza divinal, chega à soleira
Da magnífica sala; atenta Ulisses,
Admira-o, diz veloz: "Hóspede, salve;
Lá mesmo em teu país de mim te lembres,
De mim primeira em te guardar a vida".
Respondeu-lhe: "De Alcino ínclita filha.
Assim de Juno o Altíssono consorte
A luz ver da partida me conceda,
Como hei de lá qual deia honrar-te sempre,
A ti que me salvaste, ó nobre virgem".
E junto ao rei sentou-se, quando as peças
Partiam já e o vinho misturavam.
Com o amável cantor o arauto vindo,
No meio o encosta à sólita coluna.
A porção mais sucosa rasga Ulisses
Do pingue dorso de albidente porco:
"Toma, a Demôdoco isto leva, arauto;
Quero na minha dor mostrar que o prezo.
Os poetas venera e afaga a terra,
Caros à Musa, que os doutrina e inflama".
Jubilando o cantor a oferta aceita,
E começa o banquete aparatoso.
E a Demôdoco Ulisses, finda a ceia:
"Eu te respeito sobre os homens todos;
A Dial Musa ou Febo é quem te inspira.
Cantaste os casos e aflições dos Dânaos,

Como se própria testemunha fosses,
Ou de uma o ouvisses. Canta-me o cavalo
Que da madeira Epeu fez com Minerva,
Do Laércio ardiloso introduzido,
Prenhe de heróis que Pérgamo assolaram:
Exato sejas, e aos mortais proclamo
Que um deus influi e te modula os hinos".

Ei-lo, em fúria sonora; entoa o como,
As tendas abrasando, uns Gregos vogam,
E outros, sujeitos ao facundo Ulisses,
Ficam no amplo cavalo, que puxaram
Da fortaleza a dentro os mesmos Teucros.
Estes confusos em redor concebem
Três projetos, brocar a bronze o lenho,
Ou do castelo abaixo despenhá-lo,
Ou santo voto oferecê-lo aos numes:
O último infausto parecer adotam;
Fado era que a ruína em lígneo bojo
A escolha dos Aqueus levasse a Troia.
Canta o como, vazio o cavo engano,
Ílio os esparsos Dânaos depredaram;
Como, enquanto a cidade vai acesa,
Outro Mavorte, o Ítaco, à Deifobeia
Estância foi com Menelau divino,
E ali, travada aspérrima contenda,
Coroou-lhe a vitória a Protetora.

Ao cântico do vate, as maças rega
Debulhando-se em lágrimas Ulisses:
Qual em braços o esposo a mulher chora
Que o viu cair em vascas moribundo
Ante a muralha, os cidadãos e os filhos
Ao sevo dia subtrair tentando,
E em ais e em gritos sobre o seu cadáver,
Dos soldados, que o tergo lhe escalavram,
Na amargura e na dor é constrangida

A cruel cativeiro; tal carpia
O Laércio infeliz. Somente Alcino,
Sentado ao pé, seu suspirar percebe:
"Cale o poeta, ó chefes, o instrumento,
Pois nem todos se alegram do seu canto:
Findo o repasto, à música atendendo,
Mesto sempre nosso hóspede soluça;
Poupar seu luto cumpre e distraí-lo.
Por ele é que esta festa preparamos,
Com generosos dons, segura escolta:
É vero irmão para as sensíveis almas
Um súplice estrangeiro. Agora, amigo,
Toda a franqueza: como dos vizinhos
Eras chamado? o bom e o mau têm nome,
Que seus pais à nascença lhe impuseram.
Qual é tua terra e gente me declares.
A fim que a nau medite na viagem:
De mestre e leme as nossas não precisam,
Pensam, calculam, como a raça humana,
Quaisquer povoações e campos sabem,
Por entre o nevoeiro as vagas tranam,
Sem temor de soçobro ou de avaria.
Previu porém meu pai que, da passagem
E do socorro aos náufragos Netuno
Azedo, um nosso galeão de volta
Sumiria no pélago, à cidade
Um monte empinadíssimo afrontando.
Se há de ou não preencher-se o vaticínio
Pertence ao deus. Mas sem refolho narra
Que praias tens corrido, que paragens
E regiões trilhado; quais das tribos
Agrestes eram, bárbaras e injustas;
Quais, tementes a Jove e hospitaleiras.
Porque em segredo gemes, as desgraças
Dos Gregos e dos Teucros escutando?

O Céu quis sucumbissem tais guerreiros,
Para matéria a pósteros poemas.
Junto a Ílion morreu-te algum parente?
Morreu-te um genro, um sogro, os mais diletos
Após os consanguíneos? Ou pranteias
Um camarada? O sócio íntimo e sério
Não é menos que irmão no amor e estima.

LIVRO IX

Toma Ulisses a mão: – Potente Alcino,
De povos sumo rei, nada há mais grato
Que do cantor a divinal poesia;
Nada mais deleitável que esta gente
Lhe estar ouvindo a voz melodiosa
À tua mesa, de regalos plena,
E o vinho haurir que da cratera vaza
Nos copos o escanção: minha alma o escuta.
Mandas-me renovar a dor e o pranto:
Que princípio, que meio, que remate
A narração terá de imensos males
A mim fadados? Por meu nome enceto.
Escapo aqui da morte, hóspede vosso
Perpétuo seja, inda que longe moro:
Sou Ulisses Laércio, encomiado
Por meus ardis, com fama até nos astros.
Ítaca habito ocídua, e lá tremula
Nerito a verde coma; circunstantes
Ilhas há povoadas, como Same
E Dulíquio e Zacinto nemorosa,
Orientais e ao sul; Ítaca humilde
Última as trevas olha, áspera e tosca,
Porém não posso ver nada mais doce.

Na gruta sua a ótima Calipso,
Em casa teve-me a dolosa Eeia,
Sem nunca afagos seus me demoverem,
Pois ledo homem não vive e satisfeito
Fora da pátria amiga e dos parentes,
Bem que noutro país nade em riquezas.
Ora de Ílio a tornada lagrimosa
Referirei, disposição de Jove.
À Ismara o vento impele-me e aos Cícones:
Saqueio e os mato; com partilha justa
As mulheres e a presa dividimos.
Presto os insto a largar; mas insensatos
Na praia indóceis a beber se ficam,
Ovelhas abatendo e negros touros.
Os fugitivos por socorro bramam,
E n'alva em cópia do interior concorrem
Bons peões e adestrados cavaleiros,
Como as folhas vernais e as flores brotam.
Jove de mil desgraças nos oprime:
Eles às nossas naus o ataque apertam,
Fervem de parte a parte os êneos tiros;
Toda a manhã enquanto a luz crescia,
Do número apesar, os contivemos;
Ao Sol cadente, quando os bois descangam,
Em fuga nós, poupando a Parca os outros,
Armados seis de cada nau perdemos.
Salvos, contudo mestos velejamos,
Vezes três a invocar primeiro os sócios
Ai! nas Cicônias margens trucidados.
O Nimbífero o Bóreas assolou-nos;
Tolda bulcão tristonho o mar e a terra,
A noite rui do céu; de esguelha o vento
As velas farpa, e súbito arreadas,
Varei com susto. Lá cansaço e mágoa
Nos ralou; mas, à terça ruiva aurora,

Mastros eretos, brancos linho içado,
Navego ao tom da brisa e dos pilotos.
O natal chão tocava, quando Bóreas
E do Maleia as correntes me empuxaram
Muito além de Cítera. Dias nove
Pelo piscoso ponto flutuando,
No dezeno aos Lotófagos arribo,
Que apascenta uma planta e flor cheirosa.
Jantamos, feita aguada; envio arauto
Com mais dous a inquirir de pão que gente
Lá se nutria. Aos três em nada ofendem,
Mas lhes ofertam loto; o mel provando,
Os nossos o recado e a pátria esquecem,
Querem permanecer para o gostarem.
Constrangidos e em lágrimas os trago
E amarro aos bancos; apressado os outros
Sócios recolho, a fim que do regresso
A doçura falaz os não deslembre.
Em fila, a salsa espuma a remos ferem,
E dali pesarosos nos partimos.
    Abordo a infanda plaga do Ciclopes,
Que, à fiúza dos deuses, nem semeiam,
Lavram nem plantam; sem cultivo e relha,
Cresce o trigo e a cevada, os bagos de uvas
Lhes engrossa o imbrífero Satúrnio.
De conselho e assembleia e lei privados,
Cada varão, de montes em cavernas,
Rege absoluto filhos e mulheres,
Vizinhos olvidando. Ilha, daquela
Tanto ou quanto remota, umbrosa estende-se,
Altriz de agrestes cabras: nunca a pisa
Humano pé, campônio, zagalejo,
Ou caçador ao serro e à fraga atreito;
Berrantes fatos inarada pasce.
Nem construtores de vermelhos beques

Nem galés tem que os mares atravessem,
Que em longínquas cidades mercadejem,
Donde a ilha deserta haja colonos.
Tudo em sua estação produziria:
Junto à costa oferece regadios
E moles prados; ao vinhedo é própria;
É fofo o solo e para messes pingue.
De âncoras e de amarras prescindindo,
Permanecer no porto os nautas podem,
Até que as auras prósperas aspirem;
De uma gruta, no topo, fresca fonte
Límpida mana, de álemos sombrosa.
Lá jogou-nos a vaga, e um deus foi guia;
Nada na cega noite se enxergava:
Na terra as naus, em densa escuridade
Esmorecida a Lua, a terra oculta,
Nem rolar a mareta às praias vimos,
Antes que as proas abicassem nelas.
Colhido o pano salta-se, e na areia,
Da madrugada à espera, adormecemos.
    Do ar mal fulge a dedirrósea prole,
Toda a ilha admirados perlustramos.
Ninfas do aluno de Amalteia agitam
Para nosso jantar monteses cabras.
Das naus trouxemos arcos e azagaias;
Tripartidos, de caça o deus fartou-nos;
Cabeças nove cada nau das doze,
Uma de mais somente obteve a minha.
Ao sol posto a comer, nos regalamos
De roxo vinho; em ânforas a bordo,
Roubo, do sacro burgo dos Cícones,
Inda restava. Nos Ciclópeos cumes
Fumo avistou-se, ouviram-se balidos.
Anoitece e dormimos; na alvorada
Convoco a gente: "Cá vos deixo, amigos;

Eu mesmo explorarei se aqueles homens
São ferozes e injustos e intratáveis.
Ou tementes aos deuses e hospedeiros".
Ocupo o meu navio; os da companha,
Desatando os calabres, abancados
A branca espuma a remos açoutavam.
Na próxima paragem, numa extrema,
Junto ao mar descobriu-se alta espelunca,
De loureiros opaca, onde albergava
Cabrum gado e ovelhum, do pátio em roda
A pique rochas, com alvares pinhos
E carvalhos de topes verdejantes.
Seus rebanhos ali desconversável
Gigante pastorava, em separado,
Só consigo maldades ruminando;
Monstro não comparável aos humanos
De pão nutridos, mas do monte ao cume
Que selvoso dos outros se destaca.
À nau ponho de guarda os camaradas;
Escolho doze, um odre lhes confio
Do vinho de Máron de Evanteu nado,
Em Ísmara Apolíneo sacerdote;
O qual poupamos e mulher e filhos,
Na sagrada floresta, com respeito;
E áureos talentos sete, urnas de prata,
Mais uma dúzia de ânforas doou-me
De almo licor nectáreo incorruptível.
Desse vinho melífluo, em casa ignoto,
Menos à esposa e à despenseira, um vaso
Com vinte se mesclava de água pura,
E tal cheiro divino recendia,
Que dele alguém abster-se era um tormento.
Encho um odre, uns alforjes abasteço,
Audaz me deito a visitar o iníquo
De alma ferrenha e desmedida força.

Então fora pastava o nédio gado,
E no interno o antro seu nos foi pasmoso:
Nos cinchos pesam queijos; de cabritos
E anhos currais se atulham, segregados
Os meãos e os tenrinhos e os maiores;
Mungido fresco em tarros e alguidares,
Nada no soro o coalho. Os meus imploram
Que, tomados os queijos e atraídos
Cabritos e anhos, de embarcar tratemos:
Fora certo o melhor, mas eu quis vê-lo
E dons ter hospitais; futura aos sócios
Vista ingrata. Imolando, aceso o fogo,
Do laticínio come-se, e aguardamos.
Ei-lo, de lenha para a ceia, à porta
A grossa atira estrepitosa carga;
Tremendo no interior nos ocultamos.
À espelunca recolhe as gordas fêmeas
Para ordenhar, de fora tendo os machos
No amplo recinto, bodes e carneiros;
Depois a entrada fecha, levantando
Rocha tal, que mover nem poderiam
Vinte dous carroções de quatro rodas.
Sentado, ovelhas e balantes cabras
Em ordem munge, e às mães submete as crias:
Porções do leite coalha e aperta em fôrmas;
Guarda metade, que ceando beba.
Tudo aviado e em cobro, atiça o lume,
E dá conosco e diz: "Quem sois vós outros?
Navegais por negócio, ou ruins piratas
Os mares infestais, expondo as vidas
Para infortúnio e dano de estrangeiros?"
Frios, do rouco som, do monstro mesmo
Trememos todos; mas falar me atrevo:
"Dos Gregos somos que, da pátria em busca,
Desde Ílios furacões nos remessaram

A estranhas plagas, por querer de Jove;
No exército servimos de Agamêmnon,
Cuja glória a qualquer mundana eclipsa,
Pois destruiu tal povo e tal cidade.
A teus pés agasalho deprecamos.
Ou brindes hospitais. Receia os deuses,
Senhor; Júpiter vinga os suplicantes,
E a bons e honrados hóspedes protege".
Turvo me respondeu: "Louco! tão longe
Vens o temor dos deuses ensinar-me?
Os Ciclopes, que os deuses mais prestantes,
Esse aluno da cabra desdenhamos.
Se não por mim, de Júpiter por medo
Pensas que te perdoe e os companheiros?
Onde ancoraste a nau? Distante ou perto?
Declara-o já". – Manhoso ao laço fujo:
"Desfez-ma o Enosigeu, na ponta e escolhos
Dos fins da vossa terra; aqui, dos ventos
Rojado, a custo me salvei com estes".
Ei-lo, sevo e em silêncio, a dous agarra,
No chão como uns cãezinhos os machuca,
E o cérebro no chão corre espargido;
Os membros rasga, e lhes devora tudo,
Fibra, entranha, osso mole ou meduloso,
Qual faminto leão: chorando as palmas,
Em desespero e grita, a Jove alçamos.
Pleno de humanas carnes o amplo ventre,
Leite bebe o Ciclope a grandes sorvos,
E entre as ovelhas na caverna estira-se:
Animoso de espada ia feri-lo,
Onde o fígado junta-se ao diafragma,
Quando à ideia me vem que, nímio débeis
Para o empacho movermos da saída,
Morreríamos todos morte acerba:
A aurora pois gementes esperamos.

Ao raiar da manhã, suscita o fogo,
Ordenha e a cada mãe submete as crias.
O serviço afervora, e para o almoço
Mais dous empolga e traga; a pedra erguendo
Fácil, como na aljava a tampa ajusta,
A repõe, já de fora com seu gado;
E, indo-se ao monte, ouvíamos seus urros.
Vingança cogitada, invoca a Palas;
Trás longo meditar, melhor conselho
Este me pareceu: de um tronco pego
Oleagíneo e verde, grosso e longo,
No antro a secar jazendo para clava,
Que o mastro parecia de um mercante
Flutívago baixel de vinte remos;
Corto-lhe uma braçada, os sócios mando
O pedaço alisar, depois o aguço
E o tosto a fogo ardente, no monturo
Pela caverna acumulado o escondo.
Sorteiam-se os que atrevam-se comigo
No olho o pau enterrar-lhe pontiagudo,
Enquanto sopitado em sono esteja;
A sorte elege quatro, e eu faço o quinto.
Chega à tarde o pastor, e sem no pátio
Conter os machos, encurrala o gado,
Ou por divino influxo ou por suspeita;
A boca do antro fecha, em ordem munge
Sentado as fêmeas e submete as crias.
Presto acaba o serviço, e para ceia
Inda esquarteja dous; eu perto exclamo,
Taça a lhe oferecer de roxo vinho:
“De carne humana estás, Ciclope, farto;
Ora da nossa nau prova a bebida.
Mais terias, se à casa me enviasses
Por compaixão: que fúria intolerável!
Como, de tanta crueldade à vista,

Pode qualquer humano visitar-te?"
Recebe a taça, com delícia a empina,
E pede mais: "Dá-me de novo, dá-me;
O nome teu me digas, para haveres
Dom que te aprazirá. Nossa alma terra
Vinho de uvas produz que orvalha Jove;
Mas este, ambrosia é doce e néctar puro".
Renovo a taça ardente, que três vezes
Néscio esgotou. Sentindo-o já toldado,
Brando ajunto: "Ciclope, não me faltes
À promessa. Meu nome tu perguntas?
Eu me chamo Ninguém, Ninguém me chamam
Vizinhos e parentes". O ímpio e fero
Balbuciou: "Ninguém, depois dos outros
Último hei de comer-te; eis meu presente".
E ressupino cai e, a cerviz grossa
Dobrando, ao sono domador se rende;
A impar na embriaguez, ressona e arrota,
Vomita o vinho e carne humana em postas.
Na cinza o lenho aqueço, animo os sócios
A não me abandonarem no perigo;
O oleagíneo troço, inda que verde,
Em brasa tiro, e um deus nos acorçoa;
No olho fincam-lhe os meus o pau candente,
Eu de cima o revolvo: qual se broca
Naval madeira, que sustém com loros
Do mestre oficiais de uma e outra banda
E o trado gira sempre; assim viramos
No olho o tição. Cálido sangue espirra;
O vapor da pupila afogueada
As pálpebras queimava e a sobrancelha;
Do imo as raízes crepitar sentimos.
Quando enxó n'água fria ou grã secure
Imergindo o forjeiro a temperá-lo
Caldeia o ferro, estrídulo este chia:

Da trave em roda o olho assim chiava.
O urro tremendo ecoa nos penedos;
Assustados fugimos; ele, o tronco
Todo em sangue arrancado, o lança fora
Na veemência da dor, bramando horrível
Pelos Ciclopes, que em vizinhas grutas
Sobre ventosos cumes habitavam.
    Aos gritos acudindo, eles à entrada
O que o aflige indagam: "Polifemo,
Por que a noite balsâmica perturbas
E nos rompes o sono com tais vozes?
Acaso ovelha ou cabra te roubaram,
Ou por dolo ou por força alguém matou-te?"
    "Amigo", do antro Polifemo disse,
"O ousado que por dolo, não por força,
Matou-me, foi Ninguém". – Replicam logo:
"Se ninguém te ofendeu, se estás sozinho,
Morbos que vem de Jove não se evitam;
Pede que te alivie ao pai Netuno".
Com isto vão-se andando, e eu rio n'alma
De que meu nome e alvitre os enganasse.
Gemebundo o Ciclope e dolorido,
Trêmulo apalpa, e removendo a pedra,
Senta-se à boca do antro, as mãos estende
A apanhar quem saísse entre as ovelhas.
Ele cria-me estulto; eu cogitava
Com que ardil me livrasse e os meus da morte
Horrorosa e iminente, e o plano formo:
Três a três ligo tácito uns carneiros
De lã violáceas, grandes e alentados,
Com retorcido vime, em cujos feixes
Dormia o monstro; no do meio ajeito
Um sócio, que os dous outros conduzissem;
Do maior da manada abraço o tergo,
E ao ventre submetendo-me veloso,

Firme ao tosão me implico e me penduro.
Carpindo à espera da manhã velamos.
No arrebol urge o dono ao pasto os machos,
Dentro a balar as fêmeas de ubres tesos,
E em dores, à passagem, do que para
O dorso afaga, néscio de que os sócios
Iam ligados aos lanudos peitos.
Último andava o meu, tardio ao peso
De mim, que embaixo astuto maquinava;
A anca lhe amima terno: "O derradeiro
Hoje és tu, preguiçoso? A largo passo
Ias dantes em frente, a pascer flores
E a banhar-te no límpido riacho,
E de tarde ao redil vinhas primeiro.
Do olho do senhor partes saudoso,
Que, de vinho domando-me a cabeça,
Cru mortal e os maus sócios me vazaram?
Escapo inda o não julgo: tu sentisses
Comigo e articulasses, que dirias
Onde se oculta; e, esparsos os miolos
Por toda a cova, ao mal, que me há causado
O vil Ninguém, teria um refrigério".
Solto o martinho então, se pôs de fora.
Distante um pouco da caverna e pátio,
O meu largo e desprendo os mais carneiros;
Salvos do monstro, à pressa o desviado
Gordo rebanho para a nau guiamos,
Onde em pranto ansiosos companheiros
Nos receberam. Por acenos vedo
Esse lamento, e mando que o lanoso
Gado se embarque e o saldo mar cortemos.
Dito e feito, e verberam já remeiros
O encarnecido ponto, quando ao longe,
Mas a alcance de gritos, o invectivo:
"Não devoraste, Polifemo, os sócios

De um homem sem valor; cruel e iníquo,
De hóspedes em teus lares te sustentas;
Júpiter castigou-te e os mais celestes".

Raivoso, ei-lo de um monte o cimo quebra,
Joga a rocha, que ao pé da popa tomba:
Ao choque a nau se inunda, e refluindo
Sobre a terra a mareta nos empuxa.
De um longuíssimo croque armado, o casco
Da praia arredo, e por sinais ordeno
Que, o trespasso esquivando, a voga piquem.
Sulcado espaço igual, falo ao Ciclope;
Em redor brandamente me retinham:
"Incitar queres, mísero, o selvagem,
Que a nau com novo tiro atraia à borda,
Onde acabar cuidávamos? Se tuges,
Ao perceber-te a voz, com força bruta
Penedo vibrará, que nos esmague
E este frágil madeiro desconjunte".

Preces vãs! generoso e inabalável
Em cólera bradei: "Se o perguntarem,
O olho dirás, vazou-te o arrasa-muros
Ítaco Ulisses, de Laertes nado".

Trovejou Polifemo: "Encheu-se o agouro
Ah! de Telemo Eurímides, profeta.
Que envelheceu famoso entre os Ciclopes!
Apagar-se-me a vista às mãos de Ulisses
Vaticinou-me: um forte e ingente e belo
Varão sempre cuidei que Ulisses fosse;
Mas, falso embriagando-me, a pupila
Furou-me um pífio imbele e pequenino!
Hóspede, eis os presentes, vem tomá-los;
Meu genitor confessa-se Netuno,
Rogo-lhe que a viagem te encaminhe.
Seja vontade sua, há de sarar-me;
De outro deus nem mortal socorro espero".

“Pudesse eu”, repliquei-lhe, “de alma e vida
Privar-te e remeter-te ao reino imano,
Como nem mesmo o genitor Netuno
O olho te sarará”. Súplices palmas
Ele à sidérea abóbada levanta:
“Ó rei Netuno de cerúlea coma,
Se teu sou na verdade, ó pai, te imploro
Que seu país não veja o arrasa-muros
Ítaco Ulisses, de Laertes nado;
Ou, se é fatal que à pátria amiga torne,
Só de toda a campanha, em vaso alheio,
Tardio aporte, e em casa encontre penas”.
Seu rogo ouvido foi. Lasca outro pico
Muito maior, que expede volteando
Com sumo esforço: desta vez o leme
Quase alcança, e nos molha a erguida brenha;
Mas surde a proa azul, e a ilha toca
Onde as naus de coberta e os sócios eram,
Sempre a chorar por nós. Varado o casco,
Saltamos, e conosco a ovelhum presa,
Que divido irmãmente: aqueles bravos
Dão-me a parte o carneiro em que livrei-me,
Eu na praia ao nimbífero Satúrnio
Queimo-lhe as coxas; mas o deus supremo
Enjeita o sacrifício, e delibera
A frota consumir-me e os camaradas.
Até Sol posto, à mesa nos fartamos
De carne e doce vinho, e escura a noite,
Na areia adormecemos. Vindo a rósea
Aurora matutina, a gente embarco;
Desamarrados, alva espuma torcem
Dos remos ao compasso os marinheiros.
Dali, da morte isentos; mas tristonhos
Pelos míseros sócios navegamos.

LIVRO X

Do Hipótades Eolo, aceito ao numes,
A ilha abordamos, a nadante Eólia,
De éreo muro infrangível circundada
Sobre liso penedo. Ele os seis pares
Consorciou de filhos, para todos
Junto ao bom pai e à casta mãe comerem
À mesma vária mesa: ao dia, a casa
Harmônica recende; à noite, aos braços
Das consortes pudicas se repousam,
Em tapetes e leitos recortados.
Nessa bela vivenda um mês inteiro
Amigável tratou-me, a indagar sempre
De Ílion, da frota Argiva e da tornada;
Eu recontava tudo. Enfim licença
Rogo-lhe de sair, ao que ele acede
E dispõe a partida: os rijos ventos
Feche em pele de um touro de nove anos,
Porque a seu grado, permissão de Jove,
Os subleva ou contêm; por um calabre
Argênteo os cerra no porão, temendo
Um hálito qualquer; único solto,
Nos vai soprando Zéfiro propício.
Tais precauções frustou-nos a loucura.
    Navego assíduo; na dezena tarde,
Ítaca e os lumes seus me apareciam:
Rendo-me ao sono ali, cansado e lasso,
Pois nunca o leme a outrem confiara,
Para em terra o mais cedo nos acharmos.
Do generoso Hipótades riquezas
Crendo que eu recebera, os da equipagem
Discorriam destarte: "Oh! quanto Ulisses
Por onde quer que aborde é festejado!

Onusto vem de Ilíacos tesouros,
E nós, tendo corrido iguais tormentas,
Vamos ao pátrio lar de mãos vazias.
Brindes lhe fez agora o amigo Eolo;
Veja-se que ouro e argento esse odre guarda".
Vencendo o mau conselho, o desataram:
Os ventos a ruir, de Ítaca os deitam,
A empegá-los em lágrimas desfeitos.
Acordo; ao mar calculo se me atire,
Ou sofra a nova dor: sofri, jazendo
No fundo oculto; os outros suspiravam.
Procela atrás à Eólia nos remessa:
Feita aguada na praia e um jantar breve,
Com o arauto e um guerreiro me endereço
De Eolo aos paços, que ao festim seus filhos
E a mulher tinha; sento-me à soleira,
E eles pasmados: "Foi-te um nume infenso?
Tornaste, Ulisses? Tudo acautelamos,
Para a salvo aos penates reverteres".
Triste respondo: "Sócios temerários
E fatal sono, amigos, me perderam;
Auxílio, que o podeis". Com brandas vozes
Quis demovê-los, mas seu pai retorque:
"Fora, não devo proteger um homem
Ingrato ao Céu; foge daqui, malvado,
És ódio aos imortais". E agro e severo,
Da Eólia nos despede a soluçarmos.
A vogar, fatigada já do remo,
Do erro se argui a gente esmorecida.
Gastas seis, na setena singradura
Arribou-se de Lamos à eminente
Lestrigônia Telépila, onde o gado
Recolhendo o pastor, pelo outro chama,
Que obediente sai; onde o salário
O insone dobraria, apascentando

Já manadas, já greis de branco velo:
Tanto ali se aproxima a noite e o dia.
Do porto em roda a pique há celsas pedras,
E a barra estreitam cabos dous bojantes:
As naus dentro se amarram conchegadas,
Que o mar dorme tranquilo e não se altera.
A minha só de fora atei por cabos
A um rochedo apartado, e ao cimo trepo
A especular se em torno divisava
De homens ou bois trabalho; só rompia
Do solo um fumo. Escolho dous, que saibam,
Com o arauto, a quem lá sustente Ceres;
Trilham por onde carreava lenha
Dos montes à cidade, e perto a filha
Do Lestrigão Antífates encontram,
Guapa donzela, que de Artácia à fonte
Clara descera, donde o povo bebe;
Quem no país mandava lhe perguntam,
E o paterno palácio indica a jovem.
Entram; com susto a esposa, igual de um morro,
De Antífates avistam; que, chamado,
Presto chega da praça, atroz empolga
Um para a crua ceia; os dous conseguem
Refugiar-se à frota. Ao grito régio,
Da cidade, homens não, gigantes fervem,
E a penedos, que arrancam, nos lapidam,
O estrépito a soar de moribundos
E naus quebradas; para o triste pasto.
Qual peixe os Lestrigões a gente enfiam.
Enquanto esses no porto assim perecem,
Do meu navio a gládio amarras talho;
A esquivar a desgraça insto a companha,
Que açodada e medrosa os remos força:
O meu baixel evita os sáxeos tiros;
Os mais daquela chuva ali soçobram.

Da morte isentos, por amigos tantos
O negro mar tristíssimos cortamos.
Na ilha aporto Eeia, da terrível
Música Circe de madeixas de ouro,
Irmã de Etas prudente, nados ambos
Do claro Sol e da Oceânea Persa.
A largo surgidouro um deus nos guia;
Lá, de cansaço e de ânsias corroídos,
Longamente e em silêncio repousamos.
Da aurora crinisparsa à luz terceira,
A espada e lança tomo, um alto subo
Donde ouça vozes ou culturas veja;
Paro no áspero tope, enxergo um fumo
Que dentre um carvalhal saía em cerco
Do palácio de Circe. N'alma volvo
Se após o fumo avance; mas prefiro
Ir a bordo, e à maruja dado o almoço,
Enviar adiante exploradores.
Da nau já perto, condoído um nume
Da minha soledade, ofereceu-me
Galheiro cervo, que do pasto ao rio
Vinha beber, da calma estimulado:
A bronze o atravessei pelo espinhaço,
E o bruto cai berrando e a vida exala;
Pulo, saco-lhe o hastil, por terra o deixo,
Vimes despego e silvas, e torcendo-os
Corda formo de braça, os pés lhe amarro;
Firme n'hasta, ao cachaço o levo preso,
Porque de uma só mão, sobre uma espádua,
Suster carga tamanha era impossível.
Ante os sócios o arrojo, e em modo afável
Os conforto um por um: "A Dite, amigos,
Só baixaremos no fatal instante;
Comei, bebei, de fome não morramos".
Dóceis levantam-se, e na praia admiram

O enorme cervo, e os olhos tendo fartos,
As mãos lavadas, o festim preparam.
Veação gorda e vinho, até ser tarde,
Nos regalaram; sobre a noite escura
Na marítima areia adormecemos.
No amanhecer, convoco e falo a todos:
“Por mais graves que sejam nossas penas,
Atendei-me, consócios. Ignoramos
Se a terra é donde o Sol mergulha em trevas,
Ou do fúlgido eoo em que ele nasce;
Quero vos consultar, eu nada afirmo.
Do cume de um penhasco, vi que a cinge
Mar infinito, humilde ilha pequena,
Que dentre basto carvalhal fumega”.
    Estala o coração, lágrimas chovem;
Das cruezas de Antífates se lembram,
E do fero antropófago Ciclope.
Chorar que vale? Em corpos dous os nossos,
Mando eu um, outro Euríloco deiforme:
Sacudidas as sortes no elmo aêneo,
Sai a do bravo Euríloco; este parte
Com vinte dous gementes companheiros,
Que apartam-se de nós também gementes.
    Num vale acham marmóreo insigne paço,
Que cercam lobos e leões, de Circe
Com peçonha amansados: contra a gente
Não remeteram de unhas lacerantes,
Sim alongando a cauda os afagaram,
Como festejam cães o meigo dono
Que lhes traz do banquete algum bocado;
Mas, a tal vista, ao pórtico medrosos
Retiveram-se os Gregos. Dentro ouviam
Cantar suave a crinipulcra Circe,
Teia a correr brilhante, que só deusas
Lavram tão fina e bela. Eis diz Polites,

Chefe que eu mais prezava: “No alto, amigos,
Mulher ou deusa tece; o pavimento
Ressoa todo ao cântico: falemos”.
Gritam; Circe aparece, e abrindo as portas
Resplendentes, convida esses incautos;
Só, receoso, Euríloco repugna.
Senta-os a deusa em tronos e camilhas;
Escândea e queijo com Paneio vinho
Mistura e fresco mel, poção lhe ajunta
Que deslembra da pátria. Mal a engolem,
Toca-os de vara, na pocilga os fecha,
Porcos sendo no som, no vulto e cerdas,
A inteligência embora conservassem.
Tristes grunhindo, a maga lhes atira
Glande, azinha e cornisolo, sustento
Próprio desses rasteiros fuçadores.
Veio Euríloco à pressa anunciar-nos
O caso infando, que articula apenas
Pela força da dor, pois lhe excitava
Luto no coração, água nos olhos;
E, instado, o exício narra: “Ao teu preceito,
Fomos, Laércio, num convale achamos
Em vistoso lugar marmóreo paço.
Mulher ou deusa que a tecer cantava,
Abre, ao nosso gritar, fulgentes portas:
Este convite, eu só de fora, temo;
De esperar canso, os mais despareceram”.
De tachonado bronze a tiracolo
E o arco aos ombros, pela mesma senda
Mando que me encaminhe; ele os joelhos
Chorando me abraçou: “Divino aluno,
A ir não me constranjas. Tu não voltas,
Sei que os nossos perderam-se; os restantes
Esquivemos, fugindo, o negro fado”.
“Bebe e come”, retruco, “em ócio a bordo;

Por mim clama o dever". E a trilha enceto.
Já, pelo sacro bosque, avisto o alcáçar
Da venéfica Circe, quando o nume
Do caduceu me encontra, afigurado
Num gentil gracioso adolescente;
Ele trava-me a destra: "Ignotos serros,
Mísero, andas sozinho? Os teus, quais porcos,
Os tem Circe em fortíssimo escondrijo.
Vens tu livrá-los? Sorte igual te espera.
Antídoto haverás, que te preserve
Da encantadora. Seus ardis aprende:
Num misto lançará sutil veneno,
Em meu remédio fia-te; ao sentires
De vara o toque, puxa dante o fêmur,
Como para feri-la, a espada aguda;
Quase a medo, ao seu toro há de invitar-te.
Amores não recuses de uma deusa,
Que te socorra e desencante os sócios;
Mas dela exige o grande juramento,
A fim que outras ofensas não te apreste,
Nem do valor te dispa e te efemine".
Da terra aqui Mercúrio extraiu planta,
E ma explicou: raiz escura tinha
E láctea a flor; os deuses moli a chamam;
É-lhes fácil cavá-la, aos homens custa.
Foi-se da ilha espessa ao grande Olimpo;
Nisto e pensoso dirigi-me a Circe.
Eu da entrançada Eeia às portas grito,
Que abre logo os resplêndidos batentes,
E a seu convite, contristado, a sigo.
Aos pés lindo escabelo, num dedáleo
Trono me colocou de argênteos cravos.
Misturada a bebida em áurea taça,
Provei; não me fez mal; da vara ao toque,
Disse: "Vai-te à pocilga, aos mais te agrega".

Como para matá-la, o gládio saco;
Brada, furta-se ao bote, a meus pés freme:
"Quem és? De que nação? De que família?
Pasmo de que resistas; este encanto,
Nunca o susteve alguém por cujos dentes
Se infiltrasse o veneno: alma inconcussa
Tens no peito. És por certo o sábio Ulisses,
Que o de áureo caduceu me afirmou sempre
De Ílio cá surgiria em nau veleira.
Embainha essa espada; em nosso toro,
Em mútua confiança, o amor gozemos".
Repliquei-lhe: "A contigo humanizar-me
Tu, Circe, me alicias, tu que em porcos
Meus sócios transformaste, e aqui dolosa
Me instigas ao teu leito, a fim que, inerme
E despido me enerves e efemines?
Solene jura, ó deusa, que em meu dano
Mais nada empreenderás". – Jurou-me, eu subo
Ao tálamo loução. Criadas quatro
Fiéis com diligência ali serviam,
Ninfas de bosque ou fonte ou santo rio:
Uma forra de púrpura as cadeiras,
Pondo alvo linho em baixo; outra bufetes
Argênteos cobre de áureos açafates;
Outra em cratera argêntea o vinho infunde,
Que em áureos copos distribui melífluo;
A quarta ferve em trípode ênea e grande
Água sonora, que tempera e em ampla
Tina me esparge por cabeça e ombros
Tépido grato banho, até que os membros
Me refaz do cansaço. Fresco e ungido,
Em manto airoso e túnica, de prata
Num trono cravejado e precioso,
De artefato escabelo, a mesma entorna
Linfa às mãos de elegante jarro de ouro

Numa argêntea bacia, e me desdobra
Limpa mesa; que amável despenseira
De pães enche e abundantes iguarias,
Instando-me a comer; eu com fastio
Abanquei-me a cismar e a prever males.
Próxima Circe, a minha dor percebe:
"De ânsias ralado, Ulisses, emudeces?
Nem tocas na bebida e nos manjares!
Certo algum dolo temes, não refletes
Que jurei pela Estige". – Eu logo: "Circe,
Que homem justo beber ou comer pode,
Antes que valha aos míseros amigos?
Se a teu festim me queres satisfeito,
Soltos eu veja os prediletos sócios".
Ela, pegando a vara, sai de casa
E abre o chiqueiro; tira-os parecidos
A varrões de nove anos, em fileira
Um por um vai com bálsamo esfregando,
Cair fazendo o pelo que o veneno
Exicial criara, e mais os torna
Jovens e esbeltos. A chorar de gosto,
Beijam-me a destra, o pranto ressoava.
Doeu-se a deia: "Ulisses engenhoso
Em seco o vaso, nas vizinhas grutas
Guarda o que tens, riquezas e aparelhos;
Venham contigo os prediletos sócios".
Persuadiu-me; encontro os meus na praia
A nutrir-se de choro e de suspiros:
Quais agrários bezerros, quando as vacas
Ao curral vêm de relva saciadas,
Sem que os vedem redis, mugindo pulam
Das mães em derredor; assim me cercam
Lagrimando os consócios; cuidam quase
Ítaca ver em mim rude, mas terra
Onde foram gerados e nascidos,

E dizem-me a gemer: “De Jove aluno,
De rever-te folgamos, qual se aos campos
Volvêssemos da pátria. Ora nos conta
O infortúnio dos nossos”. – Eu me apresso
A animá-los: “Varemos o navio,
O que ele encerra em grutas recolhamos;
Vinde comigo todos, que os amigos
No palácio de Circe à farta vivem”.
    Prontos obedeciam, mas bradando
Euríloco os deteve: “Ah! desgraçados,
Onde imos? À mansão da maga Circe,
Que em porcos, lobos ou leões, vos mude,
E a rodar seu palácio vos constranja?
Tereis outra caverna do Ciclope,
Matadouro dos sócios por audácia
Do insano Ulisses”. Cala, e eu saco a espada,
Pretendendo a cabeça decepar-lhe,
Bem que parente fosse; mas os nossos
Com doçura o impediram: “Se o permites,
Ele cá permaneça e a nau vigie,
E da deusa à morada nos conduzas”.
Saímos pois da praia, e da ameaça
Medroso o mesmo Euríloco nos segue.
    Circe os outros cuidosa em casa banha,
Perfuma e paramenta: em lauto bodo
Os achamos de túnicas e mantos.
Mestos a prantear se comunicam,
E o paço retumbava; a veneranda
Circe atalhou: “Não mais, divino Ulisses,
Vos exciteis ao luto. Eu sei dos transes
Padecidos por vós no mar piscoso,
De hostilidades mil que em terra houveste.
Comei, bebei, refocilai; no peito
Renasça o ardor que tínheis ao deixardes
Ítaca alpestre: agora ah! desabridos

Por tão penoso errar, por tantas mágoas,
Ao júbilo e prazer sois insensíveis!"
Comoveu-nos, e em mimos lá ficamos
Um ano inteiro. As estações decorrem
E longuíssimos dias, e em segredo
Os meus advertem-me: "Infeliz, deslembras
O chão natal? O fado reservou-te
À pátria e aos lares teus". Meu brio esperta.
Enquanto o Sol não cai, bom vinho e carnes
Desfrutamos; à noite, por obscuras
Salas dormindo os mais, subo ao divino
Tálamo refulgente e me ajoelho:
"Cumpre, Circe, a promessa, a pátria anelo;
Por mim to rogo, pelos ais de tantos
Que em tua ausência o coração me partem".
A augustíssima ninfa respondeu-me:
"Divo astuto Laércio, constranger-vos
Não quero; mas convém baixeis primeiro
De Prosérpina e Dite à feia estância,
O vate a consultar cego Tirésias,
Único morto a quem a inferna Juno
O saber e o pensar tem conservado,
Não sendo os outros mais que aéreas sombras".
De alma rasgada, a Circe a cama inundo,
Enjeito a vida, o claro Sol odeio;
Mas, de chorar e revolver-me lasso:
"Quem há de", perguntei, "pilotear-me?
No Orco nenhum desembarcou té hoje".
"Isso", replica, "não te dê cuidado:
Arma, Ulisses, o mastro, expande as velas;
Senta-te, e a Bóreas encomenda o rumo.
Quando, por entre o pego, à mole praia
E ao luco de Prosérpina chegares,
De salgueiros estéreis e altos choupos,
Surjas lá no Oceano vorticoso,

E à casa opaca de Plutão caminhes,
Onde o Cocito, que do Estige mana,
Com o ígneo Flegetonte, separando
Celsa penha os ruidosos confluentes,
Mete-se no Aqueronte. Ali, te aviso,
Em cova cubital por toda parte,
Libações vaza herói, de mulso e leite
Às mãos ambas, depois de mero vinho,
Terceira de água, e branco farro mescles.
Implora os oucos manes e promete,
Em Ítaca imolada a melhor toura,
De dons a pira encher, e ao mesmo vate
Sacrificar sem mancha atro carneiro,
Flor dos rebanhos vossos. Dos finados
Assim que às gentes ínclitas orares,
Pretas reses degola, macho e fêmea,
Do Érebo em face, e averso atenta o rio;
Hão de presto acudir enxames de almas.
Queimar as hóstias esfoladas manda:
Vota a Plutão pujante e à seva esposa.
De espada em punho, junto à cova, impede
Que, antes de questionares a Tirésias,
Provem do sangue os manes: pronto o vate
Virá mostrar, ó capitão de povos,
Como sulques o ponto e à pátria voltes".
    A Aurora em cróceo trono radiava:
Circe de capa e túnica vestiu-me;
Vestiu-se de alva estola fina e bela,
Cinto áureo atou, pôs à cabeça coifa.
Pelos salões desperto os camaradas,
Brando os careio: "Ao sono, sus, furtai-vos;
A partir me suade a mesma Circe".
    Afervoram-se alegres; mas não pude
Salvar a todos: Elpenor imbele,
Estólido e o mais moço, da vinhaça

Para se refrescar, dormiu sozinho
De cima no terraço, e ao movimento
E estrépito acordando, entontecido
Não desce a escada longa, mas do teto
Rui, fratura o pescoço, ao Orco afunda.
Falo aos demais: “Talvez cuideis que à pátria
Vamos, amigos; prescreveu-me a ninfa
Que, a Prosérpina e Dite visitando,
O Tebano Tirésias consultemos”.
Consternam-se a tal nova e se arrepelam.
A dor que importa? À praia aproximados,
Chorando mestos, em pessoa Circe,
Rápida e invisa, à nau já tinha presos
Carneiro e preta ovelha: quem, se um nume
Quer subtrair-se, rastejá-lo pode?

LIVRO XI

Deitado ao mar divino o fresco lenho,
Dentro as hóstias, o mastro e o pano armados,
Em tristíssimas lágrimas partimos.
Bom sócio, enfuna e sopra o vento em popa,
Que invoca a deusa de anelado crino.
Tudo a ponto, abancamo-nos entregues
Às auras e ao piloto; sempre à vela,
Sobre a tarde, os caminhos se obumbravam,
E aos fins chegamos do profundo Oceano.
Lá dos Cimérios de caligem feia
Cidade jaz, do Sol ao olho oculta,
Quer ao polo estelífero se eleve,
Quer descambe na terra: infensa noite
Aos mesquinhos mortais perpétua reina.
Da nau varada os animais tirando,

O Oceano abeiramos até onde
Nos indicara Circe. Perimedes,
Mais Euríloco, as vítimas sustinha;
De espada a cova cubital escavo;
De mulso e leite libações vazamos
Às mãos ambas, depois de mero vinho,
Terceiras de água, e branco farro mesclo.
Imploro aos oucos manes e prometo,
Em Ítaca imolada a melhor toura,
De dons a pira encher, e ao só Tirésias
Preto carneiro consagrar sem mancha,
Flor dos nossos rebanhos. Evocados
Os defuntos, as vítimas degolo,
Flui na cova o cruor: do Érebo as almas
Congregavam-se em turmas, noivas, moços,
Melancólicos velhos, virgenzinhas
Do luto prematuro angustiadas,
Muitos guerreiros em sangrentas armas
De êneas lanças passados; ante a cova,
Num confuso rumor, se atropelavam.
Pálido e em susto, exorto a que esfoladas
Queimem-se as reses pelo bronze troncas;
Voto a Plutão pujante e à seva esposa.
De espada arredo os mortos, que não bebam
Sem que eu tenha o adivinho interrogado.
    Veio primeiro de Elpenor a sombra.
Que nos paços de Circe, pela urgência,
Não chorado e insepulto abandonamos.
Lagrimo, ao vê-lo, comovido clamo:
"Como, Elpenor, mais presto ao reino escuro,
Que eu no alado navio, a pé chegaste?"
    Ele em suspiros: "Sábio e grão Laércio,
Um nocivo demônio embebedou-me:
Do terraço de Circe, entontecido,
Pela escada não dei, caí do teto;

Fraturou-se-me o colo, eis-me no inferno.
Sei que do Orco irás inda à ilha Eeia:
Por teus caros ausentes, pela esposa,
Pelo pai que de ti cuidou na infância,
Por Telêmaco exoro, único filho
Que tens no doce lar, de mim te lembres:
Teme os numes, enterra-me e pranteia;
Comigo, tais quais são, me queima as armas,
N'alva praia o sepulcro, por memória
De um miserável, planta em cima o remo
Que entre os meus camaradas me servia".
    "Tudo, infeliz", bradei, "será cumprido".
E alternamos quietos mil tristezas,
De espada eu sobre a cova, e o simulacro
A derramar queixumes. Ao da madre
Minha, filha de Antolico, Anticleia,
Que ao ir-me a Troia a luz inda gozava,
Vedo, a gemer com dor, que toque o sangue
Primeiro que Tirésias. De áureo cetro,
A alma aparece do Tebano cego,
Reconheceu-me: "Ao claro Sol fugindo,
Ai! vens a estância visitar funesta?
Pois da cova te arreda e o gume esconde,
Para que eu beba o sangue e profetize".
    Dês que embainho a espada claviargêntea,
Bebe o vate infalível e começa:
"O mel da volta, nobre Ulisses, buscas?
Netuno irado, a quem cegaste o filho
To embarga. A seu pesar, tens de alcançá-lo,
A seres comedido e os companheiros,
Do atro pego arribados à Trinácria,
Onde achareis pastando bois e ovelhas
Do Sol, que tudo vê, que exouve tudo:
Ileso o gado, a custo ireis à pátria;
Ofendido, ao navio agouro a perda,

E a te salvares, tornarás tardeiro,
Só dos consócios teus, em vaso estranho.
Depararás no interno uns prepotentes,
Que estragam-te a fazenda, e requestando
A diva esposa tua, a presenteiam;
Mas, por tamanha audácia, a bronze agudo
Às claras ou por dolo hás de puni-los.
Depois toma ágil remo, a povos anda
Que o mar ignoram, nem com sal temperam,
Que amuradas puníceas não conhecem,
Nem remos, asas de baixéis velozes.
Guarda o sinal: assim que um viandante
Pá creia o remo ser que ao ombro tenhas,
Finca-o no chão; carneiro e touro imoles,
Varrão que inça a pocilga, ao rei Netuno;
Em Ítaca, aos Celícolas por ordem
Hecatombes completas sacrifiques
Ali do mar vir-te-á mais lenta a morte,
Feliz velho, entre gentes venturosas.
Preenchidos serão meus vaticínios".
    "Tirésias", prossegui, "tal é meu fado.
Lá, do sangue remota, olhar seu filho
Nem ousa tácita a materna imagem:
Como há de perceber-me, ó rei, me ensina".
E ele: "É simples: sincero, a quem permitas
Provar do sangue, falará; contidos,
Os mais recuarão". Nisto, o profeta
Pela estância Plutônia esvaeceu-se.
    Aguardei minha mãe, que o negro sangue
Beber veio, e bradou-me lamentosa:
"Quê! filho meu, chegaste à escura treva!
É difícil aos vivos, entre enormes
E válidas correntes; nau compacta
Há mister o Oceano invadeável.
De Ílio, há muito errabundo, os sócios trazes?

Ítaca inda não viste, a esposa tua?"
"Ah! minha mãe", respondo, "urgiu-me a sorte
A vir ao Orco interrogar Tirésias.
Não fui à nossa terra, ou mesmo à Grécia;
Desde essa expedição, vagueio aflito.
Conta-me, adormeceste em sono eterno
Por doença aturada, ou pelas doces
Farpas da sagitífera Diana?
Conta-me de meu pai; se o caro herdeiro
Dos meus haveres goza, ou tem-nos outrem,
E cuidam que não volto. A esposa minha
Mora com nosso filho, os bens zelando,
Ou já foi por um grande conduzida?"
E a veneranda mãe: "Constante em casa,
Dia e noite suspira atribulada.
Ninguém dos teus domínios apossou-se;
Lavra-os Telêmaco, e a festins o atraem
Próprios de quem justiça aos povos rende.
Só teu pai, da cidade sempre fora,
Sem macios colchões, tapetes, mantas,
Como os escravos, deita-se de inverno
Ao pé da cinza, veste humildes roupas;
De outono e de verão, na fértil vinha,
Em cama dorme de caídas folhas;
Por ti chora, e é dos anos molestado,
Em contínua tristeza. Tal finei-me,
Não da frecheira deusa a tiros brandos,
Não de mal que definha e rói a vida,
Mas de dor, meu bom filho; a tua ausência
E as lembranças de ti me sepultaram".
Três vezes ao materno simulacro
Fui me abraçar, três vezes dissipou-se
Igual ao vento leve ao sono alado.
Mágoa pungiu-me acerba: "A meus desejos
Te esquivas, minha mãe? Ao colo os braços,

Ambos nos deleitássemos de pranto
Pela casa Plutônia! És vácuo espectro,
Pela augusta Prosérpina enviado
Para agravar meus ais?" – "Não", contestou-me,
"Filho amado, oh! misérrimo dos homens,
Não te engana a de Júpiter progênie;
É nossa condição depois da morte:
Os nervos carnes e ossos não mais ligam,
A fogueira os consome irresistível;
Tanto que a vida os órgãos desampara,
A alma como visão remonta e voa.
Quanto antes volve à luz, e tudo aprendas
Para à casta Penélope o narrares".
    Durante a nossa prática, incitadas
Pela ínclita Prosérpina, se apinham
De heróis muitas ou filhas ou mulheres:
A fim de uma por uma interrogá-las,
Sacar prefiro o gume dante o fêmur,
Para juntas o sangue não beberem;
Todas à espera, a cada qual pergunto,
E ia-me de seus casos informando.
    Tiro primeira vi, que se aclamava
Do temerário Salmoneu vergôntea,
E de Creteu Eólides consorte.
Amorosa do fresco Enipeu divo,
Da pulcra veia à borda se entretinha:
Disfarçado no rio vorticoso,
À foz se encosta o Enosigeu, cambiante
Curvo aqueu monte empina, que em seu grêmio
Sorve a mortal e o nume; o cinto à virgem
Ele desata, em êxtase embebida.
Cumulado o prazer, da mão lhe trava:
"Alegra-te, mulher, no giro do ano
Lindos gêmeos terás, que terna cries;
Ósculo de imortais sempre é fecundo.

Anda, cala contigo, eu sou Netuno".
E se afundou no flutuante pego.
Tiro houve a Pélias e Neleu, de Jove
Régios ministros, na arenosa Pilos
Neleu, Pélias na fértil em manadas
Ampla Iaolcos. A Creteu marido
Pariu também a guapa soberana
O équite Amitáon e Éson e Feres.
    Antíope de Asopo eu vi: nos braços
Concebeu do Satúrnio Anfíon e Zeto,
Que alçaram Tebas a de sete portas
E a muniram de torres, pois sem elas,
Bem que heróis, habitá-la não podiam.
    Alcmena Anfitriônia eu vi, que, ilusa
Unindo-se ao Tonante, Hércules teve
De ânimo de leão; depois, Megara,
Do semideus mulher, de Créon prole.
    Epicasta eu vi bela, em cujo toro,
Fatal engano! entrou seu filho Édipo,
Ignaro parricida. O fato horrível
Tendo o Céu revelado, ele, por dura
Sentença divinal curtindo penas,
Os Cadmeus regeu na amena Tebas;
Ela em agro pesar, suspenso um laço
De Celsa trave, do Orco às portas baixa,
Ao cúmplice legando quantas fúrias
Sabe evocar do inferno a dor materna.
    A de Anfíon Iásides mais jovem,
Clóris vi, que Neleu com pingue dote
Esposou por formosa, herói que em Pilos
E na Minieia Orcômeno imperava;
Do qual teve os gentis Nestor e Crômio,
Periclímeno ilustre, e aquela Pero
De todos maravilha ambicionada.
Por Neleu prometida a quem furtasse

De Íficlo as negras vacas largifrontes,
Só tentou vate exímio essa árdua empresa;
Mas, por destino austero, o agrilhoaram
Em Fílace os boieiros. Já corridos
Meses e dias e estações de um ano,
Tendo agouros solvido ao rei potente,
Libertou-se, de Jove por vontade.
A Leda eu vi, que a Tíndaro excelentes
Filhos pariu, Castor na picaria,
No pugilato Pólux: vivos ambos
No térreo bojo, alternam vida e morte;
Por turno o Padre sumo os diviniza.
Vi de Aloeu a cônjuge Ifimedia,
Fera de concebido haver dous filhos
De Netuno, Efialtes e Otogemeos,
Da alma terra pulquérrimos gigantes,
Após Órion, se bem de alento breve:
Aos nove anos, já tinham de cintura
Cúbitos nove, com tresdobro de alto.
Movendo ao mesmo Céu guerra estrondosa,
Para a escalada, sobre o Olimpo o Ossa
Tentaram pôr e sobre o Ossa o Pélion:
Talvez na puberdade o acabariam,
Se o de Latona e Jove os não matasse
Antes que o buço as faces lhes pungisse,
Ou flórea barba sombreasse os mentos.
Prócris e Fedra vi, de Mimos sábio
Ariadna filha, que Teseu de Creta
Para Atenas levava culta e fértil;
Mas de caminho lha embargou Diana,
De Baco a instâncias, na circúnflua Dia.
Mera e Climene, Erifile odiosa,
Que traiu seu marido à força de ouro...
Mas, se nomeio quantas vi mulheres
Ou gênitas de heróis, ir-se-ia a noite,

Que, entre os sócios a bordo ou neste paço,
Já me empenha balsâmica ao repouso.
A volta minha incumbe a vós e aos deuses." –
Na eloquência enlevados os convivas,
Silêncio guardam pela sala umbrosa.
A alva Areta o quebranta: "Em forma e talhe
Que vos parece tal varão, Feaces,
E em mente sã? Bem que hóspede meu seja,
Da honra participais: daqui não parta,
Sem dons lhe prodigardes na indigência,
Pois tendes muito por mercê divina".
Equeneu ponderou, maior na idade:
"Obedecei-lhe, amigos, não sem tento
Exprimiu-se a rainha; o exemplo e as ordens
Manem de Alcino". E Alcino: "Enquanto reja
A marítima gente, igual aviso
O meu será. Comprime a impaciência,
Té que, hóspede, amanheça e os dons colhamos:
Da tua volta os nossos curam todos,
E eu mais, cujo poder no povo estriba".
Logo o astuto: "Em preparos da viagem
Com magníficos dons, ó rei possante,
Se um ano me entreténs, um ano fico:
De mãos cheias à pátria ir me aproveita,
Para ser venerado e mais querido".
O rei continuou: "Prudente Ulisses,
Quem atentar em ti, não pode crer-te
Impostor, quais a terra esparsos nutre
A decantar mentiras sem contraste:
Sisudo e simples, como um vate narras
A história dos Aqueus e os lances próprios.
Viste algum bravo sócio em Troia extinto?
Cedo é para dormir, a noite é longa:
Se a tua dor consente o prosseguires,
A alvorada me encontre a ouvir teus casos".

Ulisses prosseguiu: "Preclaro amigo,
Horas há de falar e horas de sono;
Mas, se o levas em gosto, não recuso
Dos meus contar-te os lutos e infortúnios,
E dos que, livres da cruenta guerra,
Na pátria sucumbiram pela infâmia
De uma falsa mulher". – Disperso tendo
Prosérpina os femíneos simulacros,
O de Agamêmnon surge, e os dos que Egisto
Com ele assassinou. Bebido o sangue,
Braços me estende, em lágrimas a pares;
O alento lhe falece, que era dantes
Em seus membros flexíveis, e eu carpindo
Lhe brado condoído: "Ó glorioso
Rei dos reis, como houveste o fatal golpe?
Domou-te o azul tirano em tempestade?
Ou mãos hostis em terra, ao depredares
Armentio e rebanho? Ou defendo
O pátrio muro e a honra das famílias?"
"Divo e sábio Laércio", respondeu-me,
"Não me domou Netuno em tempestade,
Nem mãos hostis em terra: Egisto à casa,
Com minha atroz consorte conluiado,
Atraiu-me, e no meio de um banquete,
Como a rês no presepe, derribou-me;
E estes sócios comigo estrangularam,
Quais porcos de um ricaço destinados
A função por escote ou bródio ou núpcias.
Estiveste em conflitos e carnagens,
Mas por tão feio horror nunca choraste:
Cratera e mesas e comer e sangue
Mistos rolam; no chão pungentes gritos
Soam-me de Cassandra Priameia,
Que ante mim trucidava Clitemnestra;
Soergo-me, e inda busco moribundo

Pegar do alfanje; aparta-se a impudente,
Nem quis, no instante que eu baixava a Dite
Cerrar-me os olhos e compor-me os lábios.
Nada há mais sevo que a mulher indigna
Capaz de conceber tamanhos crimes.
A que esposei donzela assim tratou-me:
Crua morte me urdiu, quando eu pensava
Prazer vir dar a fâmulos e a filhos.
Torpemente manchou-se, e tanta infâmia
Tem as mais virtuosas deslustrado".
    "Hui! de Atreu contra a raça", exclamo, "é fado
Que a Jove irritem feminis conselhos:
De tantos funerais foi causa Helena;
Traições tramou-te ausente Clitemnestra".
    E ele: "Austero à mulher nunca fraquejes;
Reveles o preciso, o mais lhe encubras.
Não virá de Penélope desastre,
Sábia filha de Icário intemerata;
Inda noiva a deixamos, ao partirmos,
Com seu filho de mama, hoje homem feito;
Ditoso hás de abraçá-lo, há de ele ver-te:
No meu vedou-me saciar os olhos
Clitemnestra cruel. Mas, n'alma o graves,
Não fiar de mulheres; cauto e oculto
Aborda à pátria, conta-me, entretanto,
Se no seio de Orcômeno ou de Pilos,
Ou junto a Menelau na vasta Esparta,
De meu filho soubeste; pois da terra
A Dite inda não veio o divo Orestes".
    "Para que hei de enganar-te?", respondi-lhe,
"Se é vivo ignoro". E enquanto lagrimamos,
Aparecem-me Aquiles e Patroclo,
Mais Antíloco e Ajax, que ao só Pelides
Entre os Gregos cedia em gentileza.
O Eácida ligeiro, ao conhecer-me,

Gritou: "Sábio Laércio generoso,
Que te falta, infeliz, para empreenderes?
Vires ao reino escuro, só de aéreos
Incorpóreos fantasmas habitado!"
"Valente dos valentes, vim, lhe torno,
Perguntar a Tirésias como à pátria
Fragosa aportarei. Mesquinho e errante,
Nela não estive, nem sequer na Acaia.
Tu, feliz no passado e no futuro,
Eras em vida qual um deus aceito,
E ora as almas dominas; do trespasso
Não deves pois te lamentar, Aquiles".
"Ínclito Ulisses", retorquiu, "da morte
Não me consoles; pago anteporia
Servir escassa rústica choupana
A defuntos reger. Dize, meu filho
Na frente sempre ou no tropel combate?
Que é de Peleu brioso? Inda o veneram,
Ou na Hélade e Pítia hoje o desdenham,
Por que a velhice pés e mãos lhe tolhe?
Ao sol não mais respiro, como em Troia,
Batalhões derrotando em pró dos Gregos:
Se eu tocasse um momento o pátrio alvergue,
A intrepidez e audácia embotaria
Dos que o privem das honras e homenagens".
"Nada", lhe digo, "de Peleu me consta;
Mas de Neotólemo aqui te informo:
De Ciro transportei-o em nau bojuda
Aos grevados Aqueus. Sempre em consultas
Primeiro, sem desvio discursando,
A mim próprio e a Nestor se equiparava;
Sempre avante, na turba não se tinha,
Na refega a ninguém rendia a palma,
Sem conto propinando o acerbo trago.
Uma façanha apontarei somente:

A Eurípilo Teléfides com muitos
A bronze derribou, dos Ceteus cabo,
Que, por dons feminis, passara a Troia,
E após Mêmnon divino era o mais belo.
O cavalo de Epeu quando montamos,
Abrir, fechar as cálidas insídias,
Ficou tudo a meu cargo: os reis e os chefes
Estremecendo o pranto sufocavam;
Pálido nunca o vi nas gentis faces,
Nunca uma lágrima enxugando. Oh! como
Do cavalo sair me suplicava!
Como apunhava a espada e a lança aênea,
Aos contrários minaz! Depois de rasas
As muralhas Priâmeas, embarcou-se
Com rica presa, ileso de êneos golpes
Ou de longe ou de perto, a comum fúria
De Marte sem provar na atroz contenda".
    A alma do Velocípede, orgulhosa
Das notícias do filho, corta alegre
Em marcha triunfante o verde prado.
    Outras males seus também me expunham;
Mas a de Ajax, de parte, irosa estava
Pelas armas de Aquiles, que a mãe Tétis
Ante as naus presentara, e por sentença
Me adjudicaram Teucros e Minerva.
Ah! nunca me coubera essa vitória,
Que o herói tumulou dos Gregos todos
O mais formoso e bravo, exceto Aquiles!
Meigo lhe imploro: "Exímio Telamônio,
Nem morto esqueces a fatal porfia,
Celeste punição da gente Argiva!
Da pátria ó fortaleza, o luto nosso
Não foi maior quando morreu Pelides.
A culpa é só de Júpiter, que os Dânaos
Abomina e te impôs tão dura sorte

Chega-te, ouve-me, ó rei, teu ódio aplaca,
No ânimo generoso me perdoa".
Não deu palavra, e tácito ia andando
No Érebo a esconder-se. Inda que torvo,
Me falara por fim; mas outras sombras
Examinar o peito me pedia.
Minos, gérmen Dial, tendo áureo cetro,
Sentado o avisto a conhecer dos mortos,
Que, esparsos no Orco, se erguem por seu turno,
Dizem do seu direito. Órion avisto,
Por várzeas de gamões a acossar feras
Que vivente abatera em montes ermos,
De érea clava na mão. – Eis Tício, aluno
Da gloriosa Terra, que estendia-se
Por jeiras nove, e abutres, sem podê-los
Despregar, às entranhas aferrados,
Lhe estão roendo o fígado, em castigo
Da tentada violência à do Tonante
Casta esposa Latona, indo ela a Pito
Pelas do Panopeu ridentes margens.
Vi Tântalo também, num lago imenso
Que o mento lhe banhava, ardendo em sede.
Pois, a apagá-la se perdia o velho,
A água absorta escoando-se, um demônio
Aos pés seco atro lodo lhe mostrava.
Sobre a cabeça corpulentos galhos
Suspendiam-se frutas sazonadas,
Figos doces, romãs, peras e olivas;
Mas, se o velho faminto ia colhê-las,
O vento as levantava às densas nuvens.
Vi Sísifo, anelante e afadigado,
Em pés e mãos firmar-se, pedra ingente
Para um monte empurrando, e lá do cume
Galgado por Crateis, rolar de novo
O pertinaz penedo; ei-lo persiste,

Suor escorre e a testa se empoeira.
Hércules se me antolha, em simulacro,
Pois no céu liba o néctar, caro esposo
De Hebe de lindos pés, de Jove e Juno
De áureas sandálias filha: em guinchos de aves,
Cercam-no, espalham-se, a fugir os mortos;
Cor da noite, ele ajusta a frecha ao nervo,
Na ação de disparar, tétrico olhando.
Ao peito áureo talim cinge estupendo,
Onde leões, javardos e ursos, tinha
Com primor esculpidos, e recontros
E batalhas e estragos e homicídios:
Mestre algum peça igual fabricou nunca,
Nem há de fabricar. O herói sem custo
Reconhece-me e fala comovido:
"Nobre e sábio Laércio, ai! tens a sorte
Misérrima que tive, quando aos raios
Eu respirei do Sol. Nasci de Jove,
Mas fui de angústias mil atormentado,
Sujeito a homem de valor somenos,
Que me impunha asperíssimos trabalhos!
Cargo o pior, mandou-me o cão trifauce
Cá prender; eu do inferno o tirei fora,
Por Mercúrio ajudado e por Minerva".
Disse e foi-se ao profundo; eu quedo espero
Por mais outros varões dos priscos tempos:
Gostoso a muitos vira, e contemplara
Pirítoo e Teseu, divina prole;
Mas com harto ruído infinda chusma
Ávida concorrendo, enfim de medo
Que do imo a soberana me enviasse
A Gorgônia horrendíssima cabeça.
Rápido embarco a gente e safo os cabos;
Nas tostes a maruja, a correnteza
Pelo Oceano rio nos levava,
Ao som da voga e favorável brisa.

LIVRO XII

Do rio Oceano ao pélago saímos,
Donde o Sol nasce e os coros são da Aurora,
E na praia da Eeia, a nau varando,
À espera que alvoreça, adormecemos.
Da manhã mal assoma a rósea filha,
De Elpenor o cadáver buscar mando:
Num teso litoral cortam-se troncos,
Em pranto o corpo e as armas lhe queimamos;
Túmulo erguido e uma coluna em cima,
No alto sepulcro se lhe fixa o remo.
Durante os funerais, Circe, que do Orco
Nos sabia de volta, apressurou-se
Com servas, que trouxeram pães e carnes
E roxo ardente vinho: "Ó tristes", clama,
"Tendes, vivos calando ao fundo abismo,
Dupla morte, e os mais homens têm só uma.
Comei, bebei de dia, e na arraiada
Navegai; vossa rota, e em mar e em terra
Como eviteis o dano, hei de ensinar-vos".
Persuadiu nosso peito. Em pingue bodo
Libamos; e, ao crepúsculo da tarde,
Sobre amarras dormindo a marinhagem,
Circe me toma a destra, a par se encosta,
Pergunta-me de parte; eu por miúdo
A satisfaço, e ela assim discorre:
"Pois bem; atende agora, e um deus na mente
Meu conselho te imprima. Hás de as sereias
Primeiro deparar, cuja harmonia
Adormenta e fascina os que as escutam:
Quem se apropínqua estulto, esposa e filhos
Não regozijará nos doces lares;
Que a vocal melodia o atrai às veigas,

Onde em cúmulo assentam-se de humanos
Ossos e podres carnes. Surde avante;
As orelhas aos teus com cera tapes,
Eusurdeçam de todo. Ouvi-las podes
Contanto que do mastro ao longo estejas
De pés e mãos atado; e se, absorvido
No prazer, ordenares que te soltem,
Liguem-te com mais força os companheiros.
"Dali passado, a via não te aponto
Que te cumpre seguir; tu mesmo a escolhas.
Há dous penedos, que os Supremos chamam
Errantes onde fremem de Anfitrite
Ondas azuis, por onde nem transvoam
Fracas pombas, que a Jove ambrosia levam;
Precipita-se alguma, e o Padre logo
Produz outra e seu número completa.
Ai da próxima nau! Maruja e lenho
Devoram chamas, furacões destroçam:
À de Argos só fadado foi transpô-los,
De Etas vogando; e ali talvez jazera,
Se não fora Jasão tão caro a Juno.
"De um fere os céus o tope, calvo e a pique
De inverno ou de verão sempre enublado;
Vinte pés tenha e mãos, ninguém trepá-lo
Ou deslizar por seu declive pode.
Antro abre em meio para as trevas do Orco;
Lá forçar cumpre a voga, ó nobre Ulisses.
Dos bancos, por mancebo vigoroso,
Vibrada seta ao fundo não vingara,
Onde a ladrar se aloja o monstro Cila,
Como tenrinhos cães, horrenda aos olhos
Dos próprios deuses: pernas doze informes,
Seis tem longos pescoços, nas seis bocas
Dentuça tríplice, os colmilhos cheios
De negra morte; no antro semioculta,

Fora do báratro as cabeças lança,
Para cações pescar, delfins, baleias,
Que a sonora Anfitrite em barda cria.
Baixel de além surgir não mais se gaba,
Sem que um varão cada garganta engula.
    O outro, fronteiro e ao pé, se eleva menos,
De frecha o atingirias. Tem florente
Copada baforeira, e as turvas águas
Embaixo ao dia vezes três Caríbdis
Sorve e revessa três; mas, quando as sorve,
Se ao vórtice terrível te acercasses,
Nem por Netuno tu serias salvo.
Cose-te a Cila pois, amiúda o remo;
Seis é melhor perder que os sócios todos".
    E eu: "Livre, ó deusa, da voraz Caríbdis,
Como de Cila poderei vingar-me,
Da ofensora dos meus?" – Tornou-me Circe:
"Guerras sonhas, demente, e contra numes?
Imortal, seva, tetra, inexpugnável,
O remédio é fugir da imana Cila:
Se tardas, junto à rocha armando o braço,
Temo que novamente as seis cabeças
Mais outros seis remeiros te arrebatem.
Veloz navegues, e a Cratéis implores,
Que essa pariu flagelo dos humanos,
Para do assalto posterior contê-la.
Vai rumo de Trinácria, onde o Sol gordos
Há sete armentos e rebanhos sete,
Cada manada com cinquenta reses,
Que nunca se propagam, nunca morrem:
A Faetusa e Lampécia de áureas tranças,
Do Hiperiônio e de Neera filhas,
A mãe deusa educou-as, e em Trinácria
As destacou por guarda a pretas vacas
E ovelhas de seu pai. Se intactas forem,

Dificilmente abordareis à pátria;
Senão, te agouro aos teus e à nau ruína,
Ou tarde e só te salvarás aflito”.
Circe retira-se ao luzir da aurora;
Embarco e mando suspender amarras;
A gente, pelas tostes ordenada,
A compasso verbera a salsa espuma;
Bom sócio, enfuna e sopra o vento em popa
Que invoca a ninfa de anelado crino;
Tudo a ponto, embarcamo-nos entregues
Às auras e ao piloto; eu mesto falo:
“Não somente um nem dous, amigos, saibam
O que a deusa das deusas me predisse,
Para informados ou morrermos todos
Ou da Parca fugirmos. Das Sereias
Evitar nos ordena o flóreo prado
E a voz divina; a mim concede ouvi-las,
Mas ao longo do mastro em rijas cordas,
E se pedir me desateis, vós outros
De pés e mãos ligai-me com mais força”.
Mal acabava, à ilha das Sereias
Avizinha-se a nau com vento fresco.
Súbito acalma, e um deus serena as ondas;
Já ferrado no bojo o pano arreiam,
Do liso abeto ao golpe alveja a espuma.
De cera um disco a bronze em porções corto,
Forte as machuco e as amoleço ao lume
Do Hiperiônio Sol, de homem por homem
Os ouvidos entupo; ao mastro em cordas
Atam-me pés e mãos, e aos remos tornam.
Eis, a alcance de um grito, elas, que atentam
O impelido baixel, canoro entoam:
“Tem-te, honra dos Aqueus, famoso Ulisses,
Nenhum passa daqui, sem que das bocas
Nos ouça a melodia, e com deleite

E instruído se vai. Consta-nos quanto
O Céu vos molestou na larga Troia,
Quanto se faz nos consta n'alma terra".
    Destarte consonavam: da harmonia
Encantado, acenei que me soltassem;
Mas curvam-se remando, e com mais cordas
Perimedes e Euríloco me arrocham.
Nem já toava ao longe a cantilena,
Quando os consócios, desuntada a cera,
Desamarram-me enfim. Remota a ilha,
Vejo em fumo e escarcéus, um ruído escuto;
Ao marinho rumor, de susto as vogas
Largaram de repente, a nau parou.
De banco em banco, afável os conforto:
"Provado, amigos, temos outros males;
Este não é maior que o da caverna
Do violento Ciclope; recordai-vos
Que o venceu meu denodo, engenho e tino;
Ânimo! obediência; altas maretas
Curvados açoutai. Permita Jove
Que do passe escapemos! Tu, piloto,
Pois meneias o leme, não te olvides:
Fora daquele fervedouro e fumo
Orça, o escolho fronteiro não te assalte;
Se discrepas incauto, a morte é certa".
    Rendem-se às minhas ordens. Só de Cila
Não menciono o perigo inelutável,
Temendo que eles, de remar cessando,
Se agachassem no fundo. Eu mesmo esqueço
De Circe avisos; arnesado, empunho
Piques dous, e ao bailéu da proa corro
Para enxergar primeiro o pétreo monstro
Pernicioso aos meus: não pude, os olhos
Se bem cansasse em torno da atra rocha.
Pelo estreito gementes navegamos:

Cila é daqui; d'além, Caríbdis seva
Os salsos goles chupa: ao vomitá-los,
Ferve a chiar como a caldeira ao fogo,
Sobe o rocio e borrifa os cimos ambos;
Ao sorvê-los, parece remexer-se,
Toa horrorosa a penha, e embaixo a terra
Mostra areia cerúlea. Amarelecem
E, estando nela o exício afigurado,
Cila é que me arrebata uns seis guerreiros
De esforço e brio: olhando para os bancos,
Pernas lhes vejo e braços pelos ares;
Na agonia final por mim bramavam.
Qual de alto o pescador, por um caniço
Lançando em chifres de selvagem touro
Isca e dolo a peixinhos, para cima
Palpitantes os puxa; tais levanta
Cila os meus, que devora à boca do antro.
As mãos rugindo os míseros me estendem!
Mares vaguei, sofri cruéis tormentos;
Nunca um tal espetáculo assombrou-me.
Atrás Cila e Caríbdis, avistamos
Ilha onde os nédios bois de larga fronte
E os rebanhos do Sol pastam sublime;
O mugir e o balar de bordo sinto:
Lembram-me anúncios do Tebano cego:
Lembra-me Circe, que vedou-me a entrada
Na ilha do Sol, delícias dos humanos;
Atribulado amoesto: "Ouvi-me, sócios,
Com paciência agouros de Tirésias
E os de Circe, que à ilha me proíbem
Do Sol portar, a todos nós funesta;
Dela o fusco navio impeli fora".
Este anúncio os confrange, e molestou-me
Euríloco tenaz: "Ímprobo Ulisses,
Tu não cansas, teus membros são de ferro,

Pois de fadiga e sono a gente opressa
Na ilha vedas saltar onde aprestemos
Boa ceia, e à matroca temerário
Em trevas pelo ponto errar nos mandas.
Em procela, e noturna, onde abrigar-nos,
Se Noto ou Zéfiro em tufão rebenta,
Os mais duros às naus, mau grado aos numes?
Ceda-se à escuridão; toca a cearmos,
E o pélago amanhã sulque-se embora".
    Do consenso geral tirei que a perda
Nos traçava um demônio: "Eis-me vencido",
Clamo, "Euríloco! Ao menos jurai todos,
Em rês alguma não bulir nefandos;
O que Circe nos deu comei tranquilos".
    Juraram-me formais, e em porto ancoro
Ante uma fonte amena. Ao desembarque,
Curam da ceia; já repletos, lembram
Os que Cila voraz nos engolira,
Até que ao pranto lhes sucede o sono.
Da noite por um terço indo-se os astros
Grã borrasca o Nimbífero carrega,
Pego e terra embruscando, e rui do polo
Denso negrume; e assim que a matutina
Aurora aponta, em gruta a nau pusemos,
De ninfas gentilíssimas assento.
Oro em conselho: "Mantimentos sobram;
Será fatal comermos bois e ovelhas
Do acre Sol, que vê tudo e tudo exouve".
    Seu brio suadi. Sós Euro e Noto
Sopraram de contínuo um mês inteiro:
Pão tendo e vinho, abstinham-se das reses,
Cuidadosos das vidas; gastas mesmo
As vitualhas, pela fome urgidos
Que o ventre nos roía, à caça andamos
De aves e peixes, do que anzóis pilhavam,

Dardos, seta ou rojão. Pela ilha fui-me
Os deuses a rogar, se algum maneira
De sair me indicasse: as mãos lavando
Num abrigado, imploro à etérea corte,
Que me infundiu nas pálpebras o sono.
O mal, no entanto, Euríloco sugere:
"Desgraçados, a morte é sempre feia,
Mas a pior é perecer de fome.
Os bois do Sol carnudo imolemos
Aos imortais, e ao claro deus sublime
Na pátria precioso orne-se um templo;
E se irritado, os outros consentindo,
For seu gosto afogar-nos, antes quero
Beber de um trago a morte em salsas ondas
Que ir em deserta ilha definhando".
Aplaudem-no; e, prendendo os mais vistosos,
De larga fronte e retorcidos cornos,
Que ante a rostrada fusca nau pasciam,
Das vítimas em torno aos deuses votam
Uns grelos de carvalho alticomado,
Por faltar branco farro. Preces findas,
Matam, esfolam, separando as coxas;
Das quais por cima, em duplo zerbo envoltas,
Põem miúdas porções do corpo inteiro,
E por não terem vinho para o fogo,
Água libando os intestinos assam.
Ao fixarem no espeto as gordas postas,
Sacudo o brando sono, e alvorotado
À praia me encaminho. Já não longe
Das carnes sinto o recendente cheiro;
Aos Céus triste bradei: "Júpiter padre,
Numes, em divo sono me ensopastes,
Para um tal sacrilégio perpetrarem!"
Ao Sol voa Lampécia amplo-velada
O crime a delatar, e o Sol furente

Bramiu: "Jove, ó beatos sempiternos,
Puni-me do Laércio os companheiros;
Ah! mataram-me os bois, meu gosto e enlevo,
Quando eu subia ao céu, descia à terra:
Se vós não me vingais, vou-me a Sumano
A alumiar as sombras". – E o Tonante:
"Ó Sol, aos deuses de luzir não cesses
E aos terrestres mortais: a raio ardente
Hei de o baixel ferir e incendiá-lo
No seio do atro mar". – Isto Calipso
Me declarou, que o soube de Mercúrio.
    Chegado à praia, increpo homem por homem;
Nenhum remédio havia às mortas reses.
Manifestou-se a cólera suprema:
Peles serpeiam; carne assada ou crua
No espeto muge, a voz bovina soa.
Seis dias, não obstante, se nutriram
Do melhor da manada; e, o borrascoso
Vento acalmando ao sétimo, embarcamos,
E ereto o mastro, as velas desferimos.
    Some-se a ilha, o polo e o mar só vemos
Eis cerúleo bulcão sobre o navio,
Retém-no um pouco, enegrecendo as ondas;
Mas em rajada Zéfiro estridente
Rompe os ovéns do mastro, que à ré tomba
Atirando o maçame na sentina,
E à popa o crânio do piloto racha;
Da tolda qual mergulhador caindo,
A alma gentil os ossos lhe abandona.
Jove troveja; o raio a nau revira
E enche de enxofre, deita a gente fora;
Como alcatrazes de redor flutuam,
Da volta os priva um deus. Ando e regiro,
Té que descose a vaga as amuradas
E joga o inerme lenho; pela base

Fende o mastro, e o sustenta uma correia;
Com esta ao casco o ligo e em tal jangada
Leva-me o vento. Zéfiro sossega;
Mas Noto áspero angústias me acrescenta,
Ir outra vez receio ao freto imano.
Vago a noite; mas n'alva o escolho enxergo
De Cila e de Caríbdis, que medonha
Absorvia as maretas: eu, na altura
Da baforeira, à guisa de morcego
Me implico; os pés nem sento nem remonto,
Longe estando as raízes e a ramada
Que sombreia a voragem. Lá me agarro,
Té que, à hora em que o foro e os litigantes
Larga o juiz para cear, Caríbdis,
A meus desejos lenta, o mastro e o buco
Vomita: eu me despego, e na jangada
Baqueio estrepitoso, a braços remo.
O pai de homens e deuses, por salvar-me,
Tolheu que Cila então me lobrigasse.
Nove dias labuto, e o Céu me aporta
Já na décima noite à ilha Ogígia,
Onde acolheu-me e acarinhou Calipso,
Deusa de humana voz. Que resta? Em casa
Ontem me ouviste e a casta soberana:
Repetir o narrado é fastidioso.

LIVRO XIII

Calam-se todos, em deleite absortos,
Pela ampla sala opaca. E Alcino: "Ulisses,
Pois que vieste a meu palácio aêneo,
Teus males findos creio e teus errores.
Vós que a branda harmonia e o vinho de honra

Gozais em meus festins, às ricas vestes
E ouro acendrado n'arca sua inclusos,
Dádivas dos senhores, por cabeça
Grandes bacia e trípode ajuntai-me;
Já que sós não bastamos, brinde o povo
Conosco à larga este hóspede bizarro".
Aprovou-se, e a dormir se retiraram.
No arrebol da manhã de róseos dedos,
Levando o forte bronze, à nau concorrem;
Vindo Alcino em pessoa, nas bancadas,
Para a folgo remarem, dispõe tudo.
Ao paço tornam, do banquete cuidam:
O rei mata ao nimboso onipotente
E as táureas coxas torra; à mesa alegres,
O canto logram do acatado vate.
Ulisses, para o Sol volto amiúde,
No ocaso o quer, o embarque apetecendo:
Como a sombria tarde e a ceia anela
Quem, já de joelhos frouxos, pelo alqueive
Regeu de negros bois no arado a junta
O dia todo; a luz tal vê murchada
Ulisses, que aos marítimos Feaces
E ao rei perora: "Ó maioral de povos,
Despedi-me e libai; vós outros, salve!
Cheio o meu voto, com presentes parto,
De que o Céu por mão vossa enriqueceu-me.
Ache eu no lar a esposa irrepreensível
E incólumes os meus. Ficai-vos todos
Satisfeitos com filhos e consortes;
Para impedir o público infortúnio,
Toda virtude os numes vos concedam".
Louvando o siso do hóspede facundo
Que despedi-lo cumpre a eito votam;
Alcino o arauto afronta: "Na cratera
Mescles, Pontono, do licor ardente;

Em despedida a Júpiter brindemos".
Mescla Pontono e distribui o vinho:
Libam do assento aos imortais beatos;
Mas Ulisses divino em pé, depondo
A bicôncava taça em mãos de Areta,
Rápido exclama: "Ó grã rainha, vale!
Parto; mas sê ditosa com teus filhos,
Teu povo e o nobre Alcino, até que venham,
Humana condição, velhice e morte".
Aqui, salva a soleira: avante o arauto
Condu-lo à praia; à voz de Areta, as servas
Uma a túnica bela e o manto puro,
Outra uma arca tapada, enfim terceira
O pão leva consigo e roxo vinho.
Ledos a carga e o mantimento arrumam,
Cama de branco linho e moles colchas
Alastram no convés, onde silente
O herói deitou-se; da furada pedra
Solto o calabre, em renque a espuma agitam.
Enleiam-se-lhe as pálpebras num sono
Doce e quieto, semelhante à morte.
Como, incitada pelo açoute, o espaço
Mede orgulhosa máscula quadriga,
Das vagas ao rumor desfecha a popa;
Em seu voo segura, preterira
Ao gavião, levíssima das aves.
O Ítaco rei, no tento igual aos deuses,
Molestado em procelas e batalhas,
Esquece tudo em plácido sossego.
Abordou-se ao luzir a estrela-d'alva,
Núncia a melhor da rubicunda aurora.
Tem no agro de Ítaca o marinho Forco
Porto, que a prumo cabos dous estreitam
E de ventos estrídulos defendem,
Onde vaso alteroso escusa amarras.

Espalmada, no fundo, uma oliveira
Gruta ensombra, de Náiades sacrário:
Ânforas há lapídeas e crateras;
Sussurrantes abelhas melificam;
Bancos de pedra encerra; as ninfas tecem
Maravilhosos purpurinos panos;
Possui água perene; dupla a entrada,
Uma ao norte acessível aos humanos,
Outra ao sul para os deuses. Meio impelem
De voga o lenho os práticos Feaces;
Adormecido Ulisses desembarcam,
Nas mesmas colchas e lençóis envolto;
À sombra da oliveira os dons colocam,
À larga obtidos por mercê de Palas,
Fora da estrada, a fim que não lhos toque,
Antes que ele desperte um viandante.
Isto acabado, para a Esquéria voltam.
    Das ameaças ao divino Ulisses
Lembrado, ao grande irmão sondou Netuno:
"Como hão de honrar-me, Júpiter, os deuses,
Se homens de mim provindos me desonram?
Sem proibir de Ulisses o regresso,
Que tu juraste mesmo, inda eu cuidava,
Antes de recolher-se, escarmentá-lo;
Mas puseram-no em Ítaca os Feaces,
Meu reino atravessando, e o cumularam
De ouro e bronze e tecidos, quanto nunca
Salvo de Ílio trouxera e teve em sorte".
    Respondeu-lhe o Nimbífero: "Hui! Netuno,
Desprezarem-te os numes! Árduo fora,
Que és mais velho e prestante e prepotente.
Se um mortal altanado não te adora,
Puni-lo a teu prazer te cabe sempre".
    De novo o Enosigeu: "Fá-lo-ei, se o queres;
De irar-te, anuviador, me abstenho e fujo:

Para que mais ninguém transportar ousem,
Destruída na volta a nau Feácia,
À cidade oporei montanha ingente".
E Júpiter: "Irmão, da praia quando
Olhar curiosa a turba a nau que abica,
Trocada em penha, a forma lhe conserves,
Futuro assombro, e essa montanha eleves".
Busca Netuno a Esquéria, e quedo aguarda
A flutívaga nau, que às bordas voa;
A mão carrega-lhe e a converte em rocha,
As raízes lhe afunda e se retira.
E a marinheira gente, uns para os outros:
"Ai! quem prendeu no pego, à vista nossa,
A nau que ao porto alígera aproava?"
Assim discorrem; mas arenga Alcino:
"Deuses, verificou-se o triste agouro!
Vaticinou meu pai que, por valermos
Aos náufragos, Netuno em ira ardendo
Pulcro baixel à volta abismaria,
De alto monte a cidade circundando.
Cumpriu-se tudo; agora, obedecei-me:
Ninguém mais deste porto conduzamos;
Sacrifiquemos touros doze eleitos,
A fim que piedoso o rei Netuno
Desse monte a cidade nos preserve".
Com medo eis logo as reses preparavam,
Da ara em torno deprecam Neptunina
Dos Feaces os príncipes e cabos.
Abre os olhos na pátria o divo Ulisses.
Ausente há muito, a estranha, pois de névoa
Palas Dial o cinge, para ignoto
O aconselhar, nem ser da esposa e amigos
E dos mais cidadãos reconhecido,
Sem dos procos vingar-se; pareceu-lhe
Diverso tudo, o acomodado porto,

Os extensos caminhos, os penedos,
As verdejantes árvores; desperto,
Olha em cerco, de palmas fere as ancas,
E lamenta e se carpe: "Ah! nestas plagas
Gente bárbara mora injusta e fera,
Ou pia e hospitaleira? Onde é que vago?
Onde esconder os meus tesouros posso?
Estivesse na Esquéria, e me asilara
Outro brioso rei, que boa escolta
Me daria ao trajeto. Ignoro o meio
De guardar estes bens, que não mos roubem.
Certo nem eram probos nem cientes
Os que a Ítaca amiga prometeram
Levar-me a salvo e aqui me depuseram:
Desagrava-me, ó Júpiter, que amparas
Os suplicantes e a traição condenas.
Mas compute-se tudo, examinemos
Se eles de qualquer dom me desfalcaram".
    Já trípodes, bacias e ouro conta,
Conta os belos tecidos: nada falta.
Por Ítaca ele chama, Ítaca chora
Pelas praias do mar circunsonante,
Quando no vulto lhe aparece Palas
De um jovem ovelheiro, delicado
Como os filhos dos reis: pelico airoso
Aos ombros traça; aos pés chapins luzentes,
Floreia um dardo. Ulisses a encontrá-la
Corre contente, rápido profere:
"Pois me ocorres primeiro, amigo, salve!
Guarda-me estas riquezas e a mim próprio.
Como a nume to imploro de joelhos;
Declara-me que terra e povo é este:
Por acaso ilha amena, ou de gleboso
Continente um bojante promontório?"
    A olhicerúlea: "És, hóspede, insensato,

Ou de país remoto. Que perguntas?
É conhecido o nosso dos que habitam
Para o noturno ocaso e a roxa aurora:
Alpestre e avesso a poldros, pouco vasto,
Viceja em trigo e vinha, que fecunda
Orvalho ou chuva; grato a bois e a cabras,
Tem várias selvas e perenes águas.
De Ítaca o nome em Troia alto ressoa,
Em regiões da Acaia mui distantes".
Folga o divino herói de estar na pátria,
Que do Egíaco a filha anunciava;
Discursa presto, com desvio e astúcia,
Ardis sempre no peito revolvendo:
"De Ítaca ouvi na transfretana Creta,
Larga e longínqua. Aos meus deixando parte,
Fugi com estes bens, lá tendo morto
O régio garfo Orsíloco ligeiro,
Que no curso vencia os bravos Cressos;
Pois quis privar-me dos despojos de Ílio,
Ganhos com tanta lida nas batalhas
E a tanto mar escapos, de ciúmes
Que eu, a outros mandando, às ordens nunca
Do genitor Idomeneu servisse.
Tendo um sócio, no campo numa espera,
Orsíloco atravesso ao pé da estrada:
Oculta a morte pela opaca noite,
Ninguém por ela deu. Porção da presa
A ganância fartou de nau Fenícia,
Que me largasse em Pilos ou na diva
Élide Epeia. O rijo oposto vento
Afastou-nos do rumo, e constrangidos,
Não por fraude, arribamos pelo escuro;
No porto aqui saltando, sem tratarmos
De preciso repasto, nos deitamos.
Lasso peguei no sono; eles, na areia

Depositadas as riquezas minhas,
A Sidônia se foram populosa:
Triste ah! fiquei na praia abandonado".
A Glaucópide rindo a mão lhe afaga,
Disfarçada em mulher vistosa e guapa,
Ilustre no lavor: "Sagaz e astuto,
Só te excedera um deus! matreiro e fino,
Mesmo exerces na pátria os falsilóquios,
Dolos e ardis, que desde o berço amaste.
Não uses tu comigo de rodeios:
Se aos mortais no juízo te avantajas,
Eu me avantajo aos deuses. Desconheces
Tritônia, que te assiste em dúbios transes?
Eu te fiz agradável aos Feaces;
Agora venho consultar contigo,
E o tesouro esconder que ao povo egrégio
Inspirei te doasse. Em teu palácio
Olha que inda é forçoso padeceres:
A varão nem mulher tu não descubras
O teu regresso; tácito suportes
A própria dor e injúrias e insolências".
Prudente Ulisses: "Deusa, ao mais sabido
Conhecer-te é custoso em tantas formas.
Sei que nas Troicas lides me escudavas;
Mas dês que, rasa a Príamo a cidade,
Um deus nos dispersou, nunca a nau minha
Te viu, Dial progênie, em meus trabalhos:
De alma chagada, errei de praia em praia,
Até que o Céu de mim compadeceu-se,
Depois que entre os Feaces opulentos
Me confortaste enfim, me foste guia.
Eu não me julgo em Ítaca risonha;
Vago, e me iludes: por teu pai suplico,
Declara-me se estou na pátria amada".
"És", volve a deusa, "um poço de suspeitas!

Facundo e sábio, de altaneiro engenho,
De ti não me descuido no infortúnio.
Quem não ardera, após tamanha ausência,
Por ver seus lares e mulher e filhos?
Mas nada ouvir te agrada, sem provares
A constância da esposa, que em retiro
Dia e noite lamenta e curte mágoas.
Seu temor nunca tive, sim previa
Que só dos teus voltasses. A Netuno
Não quis opor-me, tio meu, que irou-se
Por cegares seu filho Polifemo.
Ítaca vou mostrar-te, não duvides:
De Forco é este o porto; jaz no fundo
O antro e a basta oliveira, estância amável,
Das Náiades sacelo, onde lhes deves
Sacrificar perfeitas hecatombes;
Aquele monte é Nerito selvoso".
    Dissipa a deusa a névoa; alegre a terra
O Ítaco reconhece, o almo chão beija,
E exalça as palmas e depreca às ninfas:
"Progênitas de Jove, eu não pensava
Rever-vos mais; contente vos saúdo,
Mil dons hei de, como antes, ofertar-vos:
Assim de Jove a predadora prole
Me consinta viver, medrar meu filho!"
    Palas então: "Sossega, ânimo cobra.
No antro guarda-se tudo, e resolvemos
O melhor". Eis penetra os escondrijos;
O herói carreta o ouro e o cobre e as roupas;
E, estando a bom recado esses presentes,
Ela aos portais arrima grossa pedra.
    À raiz ambos da oliveira santa,
No castigo dos procos meditavam,
E Palas começou: "Divo Laércio,
De carregar o modo consideres

A mão nos insolentes que um triênio
Há que em teu paço imperam, dadivosos
A casta mulher tua requestando.
Ela porém suspira-te e pranteia,
E um por um entretendo com promessas,
A todos esperança e embai a todos".
"Céus!", acode o Laércio, "em meu palácio
O fado me aguardava de Agamêmnon,
Se não me houvesses, deia, esclarecido!
Eia, a maneira tece de vingar-me;
Está comigo, minha audácia aumenta,
Qual a soberba Troia ao suplantarmos.
Se me ajudas, augusta protetora,
Eu basto só contra varões trezentos".
Presto a Glaucópide: "Eu serei contigo
No executar-se a empresa; o vasto solho
Conto que o sangue e cérebro enodoem
De cada um dos vis que os bens te comem.
Vou, para ignoto seres, enrugar-te
A lisa pele dos flexíveis membros,
Sumir-te a loura coma, em despiciendos
Andrajos envolver-te, e aos vivos olhos
O brilho embaciar, para que a todos,
Mesmo a filho e mulher, pareças torpe.
Tu, busca o teu porqueiro, amigo vero,
Que a Telêmaco e à mãe fiel tem sido;
Entre os marrões o encontrarás, da penha
Do Corvo em torno e da Aretusa fonte,
Onde, cevados com macia glande
E água lodosa, gordurentos viçam:
Indaga dele o mais, enquanto a Esparta
Ando-me em formosuras afamada,
A teu filho chamar, que novas tuas
Foi recolher de Menelau na corte".
"Por que", argui o herói, "pois tudo sabes,

Não lho disseste? Queres que erradio
Pelo indômito pélago padeça,
E que outros a substância lhe consumam?”
    Minerva retorquiu: “Não te inquietes;
Eu mesma o encaminhei; porque destarte
Bem reputado seja: ora em seguro
Se acha do Atrida na abundante casa.
Almejando matá-lo antes que aborde,
Armam-lhe os procos numa nau ciladas;
Mas tenho que primeiro a terra oprima
Alguns dos que a substância lhe consomem”.
    Aqui, de vara o toca: a pele toda
Se lhe encarquilha, escalva-se a cabeça,
Olhos murcha; um decrépito afigura.
Deita-lhe um mau gabão, túnica em tiras
Suja e tisnada, e espólio nu de corça;
Dá-lhe um bordão, com torsos loros preso
Roto a lugares desmarcado alforje.
Isto enchido, apartaram-se, e Minerva
Endereçou-se à grã Lacedemônia.

LIVRO XIV

O herói, por serros e áspera azinhaga,
Segue do porto, à selva, o divo busca
Leal pastor, que lhe afirmou Tritônia
Ser dos escravos dele o mais zeloso.
Achava-se ao portal, num sítio alegre
Onde, n’ausência do amo, edificara,
Sem da senhora auxílio ou de Laertes,
Vistoso amplo curral de pedra ensossa;
De espinho sebe em roda, e cerca de achas
Do cerne de carvalho externa havia.

Na área em chiqueiros doze conchegados,
Em cada qual cinquenta, se espojavam
Prenhes porcas; dormiam fora os machos,
Poucos, pois de contínuo aos pretendentes
O mais nédio cevado remetia:
Trezentos e sessenta eram por todos.
Ao pé jaziam quatro cães de fila,
Pelo porqueiro maioral mantidos.
Este a seus pés talhava umas sandálias
De táureo tinto coiro; três ajudas
As varas pastorar, mandara o quarto
Conduzir constrangido um bom capado,
Que na régia a gulosos recheasse.
Ladrando os brabos cães a Ulisses correm,
Que assenta-se manhoso e o bordão larga;
Mas vítima seria, se o porqueiro,
Cair deixando o coiro, à pressa e em gritos
Não viesse a pedradas enxotá-los.
E a ele se virou: "Meus cães, ó velho,
Quase, por meu labéu, que te espedaçam,
E os deuses de outras penas me acabrunham:
Choro a engordar os cerdos para estranhos,
E o meu divo senhor quiçá faminto
Vaga de povo em povo, se é que vive
E goza a luz do Sol. Comida e vinho
Terás naquela choça, e tu repleto,
Me refiras teus males e aventuras".
Na choça introduzido, em ramas densas,
De agreste cabra com velosa pele,
Do porqueiro acamadas, pousa Ulisses,
E lho agradece: "Abençoado amigo,
Compensem-te os Supremos o agasalho".
Tu respondeste, Eumeu: "Ninguém desprezo,
Qualquer acolherei de ti somenos;
Jove os mendigos e hóspedes protege,

Aprova os tênues dons que a medo faço,
Pobre servo, a mancebo submetido!
O Céu de meu senhor veda o regresso,
Que tanto me queria, e, como é de uso
Para com bons escravos laboriosos,
A envelhecer aqui, me enriquecera
Com mulher e pecúlio, pois os deuses
Têm prosperado meu serviço. Ai dele!
Pereça toda a geração de Helena,
Dano e exício de heróis! Para essa Troia
Também foi meu senhor vingar o Atrida".
E ataca mal o cinto, e dous farroupos
Trazendo, os mata e lhes chamusca o pelo,
Corta, espeta, e no espeto o assado quente
Oferece e apolvilha de farinha;
Vinho melífluo em copo de sobreiro
Mistura, à face do hóspede se assenta:
"Anda, ora come do que aos servos cabe;
Os cevados aos procos se reservam,
Que do castigo olvidam-se impiedosos.
Néscios! Os numes a violência odeiam
E a virtude honram só. De alheias plagas
Invasores hostis, que em naus de espólios
Onustas partem por favor de Jove,
Temem-se do castigo; os procos, julgo,
Voz divina informou da triste morte.
Nenhum de núpcias trata ou de ir-se embora,
Todos em voraz ócio os bens estragam:
Uma nem duas vítimas lhes bastam;
Noites e dias, quantos Jove alterna,
Consomem carnes, ânforas esgotam.
Em Ítaca e no escuro continente,
Não há magnata que possua tanto,
Nem vinte juntos; a resenha escuta:
Pastam-lhe em terra firme doze armentos,

E há porcadas iguais, iguais rebanhos,
Vastos cabruns encerros, com pastores
De fora ou do país; nesta ilha mesma,
Guardam fiéis cabreiros onze fatos,
E eu rejo estas pocilgas. Nós forçados,
Pensão quotidiana, remetemos
A mais nédia cabeça a tais senhores".
Tácito Ulisses come e ávido bebe,
Ideando a vingança; e, confortado,
A copa do porqueiro aceita plena,
Jubiloso e veloz: "Rico era e forte
Quem te comprou, qual, hóspede, o apregoas?
Morto o crês pela causa de Agamêmnon:
Talvez o conhecesse eu vagamundo;
Sabe a etérea mansão, quando o nomeies,
Se ocultar testemunho em mim depares".
"Velho", constesta Eumeu, "não mais se apoiam
Em peregrino algum a esposa e o filho:
Quanto são mentirosos os mendigos!
A senhora os socorre e asila e inquire;
Mas incrédula geme, qual viúva
Que lamenta o marido ao longe extinto.
Urdir hoje uma fábula pretendes,
Para de capa e túnica mudares?
As entranhas cães e aves lhe tragaram,
Ou, dos peixes roído, a vaga os ossos
Lançou-lhe à praia e os cobre densa areia.
Morreu, morreu, deixando em luto amigos,
Mormente a mim, que o não terei tão brando,
Nem que de pai e mãe voltasse à casa,
Onde a luz vi primeiro e me criaram:
Tão saudoso os não choro e a pátria amada,
Como Ulisses me lembra. Até receio,
Pois tanto me estimava e distinguia,
N'ausência nomeá-lo, irmão n'ausência

Mais velho o chamo, a suspirar por ele".
E o divo herói: "Bem que emperrado o negues,
Não temerário to assevero e juro,
Ulisses vem; de alvíssaras me aprontas
Capa e túnica, inteira vestidura;
Mas, inda que indigente, o prêmio enjeito,
Antes que ele se mostre em seu palácio:
Como do inferno as portas, abomino
Falácias da pobreza. Atesto Jove,
De teu amo o lar puro a que me encosto
E a mesa hospitaleira, o anúncio é vero:
Neste ano e lua mesma, ou na vindoura,
Cá de retorno, punirá severo
Os ultrajes da esposa e de seu filho".
"Não ganharás alvíssaras, meu velho",
Ajunta Eumeu; "não conto mais com ele.
Bebe tranquilo; outras lembranças volve,
Que este assunto angustia-me e contrista.
Juramentos à parte, oh! se viesse,
Qual o anelo, Penélope e Laertes,
E o deiforme Telêmaco. Esta agora
Única planta choro, que ao celeste
Bafo eu supunha igual de rei medrasse
Em garbo, esforço e mente; mas, iluso
Por imortal ou por humano, a Pilos
Do pai foi-se em procura, e à volta os procos
O incidiam cruéis, para que arranquem
Da ilha a estirpe do divino Arcésio.
Basta; se escape ou não, toca ao destino,
E o Satúrnio o proteja. Ora me explanes
Quem és, de que família, de que terra,
Os infortúnios teus; que exímios nautas
E em que navio aqui te conduziram?
A Ítaca não creio a pé viesses".
Começa Ulisses: "Narrarei sincero.

Se de espaço a lograr teu vinho e pasto,
Incumbido o serviço a outros sendo,
Fôssemos nesta choça, inda que um giro
Decorresse anual, não me era fácil
Expor as penas que infligiu-me a sorte.
“O Hilácides Castor, na extensa Creta,
Gerou-me numa pelice comprada,
E a par de seus legítimos criou-me
E honrava em seu palácio; é glória minha
De um pai vir dos Cretenses endeusado,
Por opulência e muita clara prole.
No Orco o sumiu fatal necessidade:
Meus irmãos tudo em lotes partilharam,
Escassos bens e um teto me cederam.
Casei por meu valor com rica herdeira,
Pois fugaz, nunca fui nem vil e inerte:
Posto porém que as forças me falecem,
De tamanha miséria quebrantadas,
Pela palha avalia o que era a messe.
De Mavorte e Minerva obtive audácia:
Hostes rompi; se, infenso e belicoso
Da emboscada elegia os camaradas,
Nunca da morte o horror se me antolhava;
Sempre avante, os contrários punha em fuga,
De lança indo alcançando os mais ronceiros:
Tal em combates fui. Nunca me aprouve
Na família cuidar, cuidar nos filhos;
Sonhava em remos, naus, zargunchos, frechas,
Em petrechos de guerra sanguinosos:
Dos homens são diversos os prazeres;
Um deus nesses meu ânimo cevava.
Antes de irmos a Troia, vezes nove
Regi corsários: da escolhida presa,
Aos matalotes sorteado o resto,
Locupletou-se a casa, e entre os Cretenses

Tive grande renome e autoridade.
Mas, decretando Jove aquela empresa
Tão matadoura, os povos me expediram
Adido a Idomeneu; sem resistirmos,
Que o público rumor nos obrigava,
Velejamos. Nove anos pelejou-se:
Ao décimo, assolada Ílio Priameia,
Dispersa no regresso a frota Aquiva,
Ai! guardou-me o Satúrnio outros pesares!
"Um mês único estando em meus haveres
Com filhos e a mulher que esposei virgem,
A vogar para o Egito inclino a ideia,
E nove embarcações tripulo em breve,
Reses degolo e sagro; os divos sócios
De solenes festins seis dias gozam.
De Creta largo ao sétimo, e do puro
Bóreas ao fresco alento, qual se fosse
Veia abaixo, aportamos sem perigo,
Aos pilotos e ao vento encomendados.
À quinta singradura o Egito enxergo,
No rio surjo caudaloso e belo;
Exorto a se manter a bordo a gente,
E encalho as naus flutívagas, mandando
À terra exploradores. Estes loucos,
A impulsos do apetite, agros depredam,
Matam, mulheres e crianças roubam:
Mas, ao rumor, de madrugada acorrem
Équites e peões erifulgentes
Que enchem toda a campina e o Fulminante
Medo incutindo aos meus, nenhum resiste;
Cercados, parte a bronze agudo acaba,
É reduzido o resto a cativeiro.
Mesmo o deus (mais valera que eu no Egito
Falecesse e os trabalhos atalhasse)
Isto inspirou-me: o elmo da cabeça,

Do ombro tiro o broquel, deponho a lança;
Do rei boto-me ao coche e as plantas beijo.
Com mágoa do meu pranto, ele consigo
Dirigiu-me a seu paço; e, bem que de hastas
O sanhoso tropel me acometia,
Contê-los soube, atento ao Padre sumo,
Às injúrias dos hóspedes avesso.
"Sete anos lá no Egito enriquei muito,
Pois muito me brindavam; mas, no oitavo,
Cadimo comilão, vezeiro e useiro,
Induziu-me à Fenícia pátria sua,
E me reteve. As estações volveram;
Para ajudá-lo na descarga, à Líbia
Fingido o avaro me arrastou, vender-me
Tencionando: embarco suspeitoso.
Creta avistamos com sereno Bóreas;
Mas, alagada a ilha, os céus e o ponto
Sós nos rodeiam; Júpiter cerúlea
Grossa nuvem desfecha, ofusca os mares,
Fuzila, toa; um raio a nau revira
E enxofra toda; a gente cai nas ondas,
Como alcatrazes de redor flutuam,
Da volta os priva um deus; que, em tanta afronta,
No mastro me salvou. Nele abracei-me
Dias nove, e à dezena escura noite,
Quase a morrer de frio e de fadiga,
Arrojou-me à Tesprócia um rolo d'água.
Do régio herói Fídon o amado filho,
Levantando-me, ao pai guiou-me afável,
Que me proveu de túnica e vestidos.
"Lá foi que ao bom monarca ouvi de Ulisses,
Hóspede seu; mostrou-me os dons em cópia,
De ouro, de bronze ou trabalhado ferro,
Para dez gerações talvez sobejos:
Em depósito achavam-se no erário,

Dês que ao Dodônio falador carvalho
Foi-se o Laércio demandar a Jove
Se, após tão largo tempo, aqui regresse
Oculta ou claramente. O rei jurou-me,
Com libações, que a nau já tinha prestes
E a companha que à pátria o conduzissem.
“Fídon, sendo teu amo inda em consulta,
Num Tesprócio navio, que a Dulíquio
Frumentária partia, remeteu-me
À real proteção do ilustre Acasto;
Mas, com malvado arbítrio, ao largo a gente,
Maquinando afundir-me em servil dia,
Despojam-me, e o que vês grosseiro trapo
Vestem-me e este gabão. Na tarde abordam,
Prendem-me à toste com torcida corda,
Saltam para cear na praia amena:
Fácil os mesmos deuses me desatam;
À cabeça o capuz, do leme ao fio
N'água deslizo, a braços remo e nado;
Inadvertido escapo, terra tomo,
De flório carvalhal me estiro à copa.
A suspirar procuram-me, e cansados
Vogam de novo: o Céu, pois meu destino
Inda é viver, manteve-me escondido,
E a benfazejo teto encaminhou-me”.
E Eumeu: “Tal vaguear, tanto infortúnio,
Me abalou. Só de Ulisses nada creio:
Homem cordato, como assim mentiste?
Balda esperança! Em Troia o Céu vedou-lhe
Morte egrégia ou nos braços dos amigos:
Honrara ao filho o túmulo exalçado,
E as harpias inglório o têm roído!
Solitário entre os porcos, só me movo
Da prudente Penélope ao chamado,
Quando há qualquer notícia. Os que a ladeiam,

Ou chorem meu senhor ou se comprazam
De gastar-lhe a fazenda, me interrogam:
Nada investigo, dês que um vago Etólio,
Neste alvergue hospedado por homizio,
Jurou que o viu na régia, estando em Creta
As naus a reparar de uma tormenta;
Que no estio ou no outono aqui seria
Com imensa fortuna e os divos sócios.
E tu, velho infeliz, que o deus me envia,
Não penses me agradar com tais embustes:
Não te honrarei nem te amarei por eles,
Sim porque temo a Jove e hei de ti mágoa".
    Ulisses replicou: "Nem juramentos
Vencem-te a pertinácia! Ante os Supremos,
Sacro ajuste se firme: a vir teu amo,
Segundo os meus desejos, me transportes,
Com manto novo e túnica, a Dulíquio;
Senão, de alto os ajudas me despenhem,
Para que outro mendigo não te engane".
    Logo o pastor: "Minha virtude e fama
Agora e no porvir se manchariam.
Como! a vida arrancar-te, neste asilo
Depois de te acolher! Ao grão Tonante
Nunca mais suplicar me atreveria.
Hora é da ceia, e os sócios cá não tardam,
Para mais abundante a prepararmos".
    Chegam nisto os serventes, e as manadas
A pernoitar encerram nos chiqueiros,
Que ressoam de roncos e grunhidos.
Insta-os o maioral: "Trazei-me um porco
Ótimo, que, imolado ao peregrino,
Regale-nos também, já que albidentes
Animais com fadiga pastoramos,
E outros sem trabalhar impune os comem".
    Eis racha a bronze a lenha, e ao lar presentam

Um quinquene cevado. Não se esquece
Dos imortais; raspa da nuca o pelo,
Queima em primícias, do amo a volta implora.
Um troço de carvalho não fendido
Na rês descarga; sangram-na, chamuscam,
Desentranham, dividem; na gordura
Eumeu porções do corpo todo envolve
E ao fogo os põe de farro apolvilhadas;
As postas a preceito assam de espeto;
E, do brasido à mesa vindo as carnes,
Alçado o justo Eumeu, conforme ao rito,
Forma sete quinhões: um vota às ninfas
E ao que nasceu de Maia, e os mais reparte
A cada comensal; o dorso inteiro
Do albidente por honra a Ulisses coube,
Que em júbilo exclamou: "Dileto a Jove
Tanto fosses, Eumeu, quanto me és caro,
Tu que nesta miséria assim me tratas!"
"Do que há", disse o pastor, "come a teu gosto:
O deus, hóspede egrégio, os bens outorga,
Ou tira a seu prazer, pois tudo pode".
E as primícias oferta aos Sempiternos,
Liba, o copo ao turrífrago sentado
Junto ao quinhão transmite. Os pães Melausio
Distribui, que o pastor, ausente Ulisses,
Sem sabê-lo Penélope ou Laertes,
Do seu comprara aos Táfios. Satisfeitas
Sede e fome, levanta o escravo a mesa,
E os convivas contentes vão deitar-se.
Brusca a noite, chovia sempre Jove,
Mádido sempre o Zéfiro espirava;
Por tentar se o capote lhe conceda
Solícito o pastor, ou qualquer outro,
Um conto Ulisses tece: "Eumeu, vós todos,
Escutai-me a vanglória; pois com vinho

Doudeja o sábio, cantarola e dança,
Ri solto, parla o que era bom calasse:
Ora desato a língua, e nada encubro.
Oh! saúde eu tivesse e o vigor d'antes,
Ao pormo-nos em Troia de emboscada!
Ulisses comandava e o louro Atrida,
Sendo eu terceiro por escolha de ambos.
Ante o muro jazíamos armados,
Entre urzes e morraças pantanosas;
Bóreas esfria o tempo, geia e neva,
Encaramela o arnês; de escudo aos ombros,
Dormindo os mais embrulham-se em capotes;
O meu tinha esquecido, não cuidoso
De que gelasse, e de broquel e banda
Nítida vim somente. Um terço a noite
Já decorria, os astros resvalavam;
O cotovelo do vizinho Ulisses,
Que prestes me sentiu, belisco e falo:
– Solerte herói, domado pelo inverno
Vai-se-me a vida: falta-me o capote;
Que a túnica bastava persuadiu-me
Algum demônio, e agora é sem remédio. –
"Ele, exímio no prélio e no conselho,
Com pronto aviso em baixa voz responde:
Cal-te, não te ouça a escolta. – E ao braço e punho
Apoiando a cabeça: – Amigos, disse,
Visão divina o sono interrompeu-me;
Longe estamos da frota; alguém se apresse
A pedir a Agamêmnon um reforço. –
Lesto levanta-se o Andremônio Toas,
Larga o purpúreo manto e à frota corre;
Seu manto enfio, e durmo até que fulge
A aurora em trono de ouro. Ah! se eu tivesse
Aquela idade e força, um dos pastores
Me daria um capote, em reverência

Ao homem de valor; mas, roto e velho,
Pouco socorro espero e poucas honras".
Acode Eumeu: "Foi guapa a tua história,
Nem discorreste em vão, cordato amigo.
Não te faleça roupa, ou cousa alguma
Que há mister suplicante peregrino;
Mas teus andrajos de manhã retoma;
De muda nada temos, uma andaina
De roupa há cada qual. Em vindo o filho
De Ulisses, te dará túnica e manto,
E os meios de partir para onde queiras".
Nisto, ao fogão lhe achega e alastra a cama,
Que de espólios cabruns e ovelhuns cobre;
Deita-lhe em cima o gabinardo espesso
Que em temporais tremendos envergava.
O herói se estira, muito perto os moços;
Porém não pôde Eumeu longe dos porcos
Pegar no sono, e, com prazer de Ulisses
De que houvesse tal zelo em sua ausência,
Para sair cortante espada ombreia,
Veste albornoz ao vento impenetrável,
Mais uma pele de crescida cabra;
Contra os mastins e os malfazejos dardo
Rijo empunha, e dormir foi com seus porcos
Em caverna de Bóreas abrigada.

LIVRO XV

Foi-se a Lacedemônia a instar Minerva
A que volte o magnânimo Ulisseida.
Ele e o Nestório ao pórtico repousam
De Menelau: Pisístrato num meigo
Sono estava; desperto o companheiro,

N'alta noite em seu pai medita e pensa.
"Telêmaco", a Glaucópide bradou-lhe,
"Não mais vagues, soberbos tendo em casa
Que, entre si partilhando, os bens te gastem:
A viagem falharia. Ao bravo Atrida
Requer a despedida, para achares
A casta mãe, do pai e irmão rogada
A casar com Eurímaco, o mais largo
Nos presentes e dote. Ela é possível
Que te desfalque; a natureza ignoras
Do peito feminil? Ao novo esposo
Quer aumentar; o antigo não lhe importa,
E dos primeiros filhos se deslembra.
Anda, à cativa que melhor julgares
Tudo comete, enquanto uma consorte
Não te destine o Céu. Mas, n'alma o graves,
Os mais valentes procos te insidiam,
Da áspera Same e de Ítaca no estreito,
Na ânsia de assassinar-te: eu creio que antes
Há de engolir a terra esses vorazes.
Navega ao mar das ilhas e de noite;
Vento haverás galerno e um deus propício.
Assim que abiques na Itacense plaga,
Manda à cidade a nau; tu só de pronto
Vai-te ao porqueiro Eumeu, que te ama tanto;
Lá pernoita, e a Penélope despacha-o,
Que te anuncie incólume de Pilos".
Acaba, e voa para o vasto Olimpo.
    Telêmaco, ao Nestório o pé calcando,
O acorda: "Sus, Pisístrato, a caminho,
Aparelhem-se unguíssonos ginetes".
Mas Pisístrato: "Embora apressurados,
Não convém que trotemos pelo escuro.
A manhã vai luzir; os dons aguarda
Que Menelau no coche te acumule,

E nos despeça com gentis maneiras:
De herói tal a amizade não se olvida,
E a nossa gratidão será perpétua”.
A aurora então raiou. Vem ter com eles
O marcial Atrida, que se erguia
Do toro da pulcrícoma Lacena.
O de Ulisses querido, ao pressenti-lo,
Alva túnica cinge, aos largos ombros
O manto enfia grande, e fora o encontra:
“Príncipe excelso, à pátria me remetas;
Já já partir o coração me pede”.
Responde-lhe o guerreiro: “A teus desejos
Não me oponho, Telêmaco; reprovo
Que, por nímia afeição ou nímio enfado,
Seja detido o hóspede ou repulso;
Dá-se igual dano, e todo excesso é vício:
Parta à vontade, e amemo-lo presente.
Espera que no carro os dons te alegrem,
E um almoço abundante se te apreste:
Viajardes sem fome, é lucro e honra.
Toda a Hélade e Argólida, consintas,
Em coche meu perlustrarei contigo:
De cidade e cidade não sem fruto,
Sequer aênea trípode haveremos,
Ou caldeira, ou dous mus, ou taça de ouro”.
E o sisudo mancebo: “O divo aluno,
De povos maioral, quero-me em casa:
Lá não deixei quem zele os meus haveres;
Procurando a meu pai, temo a ruína,
Ou ser de meus tesouros defraudado”.
O rei pois encomenda a Helena e às servas
O almoço, e do melhor: do leito surge
Eteoneu Boetoides, que era perto,
E ao fogo, à voz do Atrida, as carnes assa.
Menelau desce à câmara odorosa,

Descem com ele a esposa e Megapentes:
Copo tira dos cofres duplifundo,
E de prata a cratera traz o filho;
Da arca, onde os peplos tinha variegados,
Lavor seu, a formosa das formosas
Tira o mais amplo e lindo, que debaixo
Entre os outros fulgia como estrela.
Sobem de novo, e Menelau perora:
"Cumpra o de Juno troador marido
O que anseias, amigo. Obra Vulcânia,
E a melhor que possuo, te ofereço,
Uma argêntea cratera de orlas de ouro:
Deu-me em brinde hospital, à volta minha,
Fédimo o rei Sidônio; eu dou-ta agora".
Nisto, passou-lhe às mãos primeiro o copo;
Mas a cratera, o forte Megapentes.
A rainha pegou do fino peplo:
"Toma, Helena o teceu; tal prenda, filho,
Orne-te a noiva à hora apetecida.
Entanto, a mãe to guarde em seu palácio;
De mim terno conserva esta lembrança".
Ele contente o aceita; o herói Pisístrato,
Que admira os dons, num cesto os acomoda.
À sala os endereça o flavo Atrida:
Em camilhas sentados, uma serva
Água em bacia argêntea às mãos entorna
De áureo jarro, e desdobra e limpa a mesa;
Os pães a despenseira atenciosa
Traz da copa e iguarias reservadas;
Eteoneu trincha e distribui as carnes;
Ministra o vinho o ilustre Megapentes;
Logram-se do banquete os comensais.
Depois jungem Telêmaco e o Nestório
O árdego tiro, ao vário coche montam,
E o vestíbulo deixam ressonante.

Menelau vai com eles, áurea taça
Tendo na destra, a fim que à despedida
Libem do almo licor, e ante a parelha
Venerando lhes fala: "Adeus, mancebos;
Recomendai-me ao ínclito Gerênio;
Doce pai me foi sempre, enquanto aos muros
De Ílion nós os Grajúgenas pugnamos".
"À risca, ó generoso, o teu recado,
O Ulisseida acudiu, referiremos.
Oh! se na volta, os ricos dons à vista,
Eu contasse a meu pai favores tantos!"
Súbito uma águia à destra sobrevoa,
Empolgando no pátio enorme ganso;
Mulheres e homens a gritar a seguem;
Apropínqua-se aos moços e à direita
Alteia o surto; em regozijo atentam,
Mas Pisístrato: "Observa, ó rei sublime,
Se é para ti, se para nós o agouro".
Considerava o Atrida na resposta,
E o precede a mulher de peplo ornada:
"A solução do agouro o Céu me inspira.
A águia, ao baixar da brenha onde há seu ninho,
O ganso arrebatou nutrido em casa:
Tornando Ulisses de aflições e errores,
Ultrajes punirá; se é que não veio,
E, plantada a vingança, o fruto espera".
Telêmaco, do carro: "Oh! permitisse-o
De Juno o esposo! A ti, qual se um deus fosses,
Deprecaria". Nisto, açouta os brutos,
Que por entre a cidade ao campo correm,
Sem todo o dia desjungidos serem.
Cadente o Sol e escuros os caminhos,
Em Feres hospedados por Díocles,
Filho de Orsíloco, o do Alfeu renovo,
Pernoitam; mas, na aurora, o coche arreiam,

Do sonoro vestíbulo despedem.
Incitada a parelha e por si voa,
Até que a celsa Pilos descortinam.
Ao Nestório Telêmaco virou-se:
"Como é que hás de a promessa preencher-me?
Hóspedes nossos pais, idade a mesma,
Esta viagem nos liga: além do embarque
Não me leves, aqui me apeio, amigo;
Temo instâncias do velho afetuoso,
E urge a partida". – O jovem pensa um pouco,
E à nau ligeiro trota; nela encerra
As dádivas do Atrida: "Amigo", disse,
"Antes que eu entre em casa, embarcai todos.
O ânimo e fogo de meu pai conheço:
Há de vir em pessoa demorar-te,
Sem de vazio andares; já prevejo
Contra mim seu furor". Os crinipulcros
Toca para a cidade e se recolhe.
"Aparelhai", Telêmaco aos seus grita,
"Eia, à derrota". E enquanto aparelhavam,
À popa ora a Minerva. Ao libar, chega
Por homicídio um de Argos exilado,
Geração de Melampo, que habitara
Em Pilos, mãe de ovelhas, celso alcáçar.
Desterrou-se Melampo, receoso
Do preclaro Neleu, que inteiro um ano
Reteve-lhe os tesouros, quando preso
No torreão de Fílaco estivera,
Penas curtindo, por amor de Pero,
Da atroz Erínis sugestão ruinosa.
Livre, trouxe de Fílace os mugintes
Bois a Pilos; do cru Neleu vingou-se,
Raptada a esposa para o irmão levando.
Passou-se ao povo de Argos pascigosa,
Onde era fado em muitos imperasse:

Lá casando, um palácio ergueu soberbo,
E houve os bravos Antífates e Mântio.
Antífates foi pai de Oicleu brioso;
Oicleu, de Anfiarau da gente amparo,
Do coração do Egíaco e de Apolo:
Da velhice, contudo, sem que à porta
Batesse, em Tebas sucumbiu traído,
Por enfeites, peitada a mulher sua,
Já de Alcméon e Anfíloco mãe sendo.
Gerou Mântio a Polifides e Clito:
Da amante Aurora Clito arrebatado,
Por formoso entre os numes se numera;
A Polifides, morto Anfiarau,
Fez Apolo um profeta, que eminente
Vaticinava a todos, na Hiperésia
Pelas iras paternas emigrado.
Profeta era também Teoclímeno,
Filho seu, que, a Telêmaco avistando
Em preces e a libar, alvoroçado:
"Amigo, lhe clamou, já que te encontro
Num sacrifício, pelo deus que honoras,
Pela cabeça tua e a dos consócios,
Franco as minhas perguntas satisfaças:
Quem és? De que família? De que terra?"
Ei-lo sério e prudente: "Eu não te iludo
Ítaco, hóspede, sou; meu pai, Ulisses:
Neste negro baixel, com estes, ando
A investigar da triste morte sua".
"E eu", torna-lhe o adivinho, "expatriei-me,
Tendo matado um cidadão potente:
Perseguem-me os irmãos, e a tribo inteira,
De alta influência e poderio em Argos;
Vago a fugir da Parca. Tu me asilas,
Eu to imploro". – E Telêmaco: "Por certo
Não te repulso; em meu baixel, amigo,

Igualmente que nós serás provido".
Aqui, toma e ao convés lhe encosta a lança;
Consigo à popa o assenta. À voz tonante,
Cabos safa a maruja, à faina atende:
Reto encaixam na base o grosso abeto
E o firmam nos ovéns, por tortos loros
Içada a vela expandem. Manda Palas
Brisa feliz, que pelas salsas ondas
Faça o navio despejar caminho.
Do Nubícogo ao sopro, o Sol no ocaso,
Perpassa Feres, Élide costeia,
De Epeus domínio; entre ilhas eriçadas
Voga dali, da morte ou vida incerto.
    Na choça entanto o herói com seus pastores
Ceava, e após sondou se Eumeu queria
Inda mantê-lo: "Agora a vós me explico.
Tenciono de manhã de porta em porta,
Por não vos ser pesado, ir às esmolas;
Fiel guia hei mister para a cidade,
A mendigar meu pão sou constrangido.
Vou dar notícias do divino Ulisses
À modesta Penélope, e o sustento
Pedir aos soberbões, que o têm de sobra.
Servi-los-ei; pois, graças a Mercúrio
Que honra e prospera as obras, to assevero,
Ninguém melhor o fogo arruma ou poupa,
Racha lenha, cozinha, assa, escanceia:
Primo no que o pequeno ao grande presta".
    E o porqueiro indignado: "Enloqueceste?
Projeto infausto! Se perder-te anseias,
Busca essa corja desdenhante e ingrata,
Cuja violência o férreo céu penetra.
Não como tu, sim bem trajados moços,
Louçãos de ungida coma, lhes ministram
Vinho e manjares na profusa mesa.

Fica, a mim nem aos sócios enfastias;
Venha Telêmaco, e terás vestidos
E os meios de partir, como é teu gosto".
Paciente o Laércio: "Ao rei dos numes,
Quanto me és caro, Eumeu, dileto sejas,
Pois de tamanho peso me alivias!
Nada há pior que errar sem domicílio:
Flagela ao triste o vitupério, a fome
O rói e abate, e o pungem mil desgostos.
Já que esperar Telêmaco me ordenas,
Da mãe de Ulisses, de seu pai me informes,
Da velhice deixado às negras portas:
Gozam do Sol, ou do Orco estão nas sombras?"
Franco Eumeu: "Vivo o pai, morte ao Supremo
Roga, dês que a mulher, do ausente filho
Agravando-lhe a mágoa, falecida
A velhice apressou-lhe: a um fim tremendo
Foi da materna dor precipitada!
Ah! fujam quantos amo a tal miséria.
Malgrado as aflições, lhe era jocundo
Entreter-se comigo: a par criou-me
Da velada Ctímena, última filha,
E quase amor igual me demonstrava.
Na leda puberdade, em Same a casam
Com dote infindo, e aos seus currais preposto,
Bem vestido e calçado, meiga e boa
Envia-me Anticleia. Amarga perda!
Mas o Céu frutifica os meus granjeios;
Deles me nutro e valho a desditosos.
Oh! se ouvir da senhora inda eu pudesse
A amiga voz! O paço lhe invadiram
A insolência e a desgraça: interrogá-la,
Ou já da própria mesa é-nos vedado
O comer e beber, ir para o campo
Com seus dons, o que a fâmulos consola".

"Ah! da pátria e parentes, clama Ulisses,
Roubaram-te em menino! Ingênuo expõe-nos:
És de vasta cidade sovertida,
Que teu pai habitasse e a casta mãe;
Ou junto a bois e ovelhas te furtaram,
E a teu senhor venderam-te piratas?"
E Eumeu: "Pois bebe e escuta, a noite é grande:
Apraz dormir, também deleita o conto;
Nímio sono aborrece, e não te quadra.
Se algum destes o quer, pode ir deitar-se,
E n'alva almoce e o gado heril pastore.
Nossas penas à mesa recordemos.
Quem longo há padecido e vagueado,
Acha prazer em memorar seus males.
"Demora Siros (se hás notícia dela)
Ilha onde estão marcados os solstícios,
Além da Ortígia; embora pouco vasta,
Em greis abunda e armento, em grãos e vinho.
Lá fome nem doença invade os homens:
No grêmio da família acabam velhos,
Do Argentiarquivo e Febe asseteados.
Lá, nas duas cidades, o Ormênides
Ctésio meu divo pai reinava, quando
Chatins Fenícios dobres a abordaram,
Onusta a nau de industres bagatelas.
De casa esses velhacos seduziram
Feniça esbelta e linda, em obras destra:
Lavava, e um deles, junto à nau gozando-a,
A embriagou de amores e carícias,
Que à mulher mais honesta o juízo enturvam.
Rogado a moça, declarou quem era
E o paço meu paterno: – Ser blasono
Da erífera Sidônia, do opulento
Aribas filha; Táfios me roubaram
Ao vir do campo, a Ctésio me venderam,
Que lhes pagou por mim preço avultado. –

O amante acrescentou: – Pois vem conosco;
Verás teus pais, que o nome têm de ricos,
Em seu alto palácio. – Isso eu faria,
Prosseguiu, se a meus pais restituir-me
Salva jurásseis todos. – Eles juram,
E a moça: – Nunca mais, em fonte ou rua,
Nenhum de vós me fale; que, se o velho
O suspeita, em prisões há de lançar-me
E urdir a morte vossa. Eia, segredo;
Completo o vosso escambo e a carga dentro,
Avisai-me com tempo: quanto pilhe,
Ouro trarei. Mor frete oh! se eu vos desse!
Nas casas do senhor penso um menino
Travesso e andejo; à nau guiá-lo posso:
Com ele alcançareis copioso lucro,
Se for mercado ao longe. – Disse e foi-se.
"Um ano inteiro a traficar despendem;
E, abarrotada a nau de veniagas,
De meu pai veio ao paço um núncio esperto
Com brilhante colar de eletro e ouro,
Que remirando minha mãe e as servas
De mão em mão passavam: justo o preço,
O sinal faz à escrava e se retira.
Ela trava de mim, sai fora; encontra
Nas mesas ao vestíbulo a baixela,
Que de meu pai servira aos convidados,
Para o conselho popular partidos;
No seio três esconde copos de ouro:
Com pueril descuido a vou seguindo.
Cedia o Sol à treva: ao porto fomos,
Onde o navio estava, pressurosos;
Embarcados, soprando amigo Jove,
Fendemos logo as úmidas campinas.
Seis dias e seis noites navegamos:
Subitamente, à sétima jornada,
Como gaivota, a péssima Feniça,

Aos golpes tomba da frecheira deusa
No bojo do navio, em pasto aos focas
E aos peixes foi dos cúmplices entregue,
Eu triste fico e só. Do mar e vento
Aqui trazido, me comprou Laertes:
Ítaca assim de então meus olhos viram".
"Eumeu", responde o herói, "tocou-me n'alma
A simples narração das mágoas tuas!
Mas Jove misturou-te os bens e os males;
Depois desse revés, entraste em casa
Benévola, onde a vida se te escoa
Sem fome e dissabor: de praia em praia
Errante chego, da pousada incerto!"
Finda a conversação, dormiram pouco;
Veio em breve luzindo a roxa aurora.
A vela os de Telêmaco arriando,
O mastro abaixam, para o porto vogam,
Amaram, saltam. Já na areia almoçam;
E, saciada a fome e ardente sede,
Ergue o príncipe a voz: "Para a cidade
Remai; que eu vou-me aos campos e pastios,
À tarde, assim que os vir, serei convosco,
E em prêmio desta rota, na alvorada
Almo havereis convívio e doce vinho".
"E eu", reclamou Teoclímeno vate,
"Onde irei, filho? à casa de um magnata
Que em Ítaca domine, ou da mãe tua?"
Prudente o moço: "A nossa eu te indicara,
Em dons hospitaleiros abundante;
Mas pior te seria, pois me ausento,
Nem verás minha mãe, que em cima tece
E raramente mostra-se. Eu te inculco
O de Políbo Eurímaco, adorado
Em Ítaca, o rival mais extremoso
Que de Ulisses o reino e o toro afeta.

O Olímpio etéreo o sabe, e se tais núpcias
Não tem de alumiar da morte o facho".
Aqui, núncio de Apolo, um circo à destra
Voa e depena a unhas uma pomba,
E entre o navio e o chefe atira as plumas.
A Telêmaco o vate, em separado,
A mão pega e lhe diz: "Sem nume à destra
Essa ave não voou; de fronte olhando,
O agouro conheci: mais que outra, sempre
Reinará neste povo a estirpe vossa".
O príncipe gritou: "Se tal se cumpre,
Liberal provarás minha amizade;
Poderão proclamar-te venturoso".
Volto ao filho de Clito: "És dos que a Pilos
Me seguiram, Pireu, quem mais distingo
Na obediência: este hóspede agasalha,
Acarinha e afeiçoa, até que eu venha".
Responde-lhe Pireu: "Por mais que seja
Longa a demora tua, hei de afagá-lo
E prevenir em tudo os seus desejos".
Então Pireu se embarca, e a seu mandado
Soltam cabos e abancam-se nas tostes.
Pulcros talares calça, e de érea ponta
Lança arvora Telêmaco robusta.
Para a cidade os sócios navegavam,
Como ordenara o ínclito Ulisseida;
E ele às pocilgas parte, que o zeloso
Fiel porqueiro a seu senhor mantinha.

LIVRO XVI

O herói de madrugada e Eumeu divino
Fogo acendem na choça e almoço aprestam,

Indo os serventes pastorar os porcos.
Sem latir, a Telêmaco aventando,
O festejavam cães; sentindo Ulisses
As caudas a mover-se: "Eumeu", gritou-lhe,
"Ou sócio ou conhecido se aproxima;
Tropel me soa, e os ledos cães não ladram".
Mal acabava, à porta o jovem para;
E, pulando o porqueiro atabalhoado,
Caem-lhes os vasos e o licor transfuso;
A encontro, as mãos lhe beija e a testa e os olhos.
Qual pai, ao décimo ano, ameiga a prole
De longes terras vinda, a só que em velho
Teve e lhe suscitou mil pesadumes;
Tal o pastor seu amo acaricia,
Como um ressuscitado, e exclama e chora:
"Eis-te, meu doce lume! Dês que a Pilos
Navegaste, rever-te não contava.
Entra, meu coração deleita, ó filho,
A nós restituído: raro o campo
Visitas e os pastores; na cidade,
Contino observas os funestos procos".
"Velho irmão", diz Telêmaco, "obedeço;
Ver-te e ouvir-te aqui venho; tu me informes
Se inda está minha mãe no seu palácio,
Ou se casou: talvez aranhas torpes
Jazam de Ulisses no vazio leito".
"Ela", o informa o pastor, "no teu palácio
Constante sofre; a suspirar consome
A noite aflita e o lagrimoso dia".
A lança então recebe, e o amo salva
A lapídea soleira. O assento Ulisses
Quer ceder, mas Telêmaco o proíbe:
"Não te incomodes, hóspede; um assento
Me ajeitarão". Seu posto Ulisses toma;
Ele abanca-se em ramos que de peles

Eumeu forra. O pastor pães em cestinhos,
De assados põe de véspera escudelas,
Num canjirão mistura o doce vinho,
Do grão Laércio em frente se coloca;
Os comensais atiram-se às viandas.
Fartos enfim, Telêmaco interroga:
"Velho irmão, como este hóspede aqui veio?
Que nautas o trouxeram? De que terra?
A Ítaca não creio a pé viesse".
Assim falaste, Eumeu: "Digo a verdade.
Ser de Creta blasona, e haver corrido
Muitas cidades por divino influxo.
De nau Tesprócia escapo, aqui chegou-se.
Dispõe dele a prazer, eu to encomendo;
Súplice teu se ufane". – "Amigo", o jovem
Lhe bradou precavido, "que proferes?
Comigo ter um hóspede! Não posso,
Tão moço, defendê-lo de uma afronta:
Minha mãe ora no ânimo cogita
Se, dedicada ao filho, a seu marido
E ao público respeite, ou se dos Gregos
Se una ao melhor que à larga a presenteia.
Já que nesta choupana o recolheste,
Capa e túnica, ancípite uma espada
E sandálias terá, terá passagem
Para onde se lhe antoje. Hei de mandar-lhe,
Se o cá deténs, a roupa e o mantimento,
Para não te comer e aos sócios tudo.
É perigo na régia apresentá-lo;
Os soberbões cruéis o insultariam,
Agra dor para mim: do herói mais forte
Contra muitos e tais é baldo o empenho".
O pai se entremeteu: "Se opinar devo,
O que, amigo, te ouvi rói-me as entranhas:
Sendo quem és, tiranos tais protervos

A teu olhos conspiram! Não resistes,
Ou por celeste voz te odeia o povo?
Acusas tu a irmãos, em cujo esforço
Nas maiores discórdias confiamos?
Porque a idade ao valor não corresponde!
Porque não sou seu filho, ou mesmo Ulisses,
Em quem inda se espera! Esta cabeça
Me cerceassem, do Laércio aos paços
Despejo tal se castigar não fosse.
Antes morrer, da vil caterva opresso
Nos lares meus, que vê-los sem decoro,
Violadas servas, hóspedes vexados,
Sem fruto as produções e o vinho exausto".
Respondeu-lhe Telêmaco: "Em verdade,
Nem povo hostil, nem meus irmãos acuso,
Em quem mais nas discórdias confiamos.
Fez Jove solitária a nossa estirpe:
De Arcésio foi gerado o só Laertes;
Só foi deste meu pai; só fui de Ulisses,
Que não fruiu das filiais carícias.
Tem ora inçada a casa de inimigos:
De Ítaca bronca, de Zacinto umbrosa,
E de Same e Dulíquio, os optimates
Requestam minha mãe, seus bens consomem;
Ela as núpcias odiosas nem rejeita,
Nem as conclui; entanto, os pretendentes
Hão de em breve de todo arruinar-me:
Jaz porém minha sorte aos pés dos numes.
Eumeu, sus, à rainha me anuncies
Incólume de Pilos: cá não tardes;
Nenhum te sinta que meu dano teça".
"Percebo", diz Eumeu; "terei cautela.
De uma via posso eu participá-lo
A teu mesquinho avô? Com mágoa embora
Do ausente filho, aos servos presidindo,

Se nutria à vontade; mas, a Pilos
Dês que te foste, o vinho enteja e o pasto,
Esquece-lhe o trabalho, e geme e chora,
Tábida a cútis se lhe apega aos ossos".
"Triste aflição!" Telêmaco pondera;
"Mas deixá-lo na dor convém por ora:
A nosso arbítrio se estivesse tudo,
Era aqui já meu pai. Tu anda e volta,
Para o avisar no campo não divagues;
Minha mãe que despache a despenseira,
E esta em segredo o comunique ao velho".
As sandálias Eumeu calçando, parte.
A partida a Minerva não se esconde
Que tem-se à entrada, na gentil figura
De moça airosa e no lavor perita.
A Telêmaco invisa (um nume a todos
Não se apresenta), Ulisses a descobre,
E os cães também, que sem ladrar fugiam
Pelo pátio a ganir. Das sobrancelhas
Ao sinal, entendido sai da choça
E extramuros o herói; fronteira Palas:
"Divo Laércio", diz, "abre-te agora
Com teu filho; à cidade encaminhai-vos
O extermínio a tramar dos pretendentes:
Sem mora a combater serei convosco".
Eis de áurea vara o toca; da alva capa
E da túnica dantes o reveste,
O engrandece e vigora o nédio rosto,
Morena a cor de novo, azula a barba.
Isto completo, retirou-se Palas.
Volve Ulisses; pasmado o filho caro
Vira os olhos, temendo que um deus fosse,
Veloz fala: "Diverso me apareces,
Tens, hóspede, outras vestes e outra cútis;
Certo és um dos Celícolas. Benigno

Tu nos perdoa, e gratos sacrifícios
E áureos dons haverás". Súbito Ulisses:
"Não sou deus, a imortais não me equipares;
Sou teu pai, sou quem choras, quem suspiras,
Por quem padeces vitupérios tantos".
    Nisto a seu filho beija, e à terra a pares,
Não mais contidas, lágrimas borbulham.
Mas Telêmaco incerto: "Eu não te creio;
Não és meu pai, és deus que assim me enganas
E aumentas minha dor. Um simples homem
Por si não se transforma em velho ou moço:
Tu, decrépito há pouco e mal trajado,
Um íncola do Olimpo ora semelhas".
    Contesta o sábio herói: "Não te é decente,
Filho, surpresa tal, nem outro Ulisses
Verás; sou eu, que, após tremendas provas,
Chego ao vigésimo ano à pátria amada.
A predadora Palas me converte
Num aposto mancebo ou num pedinte:
A prazer, aos Celícolas é fácil
Tornar qualquer mortal formoso ou torpe".
    Aqui, sentou-se; o príncipe entre os braços
O estreita a soluçar: incita o amplexo
O desejo de lágrimas em ambos:
Seus gemidos estrugem, quanto os grasnos
De abutres e águias de recurvas unhas,
A quem pilhou pastor ninhada implume.
E o Sol cadente em prantos o deixara,
Se Telêmaco ao pai não perguntasse:
"Que nautas cá, meu pai, te conduziram?
A Ítaca a pé de certo não vieste".
    O paciente Ulisses respondeu-lhe:
"Transportaram-me os ínclitos Feaces,
Que usam fazê-lo aos mais que lá naufragam.
No ligeiro baixel dormindo sempre,

Fui deposto na praia, de ouro e cobre
E belas teias rico; dons que em antro
Por divino favor se arrecadaram.
Palas mandou-me aqui tratar contigo
Do estrago desses procos: quais e quantos
Numera-os tu; pois no ânimo valente
Pesarei se podemos debelá-los,
Ou se nos é mister auxílio estranho".
Mas Telêmaco: "Eu sei, pregoa a fama,
Quão prudente és, meu pai, guerreiro e forte;
Nímio porém me assombra o teu discurso:
Dous sós, tantos valentes combatermos!
Nem dez são, nem o dobro: enviou Dulíquio
Cinquenta e dous galhardos, com seis pajens;
Oitenta e quatro, Same; tem Zacinto
Vinte Gregos de prol; Ítaca mesma,
Ótimos doze, com Médon arauto
E o cantor, mais dous hábeis cozinheiros.
Temo, se a todos atacarmos dentro,
Que proves ao regresso amargos transes:
Olha se ativo auxiliar careias".
    Ulisses retorquiu-lhe: "Ouve-me; atenta
Se nos bastam Minerva e o pai Saturnio,
Ou se outro ajudador nos é preciso".
Logo o filho: "Esses podem lá das nuvens,
Mais que homens e outros numes, socorrer-nos".
    De novo Ulisses: "Longo tempo fora
Não serão da peleja, ao decidi-la
Em meu palácio o marcial denodo.
Vai n'alva reunir-te aos arrogantes;
Serei, na forma de um mendigo anoso,
Guiado por Eumeu. Sofre no peito
Que da nossa morada eles me enxotem,
Rojem-me a pontapés e golpes vibrem;
Com doçura os modera, a dor sopeia:

Nenhum te escutará, que os cerra o fado.
N'alma isto agora imprime: quando Palas
Mo influir, ao meu nuto as armas leves,
Que estão na sala, para o andar cimeiro;
E caso alguém o estranhe, assim te escuses:
– Quais as deixou meu pai, já não luziam,
Do vapor do fogão fui preservá-las;
E outro medo o Satúrnio suscitou-me:
Entre os copos, ferir-vos poderíeis,
Nosso convívio e os esponsais manchando;
Pois a força do ferro atrai o homem.
Reserva para nós só dous alfanjes,
Dous maneiros broquéis e lanças duas,
Para a divina empresa: hão de Minerva
E o providente Jove conturbá-los.
E se és meu sangue, filho, em ti sepultes
Este arcano; de Ulisses ninguém saiba,
Laertes, o pastor, qualquer dos servos,
Nem Penélope mesma. Só tentemos
O pensar das mulheres; qual dos nossos
Nos respeita e aprecia; de seus amos
Qual ingrato se esquece e te honra pouco".
E o filho: "Ó pai, conhecerás, espero,
Que nem cobarde sou, nem leviano:
Mas julgo, e tu reflitas, que a nós ambos
É dúbio o lance. Ao passo que examines
Os servos um por um, de prédio em prédio,
Os tais sem dó nem pejo a casa esbanjam.
Das mulheres, concordo, é bom que indagues,
Das ruins que teus lares enxovalham:
Quanto aos homens, difere até que acene,
Se te acenar, o egífero Satúrnio".
Entretanto, abordava a nau remeira
Que trouxera a Telêmaco de Pilos;
Em seco e desarmada, os da equipagem

De Clito em casa os ricos dons puseram.
À prudente rainha arauto expedem
A anunciar que o filho, já no campo,
Os mandava vogar para a cidade;
E a mãe suspenda os prantos e os temores:
O arauto e Eumeu se encontram no caminho.
Do rei divino ao pórtico chegados,
O arauto grita em público: "Senhora,
Veio o caro Telêmaco". Em voz baixa
Expondo Eumeu do príncipe o recado,
Sai do recinto e a seus currais se torna.
    Mestos os pretendentes, ante as portas
Sentam-se externas. De Pólibo o nado
Eurímaco encetou: "Cumpriu-se, amigos,
Plano audaz que julgávamos falhasse,
E regressou Telêmaco: esquipemos
Outro lesto baixel que advirta os sócios".
    E volto ao mar Anfínomo, um navio
Entrando a remos no profundo porto
Viu, já dobrado o pano, e a rir começa:
"É supérfluo um aviso, ei-los que arribam.
Ou lho disse algum deus, ou deram caça
E lhes fugiu Telêmaco". Eles presto
Vão-se à praia; a maruja, a nau varada,
A despia de enxárcias e aparelhos.
    Ali junto um conselho, sem que ou moço
Ou velho se abancasse, Antino enceta:
"Os Céus a ponto, amigos, o salvaram!
De dia assíduas em ventosos cumes
Sentinelas havia; ao Sol ocaso.
Rumo do mar, à noite navegando,
Nunca em terra dormíamos, à espera
Que ao rosicler da aurora aparecesse
E insidiado vítima nos fosse:
Um nume o protegeu. Deliberemos:

Se viver, malogrado é nosso intento.
Ele é firme e discreto, e já não somos
Como dantes benquistos: crede, ao povo
Excitado arengando em parlamento,
A nossa trama explicará baldia;
E o povo em sanha, desta ação bramindo
Pode exilar-nos para estranha terra.
Ou no campo ou na estrada combinemos
Dar cabo dele: haveres e tesouros
Partilhando igualmente, à mãe cedemos,
E ao marido que eleja, este palácio.
Vivo se inda o quereis, e em plena posse
Dos bens paternos, é melhor cessarmos
De lhos comer; e cada qual, dotando-a,
A resqueste de casa: ela que espose
Quem mais a prende ou favoneie a sorte".
Emudeceram; mas ergueu-se Anfínomo,
Do Axetíades Niso real prole,
Chefe dos procos de Dulíquio herbosa
E pingue em cereais, por bom e afável
Mais à rainha grato, e orou sisudo:
"Amigos, eu me oponho. A régio garfo
Árduo é matar; os deuses consultemos:
Se o reto Jove o aprova, eu mesmo os golpes
Hei de vibrar afouto e compelir-vos;
Do contrário, nos cumpre aquietarmos".
Prevalece este aviso, e levantados,
Vão-se ao palácio em tronos se recostam.
A sensata Penélope, instruída
Pelo arauto Médon do atroz conluio,
Presentar-se resolve aos afrontosos;
Entre mulheres, véu luzido ao rosto,
Majestosa ao limiar da ornada sala,
Increpa Antino: "Em vão, cruel, te aclamam
Dos coevos primeiro em siso e falas;

Néscio, ante Jove aos súplices atento,
Urdes ao meu Telêmaco a ruína!
É ímpio de outrem cogitar a morte,
Esqueces que teu pai teve este asilo,
Fugindo à multidão, pós ele acesa
Porque aos Táfios ladrões se unira em dano
Dos aliados nossos os Tesprotes?
Rasgar-lhe o peito e os bens queria o povo
Destruir-lhe; o furor susteve Ulisses:
Desonras deste a casa, a esposa tentas,
Matas-lhe o filho, minha dor cumulas.
Cessa, Antino, e teus cúmplices que cessem".
Eurímaco arengou: "De Icário, ó prole,
Bane d'alma o temor; nem há, nem houve,
Nem haverá quem mãos ponha em teu filho,
Enquanto eu vir o Sol. Digo e executo:
Nesse traidor ensoparia a lança.
O turrífrago Ulisses amiúde
Aos joelhos me serviu de vinho e carnes:
A Telêmaco eu amo sobre todos.
Não receies que a morte lhe inflijamos:
A que vem do Supremo não se evita".
Ele a conforta, e o crime ruminava.
Ela sobe, e na câmara estupenda
Geme o querido esposo, até que os lumes
A olhicerúlea em sono lhe abebera.
Vindo o pastor à tarde, para a ceia
Um bácoro feriu. Da vara ao toque,
Logo, ao Laércio avelhantou Minerva,
Em trapos o envolveu: se o conhecesse,
Poderia a Penélope ir contá-lo,
E um nem outro conter-se. – "Eumeu divino",
Adiantou-se o mancebo, "que há de novo?
Estão já dentro os arrogantes procos,
Ou de espera no estreito me insidiam?"

Respondeste, ó pastor: "Vagar não tive
De o saber; apressado as ruas corto,
Noticio e regresso. Mas um núncio
Topou-me, que teus sócios expediram;
Ele é que a tua mãe falou primeiro.
Ouve agora o que vi: já fora estava
De Mercúrio no monte, quando o porto
Navio entrou veloz, de gente cheio,
De éreos broquéis e bipontudas lanças:
Que eles eram suspeito, eu não to afirmo".
Olhos volvendo ao pai, sorri-se o moço
E esquiva os do pastor. Já pronto o assado,
Logram-se do convívio, sem queixume
De porções desiguais. Depois, refeitos,
Na cama em sono doce adormeceram.

LIVRO XVII

Calça Telêmaco, ao raiar da aurora,
Belas sandálias, forte lança adapta:
"Irmão", disse o pastor, "corro açodado;
Sem que me veja minha mãe, duvido
Que ela suspenda o lagrimoso luto.
Nosso hóspede infeliz, eu to prescrevo,
Guia à cidade; ali seu pão mendigue,
Nem faltará quem dê: com tantas penas,
É-me impossível sustentar a todos.
Não se agrave, é pior; praz-me a franqueza".
E ele: "Nem quero me deter no campo;
Melhor, amigo, esmola-se nas ruas.
De útil ser aos currais não sou na idade,
Nem de curvar-me em tudo à voz de um chefe.
Anda; irei com teu servo, assim que ao fogo

Me aqueça e alteie o Sol: com tais vestidos,
Longa a via se diz, o orvalho temo".
Do Laércio o querido veloz parte,
Semeando na mente o mal dos procos.
Chegado, a uma coluna encosta a lança,
Entra o portal marmóreo: é visto logo
Da ama Euricleia, que em dedáleos tronos
As peles estendia, e vem chorando;
Beijam-lhe em torno as mais a testa e os ombros.
Sai, de Artêmide igual e da áurea Vênus,
Da câmara Penélope, a seu filho
Consigo estreita, o rosto e pulcros olhos
Terna lhe oscula, e suspirando geme:
"Eis-te, meu doce lume! não mais ver-te
Cria, dês que a saber do pai notícias,
Oculto e a meu pesar, te foste a Pilos.
Conta-me o que passaste". – "Ó mãe", responde,
"Livre eu do risco, o pranto não me excites.
Lava e de limpas vestes cinge o corpo;
Com tuas servas monta, aos numes vota,
Vingue-me Jove, inteiras hecatombes.
À praça irei chamar um forasteiro
Que também embarcou-se, e adiante veio
Com meus divos consócios; no ausentar-me,
A Pireu confiei sua hospedagem".
Vozes tais sem efeito não voaram:
A mãe lava-se e veste, aos numes vota,
Se o vingar Jove, inteiras hecatombes.
Atrás com dous alãos e em punho a lança
Graça divina a lhe infundir Minerva,
No garbo o admira o povo; em roda os procos,
Traição n'alma incubando, o lisonjeiam.
Ele se afasta, e ao pé de amigos velhos
De Ulisses vai sentar-se, de Haliterses,
E de Antifo e Mentor, que o interrogam.

O lanceiro Pireu pela cidade
O hóspede guia ao foro, e a poucos passos
A Telêmaco diz, que os topa e encara:
“De minha casa aqueles dons, amigo,
Manda buscar”. – Telêmaco responde:
“O que será, Pireu, nós ignoramos.
Se matam-me em segredo e o meu partilham,
Goza esses dons, não eles; se triunfo,
Então ledo a mim ledo os restituas”.

Do hóspede miserando aqui se apossa,
Condu-lo ao seu magnífico aposento;
E, em poltronas e escanos posto o fato,
Banham-se em lisas tinas; das criadas
Sendo ungidos e envoltos em felpudas
Moles capas e túnicas macias,
Recostam-se em camilhas. Qual das servas
Água lhes verte às mãos, qual mesa limpa
Desdobra; a despenseira atenciosa
Traz com pão reservadas iguarias.
Senta-se a mãe junto ao pilar defronte,
Um volve tênue purpurino fuso.
Refeitos já, Penélope queixou-se:
“Ao toro, filho, subirei viúva,
Quem lágrimas ensopo desde a empresa
Letal, e antes que intrusos no-lo empeçam,
De teu pai as notícias não me fias!”
E ele: “A verdade, minha mãe, te exponho.
A Pilos navegamos; recebeu-me
O maioral Gerênio, como a filho
De fresco vindo ao lar pós longos anos,
E houve-se amiga a sua ilustre prole.
De Ulisses nada ouviu; mas num seu carro
A Menelau me fui, com quem vi junta
Helena, a causa de fatais horrores.
De ir à divina Esparta o régio Atrida

Perguntou-me a razão: contei-lhe tudo.
Indignado o valente: – Hui! vis imbeles
De um guerreiro completo ao leito aspiram!
Se de mama os cervatos mete em pouso
De um leão cerva incauta, e ao vale ou bosque
Vai pascer, no covil os traga a fera:
É como os tragará na volta Ulisses.
Permiti que se mostre aos pretendentes,
Ó Jove, Palas, Febo, como em Lesbos,
Quando ao provocador Filomelides
Prostrou na luta, com prazer dos Gregos:
A boda em breve acerba lhes seria.
Dir-te-ei sem rebuço o que me imploras:
Descobriu-me o veraz marinho velho
Que em pranto o vira, e que o retém Calipso;
Que dessa ilha, sem baixel nem vogas,
Romper o dorso equóreo não podia. –
Assim de Menelau sendo informado,
Cá regressando, com favônias auras
Conduziram-me a Ítaca os Supremos".
    Comovida Penélope, exclamou-lhe
Teoclímeno vate: "Ó veneranda
Mulher de Ulisses, muito ignora o filho;
A profecia escuta: a Jove atesto,
A mesa hospitaleira, a que me asila
Casa do forte herói, que já na pátria,
Ou quedo ou serpeando, ora o castigo
Traça do mal. Telêmaco os agouros
Que observei no baixel, presente os soube".
A quem Penélope: "Oxalá se cumpram!
De mim terás penhores de amizade,
Que hão de, hóspede, aclamar-te venturoso".
    Ao pórtico, entretanto, os pretendentes,
N'área onde a contumélia exercitavam,
A disco e a dardo se entretêm jogando.

Já do pastio as greis se recolhiam,
E admitido aos festins, Médon graceja:
"De jogos basta, ó jovens, ao banquete;
A seu tempo um jantar é bem cabido".
Entram; pousando os mantos em poltronas,
Para o convívio imolam gordos porcos,
Ovelhas, cabras e armental novilha.
    Ir do campo à cidade se dispunham
Ulisses e o pastor, que diz primeiro:
"Por guarda, hóspede, aqui te aceitaria;
Mas, prescreve-o Telêmaco, partamos,
Se é teu desejo: de um senhor me custam
Repreensões e ameaças. A caminho;
O dia aumenta, e esfriará de tarde".
    Presto Ulisses: "Recordo-me e compreendo.
Vamos, tu me dirige; um bordão corta,
Em que me apoie na escabrosa rota".
E o remendado alforje por seus loros
Às costas prende. O maioral porqueiro,
Fornecido o bordão, fiando a casa
Aos bons servos e aos cães, vai conduzindo
E sustendo seu rei, que parecia
Decrépito mendigo esfarrapado.
    Já, por áspera via, à fonte chegam
De alvo cristal, de que a cidade bebe,
Construída por Ítaco, primeiro,
Nérito e Politor: bosque o circula
De uns aquáticos choupos; frio o arroio
Da penha rui; tem ara as ninfas no alto,
Em que todo o viandante sacrifica.
De Dólio o filho os encontrou, Melanto
Que ia, com dous zagais, levar aos procos
Do cabrum gado a flor. Minaz, ao vê-los,
Ao Laércio pungiu com seus doestos:
"Um mau leva outro mau; deus há que sempre

Une os iguais. Aonde, ó vil porqueiro,
Guias esse glutão, das mesas peste,
Que aos portais gaste os ombros, não caldeiras,
Armas não, sim migalhas pedinchando?
Venha dos meus currais para vigia,
Expurgue o lixo, traga aos chibos folhas;
Beberá soro e criará panturra.
Mas, vadio chapado e mestre em vícios,
Trêmulo a escorregar por entre o povo,
Quer encher o bandulho insaciável.
Se ele aos paços reais, eu to asseguro,
Do grande Ulisses for, de mãos nervosas
À cabeça, voando-lhe escabelos,
Tem de a partir, moê-lo ou derreá-lo".
Na perna eis louco um pontapé lhe senta:
Firme Ulisses da trilha nem se arreda;
Cogita se a cajado o estire e acabe,
Ou se o erga e no chão lhe esmague a testa;
Mas coíbe-se e atura. Eumeu rebenta,
Alça as palmas a orar: "De Jove ó Náiades,
Se de anhos e cabritos coxas pingues
Ulisses te queimou, torne, eu vos rogo,
E um deus no-lo encaminhe! A ti, cabreiro,
Dissipavam-se os fumos com que arruas,
A zagais incumbindo o pobre gado".
E Melanto: "Hui! que rosna o cão matreiro?
Olha, que, em negra nau socado, ao longe
Não vão por mantimentos escambar-te.
Assim, de Apolo às frechas ou dos procos
Hoje aos golpes, Telêmaco sucumba,
Como é perdido para sempre Ulisses".
Então ambos deixou, que lentos andam,
E em casa do senhor sem mora entrado,
Põe-se em face de Eurímaco, de todos
O seu maior amigo; os moços carne,

Pão lhe abastece a ecônoma. Os dous chegam,
Ouvem cantar ao som da lira Fêmio;
Toma Ulisses a destra e ao pastor fala:
"O palácio real este é suponho;
Entre os mais facilmente se distingue,
Por seus andares, átrios, muro e ameias,
E bífores portões inexpugnáveis:
Que se está num banquete o nidor mostra;
Mostra a lira, às funções divino adorno".
    Tu respondeste, Eumeu: "Não lerdo, amigo,
Em tudo acertas. Consultemos: queres
Primeiro oferecer-te, eu cá ficando;
Ou ficar, entrando eu? Resolve, e presto;
Se fora alguém te vir, talvez te espanque
E te repulse". – E o paciente Ulisses:
"Percebo o que ponderas. Vai, que é tempo;
Suportar sei feridas e pancadas:
Afeito à guerra e às ondas e a reveses,
Por estes passarei. Mas, não to escondo,
Conselheira do mal urge-me a fome,
A fome, que entre vagas furibundas,
Armadas leva contra alheias terras".
    Aqui, deitado um cão, de orelhas tesas
A cabeça levanta, Argos tem nome:
Hoje langue, e o nutria o próprio Ulisses,
Antes que se embarcasse. Costumava
Lebres caçar e corças e veados;
Ora de bois e mus no esterco o deixam,
Que às portas se amontoa, enquanto os servos
Para estrume da lavra o não carregam.
Jazia ali de carrapatos cheio,
E meigo, assim que a seu senhor fareja,
As orelhas bulindo, agita o rabo;
Mas não pôde acercar-se. O bom Laércio
Uma lágrima enxuga às escondidas,

E questiona o pastor: "Um cão tão belo
Pasmo que esteja, Eumeu, nesse monturo;
Talvez, com tanto garbo, ágil não fosse,
E à mesa por formoso é que o tratavam".
"É do herói", diz Eumeu, "roubado à pátria!
Pasmaras sim, ligeiro e forte e guapo
Se fosse qual no tempo era de Ulisses:
O animal dele visto, ou rastejado,
Não lhe escapava em brenha ou fundo vale.
Morto meu amo, enfermo e débil Argos,
Negligentes mulheres nunca o pensam:
Do senhor quando a voz não soa, escravos
Furtam-se a obrigações. O Altitonante
Metade anula da virtude ao homem
Que a triste luz da servidão respira".
Argos nesse momento, após vinte anos
Seu dono a contemplar, morreu de gosto.
Eumeu vai-se direito aos feros procos;
No atravessar, Telêmaco lhe acena;
Ele, em circuito olhando, um banco puxa,
O do trinchante cozinheiro, e em face
Do príncipe repousa. O arauto à mesa
Traz-lhe pão do açafate e o seu conduto.
Curvo ao bastão se arrima e surde Ulisses,
Como um rafado esquálido mendigo;
Dentro ao fraxíneo limiar descansa,
No umbral cupresseo encosta-se, que destro
Esquadrara e polira um carpinteiro.
Sólido um pão Telêmaco tomando,
E nas mãos quanta carne lhe cabia:
"Do hóspede, Eumeu", lhe disse, "o quinhão leves;
Ele esmole depois da sala em torno:
A vergonha a pedintes é nociva".
Do hóspede Eumeu de pronto se aproxima:
"Este quinhão Telêmaco te manda;

Quer pelos circunstantes que mendigues:
A vergonha a pedintes é nociva".
Sem demora o prudente: "O rei Satúrnio
A Telêmaco adite, e lhe conceda
O que tem no desejo!" – Aceita Ulisses
A mãos ambas os dons, que aos pés coloca
Sobre o indecente alforje; enquanto come,
Fêmio divino à cítara cantava.
Cessa a música, e os procos tumultuam.
Ao Laércio apropínqua-se Minerva,
A exortá-lo a pedir aos pretendentes,
A conhecer qual duro ou justo fosse,
Bem que a nenhum exima do castigo.
A mão pela direita ia estendendo,
Como vero mendigo; os mais piedosos
Dão-lhe, quem era atônitos indagam.
Melanto os interrompe: "Ó da rainha
Dignos amantes, eu não sei quem seja,
Bem que visse o porqueiro a dirigi-lo".
Minaz Antino contra Eumeu dispara:
"Aqui, pastor famoso, o endereçaste?
Os desmancha-prazeres já não bastam
Que esta cidade infestam? Poucos julgas
E à mesa de teu amo esse outro queres?"
Tu retorquiste, Eumeu: "Bom és, Antino,
E não discorres bem. Que homem convida
Vindiço algum sem préstimo e sem arte?
Um médico, um profeta, um marceneiro,
Um deleitoso músico divino,
Estes granjeia e atrai a imensa terra;
Mas ninguém chama um comedor inútil.
Aos servos és de Ulisses o mais duro,
Mormente a mim: que importa? eu nada temo,
Enquanto aqui Penélope sisuda
E o divinal Telêmaco viverem".

Telêmaco ajuntou: "Cala, és sobejo
Em responder. Com chascos sempre irrita,
Provocando a imitá-lo os companheiros".
E então virou-se: "Antino, como a filho
Me governas, meu hóspede enxotando:
Um nume o não permita. A mal não tenho,
Amo à larga lhe dês; perde o receio
De minha mãe, dos servos desta casa.
Mas um tal pensamento nem te ocorre:
Comer sem repartir é teu cuidado".
Replicou ele: "Altíloquo Telêmaco,
Soberbo destemperas? Dessem-lhe outros
Como darei, que ao menos por três luas
Daqui se iria". Então levanta e mostra
O escabelo que estava aos pés luzidos.
De carne e pães o alforje os mais lhe enchiam.
Ei-lo à soleira a desfrutar se volta
As esmolas dos Gregos; junto para
De Antino e clama: "Tem piedade, amigo;
Não te creio o pior, no aspecto régio
Vê-se que és maioral: dá mais que os outros,
E hei de louvar-te pela imensa terra.
Já ditoso habitei palácio altivo,
E acolhi peregrinos e indigentes;
Servos em cópia tive, e a pompa toda
Com que os mortais se inculcam venturosos.
Quis Júpiter porém, para meu dano,
Que ao rio Egito eu fosse com piratas:
Mantenho a bordo a gente, e as naus em seco,
Despacho exploradores. Estes néscios,
A impulsos do apetite, agros talando,
Matam, mulheres e crianças preiam;
Mas, ao rumor, de madrugada acorrem
Équites e peões erifulgentes
A juncar a campina, e o Fluminante

Medo incutindo aos meus, nenhum resiste:
Cercados sendo, a bronze agudo expiram,
E é reduzido o resto a cativeiro.
Ao rei Dmétor Iáside fui dado,
Que transportou-me a Chipre onde imperava:
Dali vim cá, passando horríveis transes".
    Torvo Antino: "Que peste um deus nos trouxe!
Desta mesa te aparta, ao meio tem-te:
Olha outro Egito e Chipre não te amarguem.
Descarado mendigo, a sala corres,
E cada qual, nadando na abundância,
Do alheio às cegas e sem dó largueia".
    E afastando-se Ulisses: "Hui! não quadra
Com teu desplante o siso: à tua porta
Mesmo sal a um pedinte recusaras,
Tu que do alheio na abundância nadas,
E um pedaço de pão sem dó me negas".
    De cólera abafado, o encara Antino:
"Já que insultos proferes, fico-te ora
Que não saias daqui sem vitupério".
E despede o escabelo, que lhe apanha
Do ombro direito a ponta: firme rocha,
Do tiro zomba, tácito a cabeça
Meneia e urde vingar-se. Ao portal volve
Com seu provido alforje: "Amantes", clama,
"Da grã rainha, est'alma vos descubro:
Mágoa e opróbio não é feridos sermos
Em defensa dos bens e bois e ovelhas;
Mas Antino feriu-me, porque a fome,
Causa de infindos males, me atormenta.
Se o pobre é caro aos numes e às Erínies,
Antes do seu noivado a morte o sorva!"
    E o filho de Eupiteu: "Come tranquilo,
Ou mosca-te, importuno, antes que os servos
Por mão ou pé rojando-te, insolente,

Retalhem-te esse corpo". – Os mais se indignam,
E um diz: "Por que esse mísero maltratas?
Nume será talvez: que em trajo os numes
De peregrinos as cidades vagam,
Mil formas revestindo e inspecionando
A dos homens justiça ou petulância".
Ele surdo mofava; mas seu golpe
A Telêmaco no íntimo doía,
Que mudo, a ruminar, também meneia,
Sem verter uma lágrima, a cabeça.
Ouviu dentro Penélope o sucesso,
E imprecou: "Tal o fira o arqueiro Apolo!"
Mas a ecônoma Eurínoma: "Valessem
Pragas nossas, que um só do rubro eoo
Não reveria o coche". E inda a senhora:
"Maus, ama, todos são, maquinam todos;
Porém Antino iguala a nera Parca.
Da penúria impelido, um miserável
Pedia esmola: os príncipes lha davam;
Ele o escabelo à espádua arremessou-lhe".
Ceava o herói; na câmara entre as servas
Desabafa Penélope, e chamado,
Ao bom pastor ordena: "Eumeu divino,
Aqui venha teu hóspede informar-me,
Pois ter parece errado pelo mundo,
Se viu, se há novas do sofrido Ulisses".
A quem Eumeu: "Deixassem-te, ó rainha,
Os Aquivos silentes escutá-lo,
Para no imo folgares! De um navio
Em meu teto abrigou-se, e por três noites
E três dias narrou seus infortúnios,
Sem todos memorar. Quando um poeta
Canta inspirado e cessa o doce canto,
Que o repita anelamos: tal na choça
Me aconteceu. Inculca-se de Ulisses

Paterno amigo, da Minoia Creta;
Que veio cá ludíbrio da fortuna;
Que dos Tesprotes soube que opulento
Já teu marido à pátria se encaminha".
    "Pois tudo me refira", insta a senhora.
"Eles ao pórtico e na sala jogam;
Porque poupam seus víveres, a servos
Só nutrindo, e em banquetes nesta casa
Diariamente à grande nos consomem
Cabras e ovelhas, bois e ardente vinho.
Falta varão que ensine esses intrusos;
Ulisses nos ressurja, e incontinenti
Punirá com seu filho audácia tanta."
    Nisto, espirra Telêmaco, estrondando
Em redor; a mãe solta uma risada:
"Vai pelo hóspede, Eumeu. Sentiste agora
O espirro de meu filho às vozes minhas?
É que infalível morte os cerca todos.
Se o teu mendigo, na memória o imprimas
Falar verdade, espere bons vestidos".
    Apressou-se o pastor: "Hóspede padre,
Quer-te a mãe de Telêmaco sisuda
Inquirir do marido, angustiada.
Sê franco, e a roupa ganharás precisa,
Capa e túnica: o pão, que mate a fome,
A quem quer pedirás de porta em porta".
    "Nua a verdade, Eumeu", responde Ulisses,
"Vou revelar à comedida Icária:
Dele sei tudo, e padecemos juntos.
Receio o ruim tropel dos pretendentes,
Cuja violência o férreo céu penetra:
Um com cego furor, pouco há, vibrou-me
Golpe que me doeu; nenhum dos outros,
Nem Telêmaco, obstou. Portanto, amoestes
A conter-se a rainha até Sol posto;
Ao depois, do marido me interrogue,

Sentada ao lar: primeiro eu supliquei-te;
Rotas as vestes, bem conheces, tenho".
Volta o pastor, e ao limiar Penélope:
"Que é dele, Eumeu? Que pensa? Há de alguém medo,
Ou da casa vergonha? Ai do pedinte
Mui fácil em vexar-se!" – E Eumeu: "Rainha,
Falou como o fizera o de mais tino,
Os prepotentes príncipes receia;
Roga-te paciência até Sol posto.
Conversardes a sós é preferível".
Penélope acudiu: "Quem quer que seja,
Lerdo não é. Convenho tais perfídias
Nunca os maiores monstros intentaram".
O divino pastor, isto acabado,
Aos demais se reúne, e a fronte inclina
Em voz baixa a Telêmaco advertindo:
"Ó dileto a cuidar me vou dos porcos,
Dos teus bens e dos meus. Tem cobro em tudo,
E vigia-te e guarda: o mal projetam
Ímpios, a quem primeiro o Céu castigue!"
"Sim, pai", torna o mancebo acautelado.
"Anda, merenda, a noite não te apanhe;
De manhã traze as reses do costume.
O mais fica a meu cargo e dos Supremos."
Senta-se Eumeu de novo, e bebe e come.
Do recinto saindo, a casa deixa
Plena de comensais, que, ao vir a tarde,
A dançar e a cantar se divertiam.

LIVRO XVIII

De insano ventre em público mendigo,
Que a todos por glutão levava as lampas,

Alto e vistoso, se cobarde e fraco,
Ali surgiu: da mãe chamado Arnaios,
Iros a rapazia o apelidava,
Por solícito e pronto recadista.
A Ulisses do seu pórtico expelindo,
Ultrajoso bradou: "Sai daqui, velho;
Senão, de um pé te arrasto: vês que em roda
Piscam-me os olhos? De o fazer me pejo;
Mas põe-te fora, ou te haverás comigo".
Turvo Ulisses: "Ruim, nem te injurio,
Nem te invejo as fortunas e os proveitos.
No largo limiar cabemos ambos:
Que mesquinho ciúme! Um vagabundo,
Como eu, pareces: a riqueza aos numes
Toca a distribuir. Não me provoques
E encolerizes; velho embora, os peitos
E os beiços hei de em breve ensanguentar-te;
Estaria amanhã mais sossegado;
Pois do Laércio à casa não voltavas".

E Iros em sanha: "Hui! ronca o parasito
Como velha fornalha! Se nos queixos
Lhe finco os punhos, rolarão seus dentes,
Qual se os de cerdo fossem rói-searas.
Os lombos cinge, combater nos vejam:
A arrostar um mancebo te abalanças?"

Ante os portões brilhantes a pendência
Antino adverte, e galhofeiro grita:
"Oh! que novo prazer o Céu nos manda!
Iros e o forasteiro, amigos, tentam
Vir às mãos: a brigar os aticemos".
E todos, levantando-se às risadas,
Aos dous pobres trapentos se avizinham.

Prossegue o de Eupiteu: "Valentes procos,
Há no fogão ventrículos de cabras,
De gordura e de sangue repassados

Para a ceia: o mais forte e vitorioso
Escolha um que lhe apraza; e de hoje avante
Seja em nossos festins, nem admitamos
Outro qualquer mendigo". – O aplauso ecoa,
E o manhoso Laércio humilde fala:
"Velho e estragado, cumpre-me, senhores,
A um moço me arrojar; a expor-me a golpes
Força a insensata fome. Eia, jurai-me
Iros nunca ajudar com mão traidora;
Ser-me-ia dura a prova". – Eles juraram,
Mas Telêmaco enérgico se exprime:
"Se, hóspede, o peito varonil te pede
Rechaçá-lo, a nenhum dos Gregos temas;
Quem te ofender, se baterá com outros.
Agasalhei-te, e basta; não mo estranham
Os reis Antino e Eurímaco atinados".
    A aprovação retumba; e Ulisses panos
Aos pudendos ligando, pulcros braços,
Pernas, coxas desnua, peitos, ombros:
Dos povos ao pastor Minerva engrossa
Os rijos membros. Foi geral o espanto,
E entre si boquejavam: "Desta feita
Iros, não Iros já, cai no seu brete;
Que músculos ostenta o forasteiro!"
    Iros turbou-se; os fâmulos o cingem,
Trazem-no a rojo, e as carnes lhe tremiam;
Antino lho exprobou: "Nunca nasceras;
Mal hajas, fanfarrão, que estás convulso
Por um velho alquebrado! Se és vencido,
Irás, te afirmo, em barco de Epirotas
Ao régio Aquetos, cru flagelo de homens,
Que orelhas e nariz te corte a bronze,
E arranque os genitais e a cães os deite".
    Iros mais estremece; ao meio o arrastam;
Armam-se os punhos logo. O divo Ulisses,

Calculando se exânime o prosterne
Ou só ferido, acha melhor poupá-lo;
Teme excitar suspeita. No ombro destro
Iros deu; mas ao colo sob a orelha
Murro apanhou que os ossos lhe machuca:
Vomita rubro sangue, a mugir tomba,
Os dentes entrechoca, e esperneando
Bate e recalca a terra. Os feros procos,
Alçando as mãos, de riso rebentavam;
Mas lesto um pé lhe trava e o roja Ulisses
Do vestíbulo ao pátio, e fora o encosta;
Um pau lhe entrega e diz: "Com este agora
Porcos afasta e cães; vil, não te arrogues
Predomínio em pedintes e estrangeiros:
Olha que inda pior não te aconteça".
E, preso às costas com torcidos loros
O torpe alforje, ao liminar descansa.
A rirem de prazer, o lisonjeiam:
"Hóspede, o Céu te faça o que mais queiras,
Pois todo o povo de um glutão livraste;
Será do rei do Epiro". – Do presságio
O divo herói folgava. Antino um gordo
Ventrículo de cabra lhe apresenta;
Anfínomo lhe tira do açafate
Alvos dous pães, e de áurea taça o brinda:
"Salve! um dia opulência, ó padre, alcances,
Já que tanta miséria hás padecido".
"Anfínomo", o adverte o sábio Ulisses,
"És facundo, e a prudência denuncias
De teu pai Niso, que de rico e humano
Campa em Dulíquio; atende-me e pondera.
De quanto cá respira e cá rasteja,
Nada é mais lastimável do que o homem:
No seu vigor e próspera fortuna,
Com desgraça não conta, e se esta o assalta,

Não sabe suportá-la e acusa os deuses;
Pois têm versátil ânimo os terrestres,
Segundo altera Júpiter os dias.
No tempo em que eu passava por ditoso,
Muita injustiça obrei, nas próprias forças,
No genitor e meus irmãos, fiado.
Ímprobo ninguém seja; em paz gozemos
O que o Céu nos outorgue. Os procos vejo
Consumindo, abatendo, violentando
A mulher de um varão, que perto enxergo.
Levem-te à casa os deuses, não te encontre
À hora da vingança: eu não presumo
Que sem sangue se expurgue este palácio".
    Eis liba o doce vinho, e a taça rende
Ao maioral Anfínomo. Este a sala,
A cabeça tristonho sacudindo,
Pressago atravessava, e à Parca adicto,
Sentar-se foi, reposto por Minerva,
Que à lança de Telêmaco o destina.
    De Icário à filha a mesma olhicerúlea
Mostrar-se inspira, a fim que excite os procos
E ante o filho e o marido mais se exalte.
Com leve riso: "Eurínoma", diz ela.
"Desejo ir aos amantes odiosos,
E a meu filho avisar que o trato fuja
De homens com fel no peito e mel nos lábios".
    "Tens razão, filha", a econôma responde;
"Repreende-o, nada omitas. Mas primeiro
Banha o corpo, unge as faces; não turvado
Apareça de lágrimas teu rosto:
Chorar contínuo dana. Vai, com barba
Ei-lo já, como aos numes suplicavas".
    "Ama", insiste a rainha, "tu zelosa
De abluções e perfumes não me fales:
Os imortais meu brilho embaciaram,

Dês que ele a Troia andou. Por companheiras
Cá me envies Autônoe e Hipodâmia:
De ir só ter com varões tenho vergonha".
A chamar as mulheres corre a velha.
Súbito Palas em suave sono
Os membros ensopou da Icária prole,
Que adormeceu no leito reclinada;
Limpou-lhe o vulto com divina ambrosia,
Para que mais a admirem, como Vênus
Engrinaldada se unta e purifica,
Das Graças quando parte ao coro amável;
Fê-la mais alva que o marfim recente,
Mais nédia e esbelta. Retirou-se a deusa,
Das braciníveas servas ao ruído;
Ela acorda, e a falar se entrega e enxuga:
"Aliviou-me o sono os pesadumes.
Doce morte ah! mandasse a casta diva,
Para não mais gastar os anos tristes,
Saudosa do marido, que era aos Dânaos
Em qualquer das virtudes vivo espelho!"
Não só, das duas fâmulas no meio,
Gentil baixa da câmara estupenda;
À portada soberba, o véu luzido
Proclina, e ao vê-la, de joelhos frouxos,
Em êxtases de amor, ficaram todos
Por seu leito almejando. Assim prorrompe:
"O juízo, meu Telêmaco, perdeste.
Menino, eras cordato: hoje, que és púbere,
E quem quer, pelo talhe e galhardia,
De opulento senhor dir-te-á nascido,
Não tens mais sisudeza nem justiça.
Nesta casa cometem-se atentados,
A teu hóspede insultam: quê! permites,
Sem temor da desonra e eterno opróbrio,
Que em nosso lar um peregrino vexem!"

"Minha mãe", torna o jovem, "que te agastes
Não o estranho. Hoje n'alma o justo e injusto
Sei pesar; mas, há pouco na puerícia,
Ter não posso prudência consumada.
Falto de auxílio, empecem-me contrários,
Que uns dos outros a par forjam meu dano:
Só culpa eles não têm na briga de Iros
Com o estrangeiro, vencedor pujante.
Jove, Palas e Apolo, assim permitam
Que nesta sala ou no átrio os procos jazam,
As cabeças nutando esmorecidos,
Como, qual ébrio, às portas jaz externas
Laxo dos membros Iros, não podendo
Em pé ter-se ou voltar ao seu tugúrio".
Entremeteu-se Eurímaco: "Rainha,
Se outros em Argos de Jasão te vissem,
Amantes amanhã mais numerosos
Conviver cá viriam; pois superas
As demais em beleza e garbo e tino".
Contestou-lhe modesta: "O Céu tirou-me
Forças, beleza e tino, assim que os Dânaos
Me levaram consigo a Troia Ulisses.
Venha, mande-me e reja, e a minha glória
Mais resplendeceria: hoje um demônio
Me entristece e comprime. Ele, à partida,
A destra me travou: – Mulher, nem todos
Escaparemos; pois têm fama os Teucros
De hábeis em dardo e seta, em coches destros,
Que a vitória decidem na refrega:
Se um deus me salve ignoro, ou se ali morra.
Tudo regra; inda mais te recomendo
Meu pai e minha mãe. Barbado o filho,
Deixa-lhe os bens e casa-te. – Assim disse,
E o tempo se perfez: negreja a noite
Em que às núpcias me obrigue o infausto Jove.

Mas uma dor me pesa: era o costume
Dos que herdeira opulenta requestavam,
Prodigando-lhe prendas, bois e ovelhas,
Banquetear amigos da esposada;
Mas não comer impune à custa alheia".

Folga o herói de que as dávidas atraia,
E o pensamento encubra com lisonjas.
E Antino: "Aceita, Icária, ofertas nossas,
Mau seria enjeitar; mas cá seremos,
Té um marido livremente escolhas".

Eles, de acordo, arautos já despacham.
O Eupiteides recebe um fino peplo,
De áureas doze fivelas abrochado
E curvos alamares, grande e vário;
Eurímaco, artefata gargantilha
De eletro e ouro, como o Sol fulgente;
Eurídamas, dous brincos de três gemas;
O régio Politórides Pisandro,
Colar brilhante; os mais seus dons presentam.
Sobe ela, e tudo as fâmulas carregam.

Em danças e tangeres permanecem;
E, quando aponta Vésper, três lucernas
Acendem, seca lenha em roda, a bronze
Pouco há fendida, e archotes acrescentam:
As servas por seu turno o fogo atiçam.

Cauto o herói: "Vós do triste ausente escravas,
Ide, ou fusos torcendo ou lãs cardando,
Aliviar a augusta soberana.
Do lume para todos me encarrego,
Bem que os ache a velar a pulcra aurora;
Pois, avezado, a lidas não fraqueio".

Riram-se umas olhando para as outras,
E o insultou Melântia, gentil prole
De Dólio, de Penélope em menina
Como filha amimada, e ingrata sempre

À criação, de Eurímaco era amásia:
    "Mentecapto", o argui, "tu nem te abrigas
De um fabro na oficina ou vil baiuca,
Nem de galrar te pejas entre os grandes:
Turba-te o vinho, ou louco, ou vitorioso
De Iros, ufano estás. Pode um, que surja,
Calamocado e em sangue rechaçar-te".
    Ele a mediu: "Cachorra, esse descoco,
Para em peças Telêmaco picar-te,
Lho contarei". De susto e esmorecidas,
Crendo que era verdade, pela sala
Vão-se a tremer. Atento e em pé vigia
Nas lucernas Ulisses, mas revolve
No âmago planos, que írritos não foram.
Prosseguem nos insultos, porque Palas
Quer do Laércio o peito mais pungido.
    Eurímaco de Políbo chasqueia
E excita o riso: "O coração vos abro,
Claríssimos rivais. Foi certo um nume
Que o dirigiu de Ulisses à morada:
Na cabeça não tendo um só cabelo,
A lisa calva é mais uma lanterna".
E volto ao forte urbífrago: "Salário
Enjeitarás, vindiço, em minha herdade,
Sebes tecendo e árvores plantando?
Quê! só no mal sabido e preguiçoso,
Preferes mendigar de porta em porta,
Por cevares o ventre insaciável".
    "Se em jejum", diz o herói, "té vir a tarde,
Fouce na mão, nos longos vernais dias,
Num vasto campo, Eurímaco, apostássemos,
Roçaria eu mais erva. Junta eu reja
De bois iguais, robustos e medrados,
A charrua a puxar por quatro jeiras;
Verás ceder-me a gleba, e como rasgo

Profundos regos. Se hoje o grão Satúrnio,
Guerra ateando armasse-me de escudo
E lanças e éreo casco, antessignano
Ver-me-ias combater, sem que exprobrares
A penúria e pobreza. És nímio injusto,
Nímio orgulhoso; bravo te apregoam,
Porque estás entre poucos e cobardes:
Surja Ulisses; as portas, bem que largas,
Ser-te-iam todas para a fuga estreitas".
Eurímaco em furor, carrega o vulto:
"Ah! mísero, teu mal te aumento agora.
De galrar não te pejas entre os grandes:
Turba-te o vinho, ou louco, ou vitorioso
De Iros, ufano estás". Eis do escabelo,
Subtraído o Laércio aos pés de Anfínomo,
O golpe do escanção na destra bate;
Supino cai chorando, e o jarro tine.
Tumultuam na sala umbrosa os procos,
A dizer: "Que alvoroto lamentável!
Longe antes perecesse o vagabundo!
Que rixemos consegue um vil mendigo,
E o prazer dos festins dessaboreia".
Enérgico Telêmaco: "Insensatos!
Basta. Algum deus por certo vos concita.
A dormir saciados retirai-vos,
Quando quiserdes; a ninguém expulso".
Todos, mordendo os beiços, da ousadia
Pasmavam; mas Anfínomo, de Niso
Aretíades filho, assim discorre:
"Não vos irrite, amigos, o que é justo;
Não trateis com dureza o forasteiro,
Ou qualquer servo do divino Ulisses.
Eia, o escanção de novo arrase os copos;
Libemos, e a deitarmo-nos partamos.
Do hóspede recebido nos seus lares

Incumba-se Telêmaco à vontade”.
Aprouve o dito. Múlio, o Dulinquiense
Arauto e seu ministro, na cratera
Mescla a bebida e em cerco a distribui;
Aos beatos Celícolas brindando,
Repletos vão-se do licor melífluo,
Cada qual em seu leito a repousar-se.

LIVRO XIX

A meditar com Palas na matança
Fica o divo Laércio, e diz: “Meu filho,
Agora as armas recolher te cumpre;
E caso algum o estranhe, assim te escuses:
Quais as deixou meu pai, já não luziam;
Do vapor do fogão fui preservá-las.
E outro medo o Satúrnio suscitou-me:
Entre os copos ferir-vos poderíeis,
Nosso convívio e os esponsais manchando;
Pois a força do ferro atrai o homem”.
Telêmaco obedece ao pai querido,
Chama Euricleia à parte: “Eia, as mulheres
Retém, ama, lá dentro, enquanto acima
Reponho as pulcras armas, desprezadas
E do vapor do fogo denegridas
Na ausência de meu pai. Menino eu dantes,
Ora quero do fumo preservá-las”.
A ama logo: “Oxalá com tal prudência
A casa rejas! Mas diante, filho,
Quem te há de alumiar, senão as servas?”
“Este hóspede”, responde acautelado;
“Que do meu coma ocioso, não tolero”.
Ordem fútil não foi, porque os batentes

Fecha Euricleia. À pressa ambos carregam
Elmos, cavos broquéis e agudas lanças;
Precede-os Palas de lanterna de ouro.
"Meu pai", observa o moço, "que milagre!
As paredes, as traves abietinas,
As grossas vigas, as colunas altas,
Em lume vivo aos olhos me lampejam:
Um deus parece dentro esclarecê-las".
"Tá! não tujas", o atalha o sábio Ulisses:
"Os íncolas do Olimpo assim costumam.
Deita-te: à espreita eu fico das criadas;
Esperarei que em pranto me interrogue
Tua mãe". – Ei-lo busca a própria alcova
No meio do esplendor, e em brando sono
Pega até que desponte a diva aurora;
Mas o herói permanece com Minerva,
A pensar no horroroso morticínio.
Sai, qual Diana casta ou loura Vênus,
Penélope do tálamo, e lhe achegam
Ao lar o usado assento, obra de argênteas
E ebúrneas orlas, do famoso Icmálio,
De apto escabelo e forro de pelame.
As cativas gentis ali vieram
Erguer das mesas muito pão restante,
E a copa que servira aos convidados;
Em terra as brasas dos fogões depondo,
Lenha renovam, que ilumine e aqueça.
Doesta a Ulisses outra vez Melântia:
"À noite, malandrino, inda importunas?
Espias as mulheres? Farto e impando,
Fora, fora; ao contrário, a tiçoadas
Eu te farei mais presto escafeder-te".
Averso a encara: "Insultas-me, demônio,
Por que, em vez de luzir, mesquinho e roto
A mendigar meu pão sou constrangido?

É de errabundos sina. Eu já palácio
Tive e escravos, e o mais que adita os homens,
E a quaisquer indigentes socorria:
Ora o querer de Jove arruninou-me!
Também murchar-te a formosura pode,
Que entre as servas te exorna; pode irada
Reprimir-te a rainha, e mesmo aquele
Que inda esperar se deve. Mas, se Ulisses
Perdeu-se enfim, outro ele e não criança,
De Apolo por favor, conhece o filho
Quantas mulheres esta casa infectam".

Ouve-a e grita a rainha: "Descarada,
Em ti recairá tanta ousadia.
De mim triste soubeste que informar-me
Do esposo vem". A Eurínoma virou-se;
"Traze-me, ecônoma, um forrado escano;
Em repouso, comigo ele converse".

À pressa o escano de tosões coberto,
Lhe trouxe a velha; ao divo herói sentado
Penélope interroga: "Hóspede, vamos,
Quem és; de que família? De que pátria?"
E o circunspecto: "No orbe, alta senhora,
Ninguém te vitupera, e a glória tua
Penetra o céu; qual a de um rei sem pecha,
Que é pio e seus magnatas justo enfreia,
A quem do fruto as árvores se vergam,
O agro viça e engradece, a quem produzem
Greis e armentios, ferve o mar com peixes,
E cujos povos a bondade exercem.
De outra cousa me inquiras, não da pátria,
Não da família; ao recordá-las, custa
Gemer em casa alheia. Enfada o choro:
De alguma serva o escárnio atrairia,
Se o teu não fosse, e pode ser que ao vinho
Meu luto lagrimoso atribuíssem".

E ela: “O Céu me tirou beleza e forças,
Desde que a Troia Ulisses me levaram.
Venha, mande-me e reja, e a minha glória
Mais resplendeceria: hoje um demônio
Me entristece e comprime. A flor dos Gregos
De Dulíquio, Zacinto, Ítaca e Same,
Requestando-me invita, os bens me estragam.
Já nos pobres nem hóspedes provejo,
Ou nos arautos, público ministros:
Saudosa a prantear consumo a vida;
Urgem-me os procos, e eu maquino enganos.
Um gênio me inspirou tramar imensa
Larga teia delgada, e assim lhes disse:
– Amantes meus depois de morto Ulisses,
Vós não me insteis, o meu lavor perdendo,
Sem que do herói Laertes a mortalha
Toda seja tecida, para quando
No sono longo o sopitar o fado:
Nenhuma Argiva exprobre-me um funéreo
Manto rico não ter quem teve tanto. –
A diurna obra desfazia à noite,
E os entretive ilusos por três anos;
Mas, gastas luas e horas, veio o quarto,
E então, por traça de impudentes servas
Apanhando-me, encheram-me de afrontas,
E a concluir a teia me forçaram.
Nem mais efúgio nem recurso tenho:
Muito a casar instigam-me os parentes;
Leva meu filho a mal que os bens lhe comam,
Pois, homem já, da casa tratar pode,
Como os que de honras Júpiter cumula.
Dize-me assim quem és; tu não das penhas,
Não do robre nasceste fabuloso”.
E ele cortês: “Mulher de Ulisses digna,
Já que insistes, conhece-me a linhagem;

E, bem que obedecendo agrave as penas,
Inerentes aos tristes que erradios
Têm andado, como eu, de povo em povo,
Satisfazer-te vou. – De escuras vagas
Circúnflua jaz fecunda e linda Creta,
Com cidades noventa e infindos homens
De língua mista: Aqueus, Cídones, Cressos
Indígenas de prol, divos Pelasgos,
Dórios cristados. Na ampla Cnosso Minos,
Cada nove anos comensal de Jove,
Pai de meu pai Deucalião brioso,
Os governava. Éton me chamam todos.
Meu régio irmão Idomeneu de Troia
Foi-se à guerra, mais velho e mais valente.
Na mesma empresa, à força de procelas
Do Maleia a Creta Ulisses impelido,
Surgiu do Aniso num difícil porto,
Onde é das Ilitias, a espelunca.
Apenas salvo, a Idomeneu procura,
Que hóspedes seu dizia venerando;
Mas este era partido em naus rostadas,
Uns onze sóis talvez. Do porto a Ulisses
Escoltei mesmo, e na abundante casa
Amigo o recebi. Do povo obtidos,
Bois, pães e vinhos dei, por doze dias
Os seus provi de tudo, porque o Bóreas,
De um sevo deus movido, não deixava
Em pé ter-se ninguém; mas no trezeno,
Calmado o vento, o pano desferiram".
    Assim fingia verossímeis contos,
E ela a chorar de ouvi-lo definhava:
Qual, por Zéfiro a neve amolecida,
Liquesce do Euro ao sopro em celsos cumes,
Desata-se em arroios e incha os rios;
Tal inundava as rubicundas faces,

Anelando o marido ali sentado.
Compunge a Ulisses da consorte o pranto;
Mas, como ou ferro ou corno, firme e seco,
Por não trair-se, as pálpebras continha.
De lágrimas saciada, continua:
"Quero, hóspede, sondar se na verdade
A Ulisses recolheste: qual seu trajo,
Qual seu porte, quais eram seus guerreiros?"
O marido prossegue: "Árduo é, senhora,
Indo em vinte anos que saiu de Creta,
Exato ser; mas ouve o que me lembra.
De áureo firmal e duplo anel, seu manto
Era encorpado e mórbido e púrpureo,
De alto lavor: nas anteriores patas
Um cão tinha tremente corçozinho,
E ávido o sufocava; ele a escapar-se
Com palpitantes pés se debatia:
Foi pasmo a todos o recamo e a tela.
Notei-lhe ao corpo a túnica lustrosa,
Fina qual seca tona de cebola,
Alva imitante ao Sol, macia e leve,
Que espantava as melhores tecedeiras.
Toma sentido, ignoro se tais vestes
Houve-as de casa, ou deu-lhas em viagem
Hóspede ou matalote; pois de muitos
Era benquisto, e poucos o igualavam.
Eu doei-lhe ênea espada, roxo e duplo
Manto e roupa talar, e à despedida
À tabulada nau fui respeitoso.
Do arauto seu, mais velho alguma cousa,
Eu me recordo: Euríbato giboso
Era e trigueiro e de cabelo crespo;
Ulisses entre os sócios o estimava,
Por atinado concordar com ele".
A tão veros sinais, dobrou de pranto;

Mas acalmada: "Se eras um pedinte,
És, hóspede, hoje o amigo desta casa.
Trouxe eu mesma da câmara essas vestes,
Eu mesma do firmal ornei luzente.
Ah! não mais torna à pátria o caro esposo!
Fatal partida para a infame Troia!"
"Bem que a dor justa seja", o herói contesta,
"Real consorte, o corpo não maceres:
Nunca chorou mulher perdido um jovem
Pai amoroso de seus doces filhos
Melhor que Ulisses, comparado aos numes;
Porém sossega e atende, eu serei franco.
Tesprotes opulentos me contaram
Que, de riquezas o Laércio onusto,
Na praia ali sozinho aparecera;
Pois, ao vir da Trinácria, irado Jove
E o Sol, do armento seu pela matança,
No undoso ponto os sócios afundaram;
E ele, agarrado à quilha, enfim surgindo
Na Esquéria, aceito foi dos bons Feaces
Como um deus, e de ofertas carregado
Quiseram transportá-lo. Há muito Ulisses
Ileso fora aqui, se em outros climas
Não preferisse cumular tesouros;
Para o que ninguém há de astúcia tanta.
Fídon rei dos Tesprotes me jurava,
Com libações, que a nau já tinha prestes
Para o trazer, e num baixel mercante
Remeteu-me a Dulíquio frumentária;
Mas primeiro mostrou-me hospitais brindes,
A umas dez gerações talvez sobejos,
Postos no erário, enquanto ia o Laércio
Ao de Dodona falador carvalho,
A indagar dos oráculos de Jove
Se, após tão largo tempo, cá regresse

Oculta ou claramente. Ele é pois salvo,
Nem da casa está longe; eu vou jurar-to:
Atesto o Padre sumo e o lar de Ulisses.
Onde me asilo, aqui virás sem falta,
Mesmo este ano, esta lua ou na seguinte".
"Oxalá", diz Penélope! "Eu faria
Liberal que ditoso te aclamassem.
Mas temo, hóspede meu; nem ele volta,
Nem tu conseguirás daqui passagem.
Outro Ulisses não tenho (oh! se o tivesse!)
Que afague e expeça honrados forasteiros.
Depois de um pedilúvio, em cama, ó servas,
De mantas bem se aqueça e belas colchas;
E, assim que a manhã brilhe em trono de ouro,
Banhado e ungido com meu filho coma.
Ai do que ouse ofendê-lo petulante!
Sem trabalhar descanse, inda que raivem.
De sisuda mulher me louvarias,
A estares malvestido à nossa mesa?
Duram breve os mortais: o iníquo e fero,
Sempre de imprecações coberto em vivo,
Maldizem-no defunto; o afetuoso
E de alma nobre, os hóspedes lhe estendem
A glória e fama, e todos o abençoam."
Opõe-se o herói: "De Ulisses digna esposa,
Mantas e moles colchas aborreço,
Dês que em remada nau de Creta os cimos
Deixei nevosos: deito-me, como antes
Noites passava insones, e outras muitas,
À espera da alva aurora, adormecia
No duro chão. De banhos eu prescindo,
Nem me toque nos pés, senão prudente
Anciã no mal provada e oficiosa".
E ela: "Nunca de amáveis peregrinos
Tive outrem como tu: quanto proferes

Siso respira. No infeliz conservo
A ama discreta, que, nascido apenas,
Da mãe o recebera e amamentara:
Inda que fraca, os pés lavar-te pode.
Anda, Euricleia, este coevo banha
De teu senhor: talvez que ele tal seja
E dos pés e das mãos; pois no infortúnio
Rapidamente os homens envelhecem".
Tapa a nutriz o lagrimoso rosto
A soluçar: "Ai filho, em vão te anseio!
Pio embora, és de Jove o detestado!
Ninguém tantas queimou sucosas coxas,
Nem lhe deu mais solenes hecatombes,
Viver quando rogava longa vida
E teu filho educar; mas o Tonante
Sumiu-te a luz da volta! Alhures, zombam
Ah! dele, amigo, em pórticos soberbos,
Outras como as que foges despejadas.
Lavo-te os pés, não só porque mo ordena
De Icário a boa filha, mas de grado,
Por mera compaixão. Têm vindo muitos
Peregrinantes cá; nenhum, te afirmo,
A Ulisses como tu se assemelhava,
No meneio e no andar, em voz e em gesto".
Cauteloso a atalhou: "Sim, todos eram
Desse teu mesmo aviso". Reluzente
Bacia a velha toma, onde água fresca
Vaza e a fervente em cima. Ao lar no escuro
Senta-se volto Ulisses, receoso
Que a cicatriz o arcano revelasse.
Ela, o senhor banhando, essa conhece
Marca do alvo colmilho de um javardo,
Quando ao Parnaso visitou seus tios
E avô materno Autólico, entre os homens
No pilhar e jurar manhoso e mestre;

Por Mercúrio assistido, a quem de chibos
E anhos queimava as agradáveis coxas.
    Veio Autólico a Ítaca ubertosa
De seu neto ao nascer; e, mal cearam,
Põe-lhe o infante aos joelhos Euricleia:
"Tu o almejavas tanto, agora inventa
Um nome ao filho da querida filha".
    Disse o avô: "Genro meu, minha Anticleia,
Eu ressentido contra muitos venho
De um e outro sexo na selvosa terra;
Um nome lhe imporei, chame-se Ulisses.
Crescido, a casa a visitar materna,
Vindo ao Parnaso, onde as riquezas tenho,
Hei de brindá-lo e despedir contente".
    Foi-se do prometido em busca Ulisses:
Antólico e família o abraçam ternos;
Carinhosa Anfiteia avó beijou-lhe
A testa e olhos gentis. Ao pátrio mando,
Para o banquete opíparo, a preceito,
Quinquene touro os príncipes esfolam,
Picam-no, assam de espeto, e em roda servem;
E, o dia inteiro à grande regalados,
Liga-os a noite opaca em brando sono.
    Ulisses, no arrebol, em montearia
Trilhando as selvas do íngreme Parnaso,
A ventosas fraguras segue os tios;
E, no arraiar o Sol do mudo Oceano,
Precedendo a matilha farejante,
Vibra o dardo num vale o divo moço.
Em brenha oculto um javali jazia,
Brenha à diurna torreira impenetrável,
Ao sopro aquoso, à desatada chuva,
Pleno o covil de bastas secas folhas:
Ao latir e ao tropel, sanhuda a fera
Sai, de eriçado pelo e a vista em brasa,

Tem-se de perto; Ulisses o primeiro
Com forte ávida mão levanta o pique;
Prevenindo-lhe o golpe, o dente o cerdo
Lhe aferra no joelho, mas oblíquo,
Sem osso lhe ofender, na carne o embebe:
De ênea cúspide o herói na destra espádua
O atravessa; ei-lo grunhe e tomba e morre.
Expertos a ferida ao bravo pensam,
Vedam-lhe por encantos o atro sangue;
Curam-no em casa, e dele satisfeitos,
Ledo com riscos dons à pátria o mandam.
Laertes e Anticleia, jubilosos,
Da cicatriz a causa e tudo inquirem;
No Parnaso ele conta que o mordera,
Junto a seus tios, javali terrível.
    Palpando, a cicatriz conhece a velha,
Nem pode o pé suster; cai dentro a perna,
E a bacia retine e se derrama.
Dor a assalta e prazer; nos olhos água,
Presa às fauces a voz, lhe afaga o mento,
E balbucia enfim: "Tu és, meu filho,
És Ulisses; depois que te hei palpado,
Ora por meu senhor te reconheço".
    E olhou para Penélope, o dileto
Marido a lhe indicar; mas, por Minerva
Distraída, a senhora o não percebe.
Da destra ele sustendo-lhe a garganta,
A si da esquerda a puxa: "Ama, a teus peitos
Amamentado, queres tu perder-me?
Volto ao vigésimo ano, após mil transes;
Mas, já que um nume to mostrou, silêncio,
A ninguém me delates. No imo o estampes:
Se me der Jove debelar soberbos,
Não pouparei culpada a nutriz mesma,
Furioso a todas que o palácio infamem".

"Filho", acode Euricleia, "que proferes
Do encerro desses dentes? Inflexível
Tu bem sabes que sou, qual pedra ou ferro.
Toma sentido: a permitir-te Jove
Soberbos debelar, as que te mancham
A casa apontarei". – De pronto Ulisses:
"Ama, nem é mister, nem te isso cabe;
Toca-me descobri-las e julgá-las.
Guarda o segredo, e o mais aos deuses fique".
Sendo o primeiro banho extravasado,
Sai pela sala a velha em busca de outro,
E o lava e unge; o herói senta-se ao fogo.
Se aquece e cobre a cicatriz com panos.
Ata a rainha a prática: "Inda um pouco,
Hóspede meu, que a hora se apropínqua
Do meigo sono, alívio dos cuidados,
Menos dos que um demônio me prodiga.
Sequer de dia em choro desabafo,
Inspecionando as servas; mas de noite,
Ao reinar o sossego, eu só no leito
Sou de pungentes mágoas salteada.
A Pandareida verde Filomela,
Na doce quadra amena, entre a folhagem
Flébeis queixumes sonorosa trina
Pelo dela e de Zeto amado filho
Itilo, a quem matou por erro infando:
Assim lamento, a revolver incerta
Se ao pé do meu conserve, respeitosa
Ao toro conjugal e à voz do povo,
Servas, paço e riqueza; ou, bem-dotada,
Siga o melhor de assíduos pretendentes.
Enquanto o meu Telêmaco era débil,
Não quis largar a marital vivenda;
Mas, púbere hoje, me insta que lha deixe,
Contra os vorazes procos irritado.

“Explica-me ora um sonho. Gansos vinte
Folgo de ver comendo os grãos no pátio;
Porém de bico adunco montês águia
Sonhei que, tendo lhes quebrado os colos,
Amontoando no terreiro os mortos,
Pelo ar divino alou-se; e eu grito e choro,
E emadeixadas Gregas me circundam
Na minha dor, ao tempo que, voltando,
A águia fala da grimpa em voz humana:
– Ânimo, ó filha do pujante Icário!
Não é sonho, é visão realizável:
Gansos os procos são; eu, dantes águia,
Sou teu marido, e castigá-los venho.
Nisto, acordo, olho em torno, e como é de uso,
Vejo os gansos na praia a comer trigo”.
Pausado o herói: “Interpretar o sonho
De outro modo que Ulisses me é defeso:
Iminente é dos príncipes a perda;
Nenhum tem de esquivar-se à morte escura”.
Ela acrescenta: “Os sonhos são difíceis;
Muitos, hóspede, nunca se efetuam.
Têm eles dous portões, ebúrneo e córneo:
Os do ebúrneo, falazes, mentem sempre;
Nunca os do córneo falham. Que o meu, deste
Vindo, a mim e a Telêmaco aproveite,
Não me lisonjo. Agora sê-me atento.
O albor nefasto aponta em que dos paços
Me apartarei de Ulisses, e um certame
Vou propor. Inda em casa há meu marido
Secures doze, que erigia em hastes,
E por seus olhos doze em direitura
De longe a frecha rápida enfiava:
Seguirei quem mais fácil o arco estenda
E as secures traspasse, abandonando
Ah! tão saudosa e farta e bela estância,

Da qual me lembrarei té nos meus sonhos".
E Ulisses: "Do Laércio augusta esposa,
Não retardes a prova. Hás de o consorte
Aqui ter, antes que eles o arco verguem
E, tesa a corda, os ferros atravessem".
Inda Penélope: "Hóspede, a quereres
Junto a mim conversar, de ouvir-te o gosto
Me estancaria o sono; mas não devem
Os mortais velar sempre, e na alma terra
Lei sobre tudo os numes impuseram.
Subo a deitar-me enfim no amargo leito
Que de contínuas lágrimas ensopo,
Dês que Ulisses partiu para essa Troia
De execranda memória. Tu repousa
A teu prazer, no solho ou numa cama
Que se te aprestará". Disse, e montando
Não só, com duas fâmulas, na excelsa
Maravilhosa câmara pranteia
Seu caro esposo, até que amigo sono
Lhe infunde pelas pálpebras Minerva.

LIVRO XX

Ulisses ao vestíbulo descansa:
Em cru taurino coiro estende peles
De imoladas ovelhas, e por cima
Eurínoma lhe deita espessa manta;
Lá, na vingança meditando, vela.
Eis risonhas de cara e delambidas
As que davam-se aos procos vêm saindo:
Vivamente comoto, em si ventila
Se de súbito as mate, ou lhes consinta
A extrema vez coabitar com eles;

E o coração lateja-lhe apressado,
Como a galga, a cercar seus cachorrinhos,
Ladra investindo a estranho. A ira enfreia,
Bate nos peitos e cogita: “Cala,
Meu coração! mais suportaste quando
O atroz Ciclope devorou-me os sócios:
Com prudência da cova te livraste,
Onde supunhas trucidado seres”.
Assim reprime o palpitar interno,
Tem-se; mas anda pela cama às voltas.
Qual de um brasido ao lume o esfomeado
Vira um gordo ventrículo sanguento
Com desejos de assá-lo; inquieto Ulisses
Assim de toda parte se remexe,
Traçando o meio de bastar a tantos
Insolentes rivais. Em vulto humano,
Palas se lhe oferece à cabeceira:
“Por que velas, misérrimo dos homens?
Tens casa, tens mulher, tens nobre filho,
Filho que outro qualquer te invejaria”.
“Sempre acertas”, responde, onisciente;
“Mas posso haver-me, ó deusa, contra a chusma
Que infesta o meu palácio? Inda rumino
Outro cuidado: se os vencer, por graça
De Jove e tua, escaparei com vida?
Rogo-te me aconselhes”. – “Insensato!”
Grita Minerva, “um homem noutro néscio
Homem se fia, e tu de mim duvidas?
Guardo-te sempre, e deusa te protejo.
Eu to declaro: embora multilíngues
Cinquenta batalhões, a rodear-nos,
O exício teu conspirem, bois e ovelhas
Tu lhes depredarias. Dorme, é grave
Passar a noite em claro, e o teu mal finda”.
E espreme-lhe nas pálpebras o sono,

E ao céu volve no instante em que o sossego
Lhe absorve as penas e amolenta os membros.
    Cedo acorda, e sentada ao fofo leito,
Lassa do pranto, ora a Diana a diva,
Das mulheres modelo, honesta esposa:
"De Jove augusta prole, ou tu me arranques
Esta alma a tiros, ou tufão me jogue,
Arrebatada pelos ares cegos,
Às fauces do retrógrado Oceano;
Sorte que outrora às Pandareidas coube.
Órfãs, sozinhas, por querer supremo,
De leite e mel suave e doce vinho
Citereia as nutria, deu-lhes Juno
Formosura e juízo incomparáveis,
O talhe Délia, os dotes seus Minerva;
Mas, remontando Vênus ao Tonante,
Que a fundo a sina dos mortais conhece,
A pedir flóreas núpcias para as virgens,
As Harpias, roubando-as, ao serviço
Das medonhas Erínies as puseram.
Levem-me assim do Olimpo os moradores,
Freche-me Artêmide; eu no abismo horrendo,
Ulisses, te contemple, nem se goze
De mim outro varão que não te iguala.
Geme o infeliz no dia, à noite ao menos
Esquece adormecido os bens e os males;
A mim sempre um demônio me persegue:
Acaba de antolhar-se-me a figura
De Ulisses tal qual era; cria eu leda
Isto visão real, não mero sonho".
    Atento o herói divino a tais queixumes,
Ao reluzir da Aurora em trono de ouro,
Cuida-se descoberto e que ela o busca;
Veste o manto, em cadeira os tosões pousa,
Remove o coiro, em preces alça as palmas:

"Júpiter, se por seca e úmida via
A Ítaca imortais me conduziram,
Dentro ouça de um desperto o bom presságio,
Fora algum teu prodígio mo confirme".
De Ulisses com prazer, fulgure e toa
De resplendida nuvem; perto, o agouro
Solta uma escrava do pastor dos povos.
Das doze que ao moinho o trigo e azeite,
Medula de homens, preparar soíam,
Fraca ela só, deitadas as parceiras,
Não findava a tarefa: "Ó sumo Jove",
Clamou, "do éter sereno assim trovejas?
Anúncio é para alguém. De mim coitada
Os votos cumpre: o dia extremo seja
Que à mesa de meu amo se regalem
Esses a quem, de afã desfalecida,
Eu moo esta farinha; acabem todos".
Do agouro e do trovão contente Ulisses,
Os réus conta punir. Vêm logo as servas
Acender o fogão da pulcra sala;
O deiforme Telêmaco vestido
Vem da alcova, de nítidas sandálias,
No bálteo a espada, aguda lança em punho,
E ao limiar com Euricleia fala:
"Ama, honrastes meu hóspede vós outras,
Ou maltrado jaz? Embora sábia,
Minha mãe de um parleiro às vezes cura
E despede um melhor". – Mas Euricleia:
"Injusto a acusas, filho. A gosto o velho
Bebeu sentado, abstendo-se da ceia,
Que ela ofertou-lhe mesma. À hora própria
Mandou cama estender; mas ele, afeito
À pena e dor, não quis macias colchas,
E ao vestíbulo em coiro e ovinas peles,
Com manta que lhe demos, repousou-se".

Hasta na mão, Telêmaco atravessa
A grande sala, com dous cães ligeiros,
Aos grevados Aqueus indo juntar-se.
De Opes de Pisenor zelosa a filha
Esperta as mais cativas: "Borrifada,
Já já, varrei-me a casa, e de tapetes
Forrai purpúreos as louçãs poltronas;
Lustre as mesas a esponja, a copa e a frasca
Purifiquem-se, e lestos ide à fonte:
Eles madrugam sempre, e o dia de hoje
A todos é festivo". – Obedeceram:
Ao profundo olho-d'água partem vinte;
As mais dentro o serviço desempenham.
A preceito, chegando, a lenha racham
Os soberbões; da fonte as servas tornam;
O porqueiro também com três cevados
Entra, em vastas pocilgas escolhidos,
E brandamente fala: "Hóspede, os Gregos
Te menoscabam sempre, ou já te poupam?"
"Eumeu", responde o herói, "provera aos deuses
Os insultos punir e os maus desígnios
Desses que estão, sem pinga de vergonha,
Maquinando um alheio domicílio".
Entrementes, Melântio se aproxima,
Com dous ajudas, conduzindo cabras
As melhores do fato aos pretendentes,
E amarrando-as ao pórtico sonoro,
Pica a Ulisses de novo: "Inda importunas
A todos pedinchando, e não te safas?
Sem estas mãos provares, vil mendigo,
Cuido que insistirás. Há comezaina
Entre os outros Aqueus". Tácito a fronte
Sacode o herói, vinganças ruminando.
Presenta-se Filétio, o mor vaqueiro,
Uma toura guiando e gordas cabras,

Que as passaram barqueiros do costume,
E ao ligá-las ao pórtico, pergunta:
“Que estranho é este, Eumeu? Que gente a sua?
Donde veio? O mesquinho um rei parece:
Em dor o Céu mergulha os vagabundos,
Mesmo a reis enovela os infortúnios”.
Volto ao mendigo então, lhe cerra a destra:
“Hóspede padre, salve! Hoje em miséria,
Inda sejas ditoso! Ó tu Satúrnio,
Ó deus o mais cruel, não te comovem
As mágoas dos varões por ti criados.
Choro e suor agora me rebentam,
Lembrando-me de Ulisses, que afiguro
Assim roto a vagar, se é que o Sol goza.
Mas se ele no Orco jaz, ai de mim triste!
A quem tão bom senhor, ainda eu menino,
Aos armentos prepôs-me em Cefalênia.
Inúmeros os bois de larga fronte
Medram mais que a nenhum: cá trago deles
A gulosos, que o filho desfalcando,
A punição dos numes nem receiam;
Do ausente os bens tragar é quanto anelam.
Dupla aflição me rói: com meus bois todos,
Vivo Telêmaco, emigrar é feio;
Mas dói muito engordá-lo para intrusos.
Longe outro herói buscado eu já teria,
Nesta angústia insofrível, se esperança
De vir não me alentasse o miserando
A profligar infames insolentes”.

Ulisses respondeu: “Nem mau nem lerdo
Pareces-me, pastor; eu pois to juro,
Por Jove, pela mesa hospitaleira,
Por este lar e asilo: com teus olhos
Teu bravo amo verás, se o tu quiseres,
Usurpadores crus mandar a Dite”.

O vaqueiro ajuntou: "Permita-o Jove!
Meu braço e minha fé conhecerias".
E Eumeu também rogava aos deuses todos
Que de seu rei a vinda apressurassem.
A Telêmaco, entanto, os porcos tecem
Morte e ruína. Altívola à sinistra
Pávida pomba uma águia eis traz nas garras
E brada Anfínomo: "Ao convívio, amigos;
O plano de matá-lo está frustrado".
Eles dóceis na sala sobre escanos
E camilhas os mantos depuseram.
Cabras e ovelhas, porcos sacrificam,
E a grã novilha: as vísceras assadas
Repartem, mesclam nas crateras vinho;
Eumeu taças ministra; o pão, Filétio;
Escanceia Melântio: o bodo encetam.
À soleira, mas dentro, baixa mesa
E tosco assento o filho pôs a Ulisses,
Que astúcias combinava, e das entranhas
O serve e entorna o vinho em áureo copo:
"A gosto, hóspede, bebe entre os guerreiros;
Salvar-te-ei de golpes e convícios:
A casa não é pública; é de Ulisses,
E herdeiro eu sou. Vós procos, refreai-vos,
Ou lide cá teremos infalível".
Todos pasmam da audácia e os beiços mordem;
Mas o Eupiteio: "Amigos, suportemos
De Telêmaco as fúteis ameaças.
A querer o Satúrnio, ora açaimado
Aqui seria o parlador canoro".
Cala Antino, e Telêmaco o desdenha.
Pela cidade arautos hecatombe
Guiam sacra, e no umbroso Febeu luco
Reúnem-se os Grajúgenas crinitos;
Ao tempo que, do fogo assadas carnes

Os príncipes tirando, as distribuem,
E o festim saboreiam: coube a Ulisses,
Como ordenara seu dileto filho,
Igual porção, que os servos lhe ministram.
Não consente Minerva que arrogantes
Abstenham-se de afrontas, para o anojo
Mais do Laércio profundar no seio.
De Same habitador, iníquo e duro
Ctesipo, que alistou-se entre os amantes
No rico pai fiado, assim vozeia:
"Rivais extremos, é decente, é justo,
Aquinhoá-lo bem; nada faleça
De Telêmaco aos hóspedes, quais forem:
Meu dom receba amável, com que brinde
A quem, nos paços do imortal ausente,
O banha ou trata". Aqui, toma de um cesto
E arroja um pé de boi; mas a cabeça
Ulisses, com sardônico sorriso,
Desvia, e o osso na parede bate.
Em cólera Telêmaco lho exprobra:
"Melhor te foi, Ctesipo, que evitasse
O hóspede o golpe teu; senão, tu foras
Desta lança varado, e em vez de núpcias
Teu pai te aprestaria a sepultura.
Proíbo em minha casa iniquidades;
Não mais criança, o bem do mal distingo:
Só contra muitos, passo os desperdícios
Do meu pão, do meu vinho, do meu gado;
Mas cesse a hostilidade. E a bronze frio
Se desejais matar-me, antes a morte
Que ver-vos espancar meus protegidos,
Na honrosa casa viciar as servas".
Lavra em roda o silêncio, até que o rompe
Agelau Damastórides: "Amigos,
Não braveje nenhum contra a justiça;

Nem se maltrate o hóspede, nem outrem
Que habite na mansão do nobre Ulisses.
Grato seja a Telêmaco e à rainha
O que tranquilo exponho. Enquanto a vinda
Esperáveis do grande e sábio Ulisses,
Causa havia de aqui nos demorardes,
E era justificável a constância;
Mas que ele está perdido é manifesto.
Pede pois a Penélope que eleja
Quem lhe aprouver e a dote com largueza;
Em paz a herança paternal desfrutes,
E tua mãe do noivo orne o palácio".
    Cauteloso Telêmaco: "Por Jove,
Agelau, to assevero, pelas dores
De meu pai, que está morto ou longe vaga:
Minha mãe não coíbo, antes a empenho
A esposar quem lhe agrade e muito oferte;
Mas hei pejo e temor, tolham-me os deuses
Desta casa bani-la ou violentá-la".
    Aqui, Minerva os procos enlouquece,
Um riso inestinguível excitando,
Riso que erra nas bocas louquejantes:
Comem cruentas carnes; de água os olhos
Se lhes arrasa; n'alma o luto versa.
Teoclímeno a vozes profetiza:
"Misérrimos, que noite vos rodeia
De alto a baixo! que lúgubre ululado!
Estou já vendo lagrimosas faces,
Em sangue estas paredes e estes postes,
Cheio o vestíbulo e a brilhante sala
De espectros, que ao profundo Érebo descem!
Morre o Sol, e se esparge e adensa a treva!"
    Eles às gargalhadas o chasqueiam,
E o de Pólibo grita: "O forasteiro,
Cá vindo não sei donde, é mentecapto.

Moços, ponde-o na rua; ande-se ao foro
Quem por noite hoje toma o dia claro".
Mas o adivinho: "Eurímaco", retorque,
"Não hei mister escolta; olhos e orelhas,
Bons pés tenho, e alma sã no peito alojo;
Vou-me donde um mal grave está pendente:
Nenhum se livrará dos que este asilo
Manchais de insultos e de ações infames".
Disse, e foi-se a Pireu, que pronto o acolhe.
Olhando-se e às risadas, mofam todos,
E um moteja a Telêmaco: "És na escolha
De hóspedes infeliz: tens um mendigo
Sitibundo e famélico e vadio,
Sem préstimo e valor, da terra peso;
Outro a vaticinar pouco há surdiu-nos.
Mais útil, eu proponho, é que à Sicília,
Porque hajas pingue lucro, os embarquemos".
Desdenhoso o mancebo, taciturno
Fita os olhos no pai, à espera sempre
Do funesto sinal. De cima a Icária
Prudente, em belo escano recostada,
Os escutava. E rindo e zombeteiros,
Tendo eles bastas reses abatido,
Em festim novo e lauto iam cuidando;
Mas, da injustiça em troca, lhes dispunham
Uma deusa e um varão mais agra ceia.

LIVRO XXI

Já da rainha à mente influi Minerva
Propor na sala do arco e das secures
A contenda, princípio da carnagem.
A escada monta, pelo ebúrneo cabo

Na mão toma carnuda a chave aênea
Curva e artefata, e vai com boas servas
À superior instância, onde o rei tinha
Muito ouro e cobre e trabalhado ferro;
Pleno acha o letal coldre e o fléxil arco,
Dons hospitais do Eurítides Ífito,
Lacedemônio herói. Com este Ulisses
No palácio topou do bravo Ortíloco,
Indo a Messena, embaixador imberbe,
Do pai e outros antigos deputado,
Longa viagem, reclamar trezentas
Ovelhas e seus guardas, que Messênias
Galés dos campos de Ítaca levaram.
Para seu dano, Ífito ali buscava
Éguas doze perdidas e a seus ubres
Doze pacientes mus: foi quando Ulisses,
Que doou-lhe uma espada e forte pique,
Esse arco teve, que, morrendo Êurito
Em seu palácio transmitira ao filho.
Ah! que nunca um do outro à mesa esteve!
Atalhou-se a amizade, porque Ífito,
Hospedado por Hércules, de Jove
O mais valente e façanhoso garfo,
Este o matou sem pejo dos Supremos,
Ímpia as éguas solípides retendo.
Por memória do amigo, o arco aceito,
Partindo Ulisses, o deixou na pátria.
    Vizinha à câmara a mulher egrégia,
Tem-se ao portal de robre, esquadriado
E polido, a que o fabro acomodara
Esplêndidas ombreiras e batentes:
Solto o loro do anel, para o ferrolho
Da armela desprender, enfia a chave;
Com jeito ao revolvê-la, as altas portas,
Qual muge em várzea o touro, abertas rangem.

De sobre estrado, em que pousavam grandes
Caixas de roupa odora, as mãos alçando,
O arco e a funda lustrosa despendura;
Sentando-se, o coloca aos seus joelhos,
E lamenta e pranteia, ao destojá-lo.
Torna, enxutas as lágrimas, à sala,
Setas fatais e o arco sustentando;
Uma canastra escravas lhe carregam
Do cobre e ferro do certame régio.
Entre fâmulas duas, à soleira
Para, e abatendo o fino véu perora:
"Vós que, a pretexto de esposar-me, ausente
Meu marido, estragais toda esta casa,
Ouvi-me. O arco eis aqui do nobre Ulisses,
E eu proponho um certame: quem mais fácil
O atese e freche atravessando os olhos
Das machadinhas doze, hei de segui-lo
Da conjugal estância, farta e bela,
Da qual me lembrarei té nos meus sonhos".
O arco e acerado ferro então lhes manda
Pelo fiel choroso Eumeu. Filétio,
Ao ver o arco do rei, suspira e geme.
Antino os apodou: "Rústicos parvos,
Que só cuidais no de hoje, ah! miseráveis,
Enterneceis com lágrimas aquela
Que, perdido o consorte, em mágoas vive?
Comei calados, ou carpi de fora;
Deixai-nos o arco da custosa empresa:
Há quem fácil o curve e se equipare
A tão completo herói? Pequeno eu era,
E de Ulisses divino estou lembrado".
Assim falou; mas no ânimo contava
O arco tender e traspassar os ferros,
Ele que provará primeiro a frecha
Do rei sem tacha, a quem no mesmo alvergue

Tinha afrontado, os sócios concitando.
Forte exclama Telêmaco: "Hui! por certo
Jove desjuizou-me: em que prudente,
Minha dileta mãe diz que por outrem
Larga esta casa, eu rio e insano folgo!
Procos, eia, ao certame: em Graias terras
Mulher, vós o sabeis, não há como ela,
Em Pilos santa, em Argos, em Micenas,
Nem mesmo em Ítaca ou no Epiro negro:
Para que pois levá-la? Decidamos,
Sem mais tergiversar, tente-se a prova.
Também o ensaiarei: se o arco ateso
E as secures enfio, a mim dolente
Não me há de abandonar a augusta madre,
Caso ao paterno jogo eu leve a palma".
Direito surge, e o manto purpurino
Depõe dos ombros e a cortante espada.
Abre a cada secure funda cova,
Certo as alinha, em torno calca a terra:
Que o faça admiram, sem que nunca o visse.
Da soleira, o arco tenta, ávido e firme;
Três vezes falha. Espera inda animoso
Tender o nervo e atravessar o ferro;
E ao quarto esforço o gosto conseguira,
Se Ulisses não lhe acena, e então se teve.
"Oh! céus", brada, "ou serei débil guerreiro,
Ou moço inda não posso braço a braço
A ofensa repelir. Vós mais pujantes,
Exprimentai; findemos a contenda".
E o arco pousa e encosta aos alizares,
Do arco ao remate belo a seta apoia,
E ao posto volve. – Logo Antino: "Em cerco
Pela destra comece e donde o vinho
Se distribui". O dito aprovam todos.
Ergueu-se o vate Enópides Liodes,

Junto à cratera assídua sentinela
Censor dos sócios, à injustiça avesso.
Ao limiar, pegando o arco e as setas,
Malogra o esforço; as tenras mãos doridas
Pouco atreitas molesta: "Eu cesso, amigos;
Outrem cometa a empresa. Este arco a muitos
Estrênuos privará de alento e alma;
E antes morte que vida, a quem frustou-se
Longa esperança. Aquele que inda fia
E pensa haver de Ulisses a consorte,
Verá presto que deve outras Aquivas
Requestar e dotar: com esta case
Quem mais lhe oferte e a sorte lhe destine".
Também pousa arco e seta, e vai sentar-se.
Brame Antino em furor: "Que dito acerbo
Desses beiços, Liodes, proferiste?
O arco anuncias, por que em vão lidaste,
A muitos privará de alento e alma?
Não gerou-te a mãe tua para archeiro;
Mas outros pulsos poderão dobrá-lo".
E ao cabreiro virou-se: "Fogo acende,
Grande escano lhe achega bem forrado;
Lá dentro há unto e um disco dele traze:
Aqueçamo-lo e o arco amaciemos,
Para em breve o certame concluirmos".
Melântio o fogo acende, o escano achega;
O unto, que não falece, ao lume aquentam:
O arco a vergar seus braços não bastaram.
Abstêm-se Antino e Eurímaco deiforme,
Que facilmente aos outros superavam.
O vaqueiro e o porqueiro ambos saíram
E indo após eles, fora e já no pátio,
Lhes falou com doçura o divo Ulisses:
"Filétio e Eumeu, calar quiçá me cumpra,
E descobrir-me o coração me pede.

Se um deus súbito Ulisses vos mostrasse,
Deles seríeis vós ou desses procos?
Da alma explicai-mo". – Exclama-lhe o vaqueiro:
"Jove, a meu voto anui! Um deus o traga!
Velho, meu brio e ardor conheceria".
E Eumeu também depreca ao sacro Olimpo
Que volte o rei prudente aos seus penates.
Deles seguro, brada: "Eis-me, entre angústias
Chego ao vigésimo ano. Reconheço
O vosso amor e fé: dos servos todos
Sois quem me desejais com zelo e afinco.
Agora me atendei: se me dá Jove
Os intrusos domar, consortes, prédios,
Casas tereis ao pé da minha própria;
Sócios e irmãos sejais do meu Telêmaco.
Não há dúvida alguma: eis dos colmilhos
Do javardo o sinal, quando ao Parnaso
Os de Autólico filhos me guiaram".
Da cicatriz então separa os trapos:
Certificados, o senhor abraçam
E beijam-lhe a chorar a testa e os olhos;
O mesmo Ulisses faz. Durara o pranto
Ao posto Sol, se o cauto o não vedasse:
"Basta, alguém ver-nos pode. Vou primeiro,
E entrai, com intervalo, um após outro.
Se eles do arco pegar me proibirem,
Traze-mo com a aljava, Eumeu divino,
Através da ampla sala; as servas manda
Aferrolhar as portas; nem que sintam
Estrondo e ais, de seu lavor se bulam.
Os cancelos do pátio, ó bom vaqueiro,
A chaves tranca e fortemente amarra".
Disse, e dentro sentou-se no seu posto;
Seguem-no a tempo os dous fiéis criados.
O arco Eurímaco ao lume aquenta e vira,

Mas nem sequer o verga; no orgulhoso
Peito suspira, e suspirando fala:
"Ai de mim e dos mais! Bem que as deseje,
Não choro as núpcias, que Ítaca e outras ilhas
Têm muitas belas; choro a clara prova
De superar-nos tanto o grande Ulisses:
Oh! futuro desdouro!" – A quem Antino:
"Tal não será, Eurímaco; reflete:
Hoje a festa celebra-se de Apolo,
Quem arco dobrará? Depô-lo cumpre,
Inda que em pé deixemos as secures,
Pois ninguém penso as tirará da sala.
Eia, escanção, de novo os copos vaza;
Larguemos nós libando, o arco e as setas
Traga cedo Melântio nédias cabras;
Ao Longe-vibrador queimando as coxas,
A contenda amanhã terminaremos".
    Aplaudem-no. Água às mãos arautos vertem;
As crateras coroando, em roda os moços
O vinho distribuem. Já perfeitas
As libações, manhoso o herói discursa:
"Franco, dignos rivais, serei convosco;
A Eurímaco mormente me dirijo,
E ao régio Antino, que opinou cordato:
O arco repouse e confiai nos deuses;
A quem quer amanhã dê Febo a glória.
Mas emprestai-mo, a ver se as forças tenho
Que outrora os membros fléxeis me animavam,
Ou se o mar e a desgraça as confrangiram".
    Indignaram-se os príncipes, temendo
Que ele o arco dobrasse, e Antino estoura:
"Mísero! endoudeceste. Pouco julgas
Farto comer tranquilo à nossa mesa,
Ouvir-nos praticar, vantagens que outro
Vagamundo ou mendigo nunca obteve?

Vinho ardente e melífluo te perturba,
Como a quem nele imódico se encharca.
O vinho a Eurítion, Centauro insigne,
De Pirítoo magnânimo nos paços.
Inflamou contra os Lápitas; a injúrias
Embriagado se moveu tamanhas,
Que os heróis do vestíbulo o expulsaram,
Cerceando-lhe as ventas e as orelhas.
De alma chagada e leso, errando insano,
Aos Lápitas urdiu cruenta guerra,
E o vinho d'antemão lhe foi desastre.
Mal do vinho haverás, se o arco vergas.
Tu advogado algum não tens no povo;
Irás a Équeto rei, flagelo de homens,
Em negra nau, sem que dali te salves.
Bebe em sossego, e a jovens não te afoutes".
A rainha o impugnou: "É torpe e injusto
Que de meu filho o hóspede molestes,
Ou quem se abrigue, Antino, em minha casa.
Supões que ele, se em forças estribado,
O rijo arco de Ulisses estendesse,
Levar-me-ia consigo por esposa?
Nem sonha o pobre em tal, nem vos contriste
Nos festins semelhante pensamento".
Respondeu-lhe o de Políbo: "Rainha,
Crermos que ele te espose indigno fora.
Teme-se a língua de homens e mulheres;
Talvez diga o mais vil: – O amor cobiçam
Da mulher de um valente os que o seu arco
Não puderam dobrar, quando erradio
Pedinte o fez, atravessando os ferros.
Tais motetes opróbrio nos seriam".
"Eurímaco", Penélope retorque:
"Respeita acaso o povo os que desonram
E os bens estragam de um varão sublime?

Sois vós que há muito vos manchais. Fornido
E apessoado, o velho se gloria
De um sangue ilustre: o arco lhe dai; vejamos.
Se Febo o ajuda, manto lhe asseguro
Belo e túnica rica, aos pés sandálias,
Dardo e anticípite espada que o defendam,
E o mandarei para onde for seu gosto".
    Sábio Telêmaco: "A nenhum dos chefes
De Ítaca branca, ou de ilhas que vizinham
Com a Élide em cavalos abundante,
Mais do que a mim, querida mãe, compete
O arco negar ou dar; nem há quem obste,
Se eu quiser a este hóspede ofertá-lo.
Vai curar do lavor, da roca e teia,
E assiste às servas: o arco aos homens toca,
Mormente a mim, que neste paço mando".
Retira-se a rainha, e pasma e guarda
O maduro discurso de seu filho.
Sobe com suas fâmulas, chorosa
Pelo marido caro, até que Palas
Sono doce nas pálpebras lhe entorna.
    O arco o divo porqueiro ia levando;
Mas rumor cresce imenso, e um deles brame:
"Onde, abjeto porqueiro, esse arco levas?
A proteger-nos Febo e os outros numes,
Breve hão de nas pocilgas devorar-te
Cães nutridos por ti, sem que te acudam".
    A arma depôs Eumeu todo assustado;
Minaz também Telêmaco bradou-lhe:
"Avante, avante, a chusma não te embargue
Ou, posto que menor, eu te hei de a pedras
Ao campo repelir, que sou mais forte.
Assim tanto excedesse aos pretendentes,
Que destes paços os tivera expulso,
Onde exercem flagícios e torpezas".

Ei-los a rir a cólera esqueceram.
O arco o fiel pastor, por entre a sala,
Entrega a Ulisses, e à nutriz adverte:
"As servas manda, o príncipe te ordena,
Aferrolhar as portas; nem que sintam
Estrondo e ais, do seu lavor se bulam".
Executa Euricleia à risca e pronta.
Mudo Filétio furta-se; os cancelos
Do pátio fecha, e os liga de biblino
Cabo naval, que ao pórtico jazia,
E os olhos no senhor, torna a seu posto.
O arco o herói tenteia, e vira e indaga
Se de vermes roído estava o corno.
Um disse: "Admirador é certamente,
Será de arcos ladrão; possui em casa
Muitos iguais, ou fabricá-los busca:
Destramente o meneia o vagabundo!"
Outro ajunta: "Bem haja, como agora
Tem de o vergar". Zombando galrejavam.
Solerte enfim Ulisses o examina:
Qual estende perito citaredo
Com nova chave do alaúde as cordas,
As torsas adaptando ovinas tripas,
Fácil o atesa, a destra o nervo estira,
Que soou como chilro de andorinha.
De cor os procos doloridos mudam;
Forte Jove troveja, e o divo Ulisses
Folga ao sinal: da mesa pega a nua
Leve seta, na aljava as outras sendo
Que hão de os Aqueus experimentar; sentado,
Embebe-a no arco, puxa o nervo e as barbas;
Da mira não desvaira a brônzea frecha,
Das secures zunindo os furos passa.
Ao filho clama: "O hóspede que abrigas
Não te desonra; o tiro foi certeiro,

O arco tendi sem lida: hei sãs as forças,
Cessem do vitupério estes senhores.
Hora é de preparar com dia a ceia;
Orne a lira o banquete, o canto o alegre".
As sobrancelhas move: aguda espada
Eis Telêmaco cinge, empunha a lança;
Do pai senta-se ao pé, de bronze armado.

LIVRO XXII

Despe os trapos o herói, pula à soleira
De arco e de aljava, e aos pés derrama as frechas,
Dizendo aos procos: "A árdua empresa é finda;
Num alvo nunca dantes alcançado
A mira tenho, e dê-me glória Febo".
A Antino aqui dispara o tiro acerbo,
Quando ele as duas asas d'áurea taça
Maneava, e o licor ia empinando,
Não cuidoso da morte. Quem previra
Que entre muitos um só, famoso embora,
À Parca o renderia? A ponta o vara
Da goela à cerviz tenra; ao golpe, Antino
Deixa a taça cair, de ilharga tomba;
Sangue das ventas jorra, e a pés convulso
A mesa empurra; espalha-se a comida,
Suja-se a carne e o pão. Ferve o tumulto;
Erguem-se alvorotados, procurando
Em vão, pelas paredes esculpidas,
Escudo ou lança, em cólera fremiam:
"Quê! Forasteiro, aos homens é que apontas!
Final proeza: abutres vão tragar-te;
Mataste a flor dos Ítacos mancebos".
Louco! acidental suponho o caso,

Nenhum tão iminente o fado cria;
Mas carrancudo Ulisses: "Cães! julgando
Que eu de Ílio não viesse, consumida
Nossa fazenda, as servas estupráveis,
E de um vivo a consorte pretendíeis,
Sem pejo nem temor de homens e deuses!
Agora transporei o umbral da morte".
Susto e palor os cobre; olhando buscam
Algum refúgio, e Eurímaco responde:
"Se és na verdade Ulisses Itacense,
Tens razão, porque os Dânaos cometeram
Neste paço e no campo iniquidades.
Mas ali jaz quem foi de tudo causa,
Antino: a tais ofensas induziu-nos,
Por amor não das núpcias, por cobiça
E ambição de reinar; quis de teu filho,
O que o Satúrnio lhe tolheu, dar cabo.
As traições expiou; poupa teus povos.
Será pública a emenda, e prometemos,
Pagando quanto aqui te consumimos,
Cada um com vinte bois satisfazer-te,
Com ouro e bronze que teu peito alegrem.
O desagravo aplaque-te os furores".
Tétrico o herói: "Toda a paterna herança
E muito mais, Eurímaco, me désseis,
A desforra cruenta era infalível.
Só vos pode salvar combate ou fuga;
Nenhum cuido porém que a Parca evite".
Esmorecem com isto, os joelhos frouxam,
E Eurímaco replica: "Aljava e arco
Ele não deporá das mãos invictas,
Sem que do limiar nos prostre, amigos.
Sus, dos gládios puxai, fazer das mesas
Reparo aos tiros seus; num grupo unidos,
O expilamos do ingresso, e reclamemos

Pela cidade auxílio: último o dia
Seja em que setas rápidas jacule".
O bronze afiado arranca de dous gumes,
Salta horrendo a rugir contra o Laércio;
Que lesto à mama o fere, e a veloz farpa
No fígado lhe prega: a espada vai-se;
Revolto em cerco à mesa, donde rola
Comida e louça, de cabeça em terra
Bate, e a pés, convulsivo e agonizante,
Sacode o assento; a vista se lhe entrava.
Corre Anfínomo a Ulisses glorioso,
De alfanje nu, para o expelir da entrada;
Mas o pique Telêmaco entre os ombros
Atrás lhe enterra e os peitos lhe traspassa;
Só não lho extrai, de medo que, ao sacá-lo,
Prono o apunhalem. Súbito recorre
A seu pai: "Vou trazer-te aêneo casco,
Dous dardos e um broquel. Tempo é de armar-me
E os pastores fiéis". – "Sim", volve Ulisses,
"Não tardes, filho; enquanto as frechas durem,
Todos eles das portas não me arredam".
À voz do caro pai, despede aonde
Recolheram-se as armas; oito escudos,
Hastas oito, quatro elmos traz cristados,
E ao campeão de pronto vem juntar-se;
Arnesa-se primeiro e os dous pastores,
Com quem de Ulisses em redor se posta.
Do cauto herói cada frechada abate
Um dos procos, e em pilha iam caindo.
Esgotado o carcás, à ombreira o encosta
E o válido arco à nítida fachada;
Quádruple escudo embraça, rígido elmo
Nutante enfia de cocar equino,
Éreos dardos fortíssimos apunha.
Alta janela havia na parede,

E ao cabo do vestíbulo de tábuas
Estreita rampa, a única subida:
Manda Ulisses a Eumeu que ali vigie.
Agelau, que o percebe: “Amigos”, disse,
“Não há quem monte à superior janela,
Pelo povo a bradar? Com sua ajuda,
Este homem nunca mais dardejaria”.
      Melântio refletiu: “Não é possível,
Divo Agelau; que a rampa, junta ao pátio,
Por empinada e angusta, um só valente
Basta a guardá-la. Acima eu vou pôr armas,
Ânimo! estão, suponho, em celsa estância,
Onde Ulisses e o filho as depuseram”.
      Por interior escada ei-lo que passa
À câmara de Ulisses, donde aos procos
Doze dardos fornece e broquéis doze,
Doze êneos cascos de camada crista.
O herói tituba um tanto, ao ver arneses
Fugir aos peitos e nas mãos remessos;
Maior a empresa então se lhe afigura,
E grita: “Armou-nos, filho, uma das servas
Cruel certame, se não foi Melântio”.
      “A culpa é minha”, o príncipe confessa,
“A câmara, meu pai, deixando aberta;
Eles desse descuido se valeram.
Anda a fechá-la, e observa, Eumeu, se alguma
Escrava é quem nos trai, ou, como julgo,
De Dólio o filho”. – Entanto, Eumeu lobriga
Melântio a remontar: “Solerte Ulisses,
O traidor é o ruim que suspeitamos.
Se o venço, hei de matá-lo, ou conduzir-to
Por que pene os excessos perpetrados?”
      E o rei prudente: “A lhes conter a fúria
Eu basto com Telêmaco. Vós ambos
Na câmara o tranqueis: atai-lhe às costas

Mãos e pés; ao pilar da corda o extremo
O ice; da trave atormentado penda".

Apressuram-se os dous. Sem que os bispasse
Já dentro, armas catando, o guarda-cabras,
De sentinela ao patamar ficaram;
Até que sai, com reluzente casco
Na esquerda, na direita um ressequido
Largo e velho broquel do bom Laertes,
Que estava ali de loros despegados.
Com juvenil ardor, no solho interno
Rojam-no preso, amarram-no e penduram,
De seu senhor executando as ordens.
Mordaz, Eumeu, clamaste: "Ora, Melântio,
Na mole veles merecida cama;
E, ao raiar do Oceano a matutina
Aurora em trono de ouro, não te esqueças
De lhes trazer para os banquetes cabras".

Arrouchado e suspenso, o abandonaram,
Fechando a porta; e em bronze reluzindo,
A respirar vigor, juntam-se ao divo
Sábio guerreiro: à entrada apenas quatro,
São muitos os da sala e não cobardes.
Em Mentor se disfarça e vem Minerva;
Ulisses a folgar: "Mentor, socorro;
Amigo teu fui sempre, e me és coevo".
Ora assim, mas suspeita ser Tritônia.

Rompem logo em doestos, e é primeiro
Agelau Damastórides: "Ulisses
Contra os procos, Mentor, não te seduza;
Ou com teu sangue expiarás a culpa,
Assim que ele e Telêmaco sucumbam,
Como é de crer. Depois que o bronze expires,
Teus bens de fora e urbanos confundidos
E os do Laércio, de Ítaca a família,
Os filhos teus, as filhas, casta esposa,

Nós surdos à piedade expulsaremos".
Em mais cólera a deia: "Já te falta,
Ulisses, o valor que, da alva e nobre
Helena a pró, nove anos despregaste,
Varões tantos rendendo em graves prélios,
Ílion por teus conselhos derrocada:
Como! nas tuas possessões recusas
A insolentes punir! Ânimo, filho;
O Alcimides verás como te é grato".
E a fim de comprovar o esforço dele
E do excelso Telêmaco, a vitória
Inda balança, e em resplendente poste,
A revoar, qual andorinha, pousa.
Eurínomo, Agelau, Demoptólemo,
Anfimédon, Pisandro Politório,
Políbo armiperito, aos seus roboram;
Os fortes são que vivos pleiteavam,
Pois o arco assíduo os outros já domara.
"Vede-o", grita Agelau, "que as mãos invictas
Retêm; Mentor jactancioso foi-se;
À entrada, amigos, sós pelejam quatro.
Eia, brandi, não todos, mas seis dardos:
Jove nos glorifique, o herói firamos;
Dos mais não se nos dê, se ele é vencido".
Frustra Minerva os dardos seis que voam:
Prega-se à porta um freixo de érea choupa,
Outro ao grosso alizar, outro à parede.
Malogrados os tiros, manda Ulisses
Paciente e firme: "Toca-nos, ó caros,
Punir os que ardem consumar seus crimes
Com nossa morte". Lanças quatro zunem:
Ele a Demoptólemo, o filho a Euríade,
A Élato Eumeu, Filétio ao Politório,
Morder o vasto pavimento fazem.
Recua ao fundo a chusma, e os quatro os freixos

De chofre dos cadáveres desprendem.
De novo os procos a vibrar forcejam,
E as hastas quase inutiliza Palas:
No portal finca-se uma, outra num poste,
Ou num lanço da sala; mas o corpo
A Telêmaco esfola a de Anfimédon,
E a de Ctesipo, a Eumeu roçando a espádua,
Salva o escudo e baqueia. Em torno ao chefe
Mantêm-se inda mais bravos: a Eurídamas
O eversor de muralhas, a Anfimédon
Fere Telêmaco, o porqueiro a Políbo;
A Ctesipo Filétio os peitos vara,
E ufaneia: “Insultante Politérside,
Cessas de encher a boca de estultícias;
Cabe o discurso aos poderosos numes.
Pago és do pé de boi com que hospedaste
O divo herói mendigo em seu palácio”.
Ao falar o vaqueiro, fronte a fronte
Seu amo ao Damastórides lanceia;
Por Telêmaco a bronze roto o ventre,
Se debruça Leócrito Evenório,
Bate no solo a testa. Eis do fastígio
Alça Tritônia a égide homicida:
Vagam todos atônitos, qual fogem
Do vário ágil tavão picadas reses
Nos vernais longos dias. Da montanha,
De garra e bico adunco, abutres saltam
Sobre aves, que tremendo alam-se às nuvens;
Eles porém, folgando os campesinos,
Sem mais refúgio, alcançam devorá-las:
Assim de cabo a cabo a turba acossam,
Rompem, vulneram; mestos ais ressoam,
E todo o pavimento em sangue ondeia.
Súbito abraça a Ulisses os joelhos
Suplicante Liodes: “Compassivo

Me sê, Laércio. Nunca obrei, nem disse
Cousa que as servas tuas ofendesse;
Antes continha os sócios, que emperrados
O mal purgaram já com morte feia.
Vate e inocente, padecer não devo:
Recompensa futura aos bons compete".
Sombrio o rei troveja: "Eras seu vate,
Longe me ansiavas dos queridos lares,
Ter de minha mulher quiseste filhos;
Trago amargo haverás". E, erguendo a espada
Que ao morrer Agelau deixara em terra,
Com mão forte a Liodes, que ainda orava,
A cabeça mutila e em pó lha envolve.
O Terpíades Fêmio, dos intrusos
Cantor coato, esquiva-se ao trespasso;
E, em punho a lira arguta, considera,
À superior saída, se abrigar-se
Na ara de Jove iria, onde o Laércio
E o pai queimaram coxas mil taurinas,
Se deitar-se-lhe aos pés: foi deste aviso.
Entre a cratera e a sede claviargêntea
Pondo o cavo instrumento, implora e estreita
Os joelhos do herói: "Príncipe augusto,
Perdão! há de pesar-te se exterminas
Vate que humanos e imortais celebra.
Eu doutrinei-me, o Céu me inspirou mesmo
Onígenas canções; posso entoar-tas,
Qual a um deus: no meu sangue ah! não te manches.
Por indigência não, teu filho o sabe,
Dos procos aos festins forçado vinha;
Tantos e mais potentes me obrigavam".
Enérgico Telêmaco: "Este insonte,
Nem o arauto castigues, pois na infância
De mim curava, se é que Eumeu, Filétio,
Ou golpes teus letais o não prostraram".

Ouve-o Médon alerta, que medroso,
Debaixo do seu trono, em fresca pele
Bovina se escondera; e, sacudindo-a,
Ajoelha-se a Telêmaco: "O paterno
Cru bronze, amigo, aos loucos não me iguale
Que, esbanjados os bens, te desonravam".
Sorrindo o herói: "Telêmaco salvou-te;
Sus, apregoa que vantagem leva
Sempre a virtude ao vício. Ao pátio aguarda
Mais o cantor famoso, que eu preencha
Quanto me cumpre". – Da carnagem fora,
Ambos da ara de Jove tudo espreitam.
Na sala, circunspecto, ele examina
Se inda algum respirava, e em pó sangrento
Jaziam todos: qual à praia curva
Arrasta a malha os peixes, que, empilhados
Na areia, mudos cobiçando as vagas,
À luz do Sol em breve o alento exalem;
Tais os procos ali se amontoavam.
E Ulisses: "Da nutriz já já preciso,
Telêmaco". O postigo o moço volve:
"Olá, quer-te meu pai, não tardes, ama,
Que és das fâmulas todas superiora".
Fútil mando não foi; que, abrindo as portas,
Caminha após Telêmaco Euricleia:
De mãos e pés imundo encontra a Ulisses
De fresca mortualha circundado;
Como o leão, que, tendo a rês comido,
Cruento o peito e a cara, avulta horrível.
Nos mortos atentando e no alto feito,
Ia a velha gritar; seu amo o atalha:
"Folgues embora em ti, mas não jubiles;
Cousa é torpe exultar por homicídios.
Cru destino os domou, sua impiedade:
Sem respeito a ninguém, por bom que fosse,

Pecados seus à Parca os devotaram.
Agora as delinquentes me enumera,
Que esta casa honestíssima desdouram".
E a dileta nutriz: "Meu filho, escuta.
Fâmulas tens cinquenta, que ensinamos
A lavrar, a cardar, a submeter-se
À escravidão: na impudícia doze,
De mim não se lhes dá, nem da senhora.
Telêmaco, inda há pouco adolescente,
Que a mulheres governe a mãe proíbe.
Eu já subo a falar com tua esposa,
Por divino favor adormecida".
Mas ele: "Não é tempo de acordá-la.
Aqui me chama as impudentes servas".
Apressura-se a velha mensageira.
    A Telêmaco o rei e aos dous pastores
Juntos prescreve: "A transferir os mortos
Começai, das mulheres ajudados;
Expurguem-se depois com água e esponja
Tronos e mesas. Toda a sala em ordem,
As rês daqui levai; de espada a fios
Da cerca do átrio em meio e da rotunda,
Expire uma por uma, e esqueçam Vênus
Que furtivas as ligava aos pretendentes".
    Elas em pranto e ais chegadas foram;
Soluçando, os cadáveres às costas
Ao pórtico do pátio os depuseram,
Mútuo auxílio a prestar-se; o mesmo Ulisses
As concitava, e a custo prosseguiam.
Limpos à esponja os móveis elegantes,
O solo os três com pás iam raspando,
O lixo as criminosas carregavam.
E concertada a sala, as conduziram
Da cerca do átrio ao meio e da rotunda,
Augusto sítio, impedimento à fuga.

Lá Telêmaco disse aos companheiros:
“Não morram simples morte as que, nos braços
De infames tais, enchiam-me de opróbrio
E a minha casta mãe”. Nisto, um calabre
Naval de uma coluna atando, em roda
No alto passa da torre, que nenhuma
O chão de pés tocasse. Qual, entrando
Pombas ou tordos num vergel, da moita
Em rede caem de estendidas asas,
Triste poleiro e cama; assim, por ordem
Elas em laços, curto esperneando.
Cessam de palpitar estranguladas.
Ao vestíbulo e átrio, a sevo bronze,
Ventas e orelhas a Melântio cortam,
Lançam-lhe os genitais a cães famintos,
Pés decepam-lhe e mãos. – Completa a obra,
Vão-se purificados ao Laércio,
Que determina: “Salutar enxofre
Traze e fogo, Euricleia; defumada
Seja a casa. Ao depois a vir exortes
A rainha e as escravas”. – Mas a velha:
“Otimamente, filho meu, discorres;
Outras vestes porém dar-te-ei primeiro:
Decoroso não é que em teu palácio
Forres de andrajos os robustos membros”.
Insta o senhor: “O fogo é já preciso”.
Fogo e enxofre sem réplica ela trouxe.
Com que Ulisses defuma a sala e o pátio.
Sobe a ama de novo e intima as ordens:
As servas em tropel sustendo fachos,
Ledas em torno, abraçam-no e saúdam,
Beijando-lhe a cabeça e as mãos e espáduas;
E ele, que n’alma as reconhece, um doce
Desejo tem de choro e de suspiros.

LIVRO XXIII

Às risadas a velha os joelhos move,
Celérrima a informar que é vindo Ulisses,
E a Penélope fala à cabeceira:
"Surge, anda, filha, a veres com teus olhos
O que tanto almejaste: eis bem que tardo,
Castigou teu marido os que, estragando
Casa e fazenda, o filho te oprimiam".
E ela: "O Céu, que à vontade, ama Euricleia,
Do louco um sábio faz, do sábio um louco,
Transtorna-te a razão que te assistia.
Como! zombas de mim, que hei tantas penas,
E as pálpebras do sono me descerras,
Sono o mais saboroso dês que Ulisses
Foi-se à nefanda Troia? Desce e vai-te.
Se outra com tais anúncios me acordasse,
Eu mais dura e severa a despedira;
Mas vale-te essa idade". – A escrava insiste:
"Filha, de ti não zombo; em casa o temos;
É o hóspede que todos insultavam.
Já sabia Telêmaco o segredo;
Ocultava-o prudente, a fim que Ulisses
A soberba e violência refreasse".
Leda salta Penélope do leito,
Em lágrimas a abraça: "Ama querida,
Se isso é verdade, se ele aqui se alverga,
Os audazes, que sempre estavam juntos,
Como só derribou?" – E a nutriz: "Nada
Eu vi, nem mo contaram, mas ouvia
O estrondo, o pranto, os ais dos moribundos,
Lá nos retretes, a trancadas portas,
Em susto éramos todas, e teu filho
Por ordem paternal veio chamar-me.

Achei teu bravo Ulisses entre os mortos
Uns por cima dos outros: exultaras
De o ver leão sangrento e encarniçado!
Ele, fora os cadáveres em montes,
Fumiga o paço, e ordena que me sigas,
Anda, ambos de alegria abeberai-vos,
Depois de tantas mágoas; a tão longa
Saudade se mitigue. Ele nos torna
Vivo e são; cá te encontra e o filho vosso;
Puniu já desta casa os malfeitores".
    Logo a rainha: "A rir não te glories.
Sim, grata a vinda sua a todos fora,
Mormente a mim e ao filho que geramos;
Porém, ama, não creio o que me afirmas:
Indignado algum nume de arrogâncias
E injúrias tais, livrou-nos de insolentes
Que a ninguém, por melhor, tinham respeito;
Mas longe Ulisses acabou decerto".
    "Filha", insiste Euricleia, "que proferes?
Duvidas inda, e ao lar já tens o esposo!
É muito. Ora um sinal te manifesto:
Ao lavá-lo, do cerdo conheci-lhe
A cicatriz. Eu ia anunciar-to,
Cauto a boca tapou-me. Vem; consinto,
Mata-me, se te engano". – "É-te impossível",
Penélope arguiu, "por mais ciente,
O arcano, amiga, perceber divino.
Contudo, ao filho corro; esses perversos,
Aquele que os prostou, meus olhos vejam".
    Desce, do caro esposo revolvendo
Se as mãos e as faces beije, ou tão somente
O interrogue distante. Já transposto
O pétreo limiar, defronte, ao lume,
Noutra parede fica: ele, encostado
Numa coluna, arreda a vista, à espera

Que o fite e que lhe fale a mulher forte;
Ela, em silêncio estúpido, ora o encara,
Ora pelo seu trajo o desconhece.
Rompe e a censura o filho: "Quê! tão dura
Esquivas a meu pai, nem dele inquires!
Que outra mulher assim desamorosa
Recebera um marido, após vinte anos
De ânsias cruéis? Tens coração de pedra".
Escusou-se a rainha: "De pasmada,
Meu Telêmaco, olhar nem falar posso.
A ser teu pai, a todo mundo ignotos,
Sinais temos que o provem". – Tolerante
O herói sorriu-se: "A mãe consintas, filho,
Que me tente e afinal se desengane;
Sujo e torpe, ela estranha-me e repugna.
Consultemos agora. Se alguém mata
Um popular de asseclas mal provido,
Foge, terra e parentes abandona:
De Ítaca a flor e esteios derribamos;
Deliberemos nós". Cordato o jovem:
"Cabe-te isso, meu pai; fama é constante,
Mortal nenhum te iguala no conselho;
Seguir-te só me cumpre, e eu forças tenha,
Que outrem não há de em ânimo vencer-me".
E o cauteloso: "Pois meu voto escuta.
Primeiro vos lavais, mudai vestidos,
E ordenai-me às cativas que se enfeitem.
O músico na lira preludie
Dança amorosa, a fim que núpcias dentro
Haver pense ou vizinho ou viandante.
Fora a carniçaria não persintam,
Antes que os agros e vergéis busquemos:
Lá do Olimpo o senhor deve inspirar-nos".
Lavam-se, dóceis, de vestidos mudam,
Às mulheres prescrevem que se adornem.

Fênio na ebúrnea lira já consona
Dança ligeira e doce melodia:
Ao tropel toda a casa reboava
De esbeltos jovens e de airosas moças.
Cruzam vozes da rua: “Algum de tantos
A rainha esposou, que mais valera
Se fiel ao marido os bens guardasse”.
Assim, néscios do caso, discorriam.
    Lava a cuidosa Eurínoma e perfuma
O brioso Laércio, e o paramenta.
Aformoseia-lhe a cabeça Palas;
Majestoso e maior, na espalda a coma
Cor de jacinto em ondas se lhe esparge;
Tamanha graça lhe vestiu Minerva,
Quanta infunde em lavor de prata e ouro
Dela e Vulcano artífice amestrado.
Como um deus sai do banho, torna ao posto
Fronteiro ao da consorte, e assim perora:
“Tão duro coração, femíneo monstro,
Nunca foi dos Celícolas forjado!
Que outra mulher tão fria se portara
Ao chegar seu marido após vinte anos
De pena e dor? Sus, ama, um leito apresta,
Quero dormir. Sua alma é toda ferro”.
    “Monstro eu!”, retorque; “nem te apouco altiva,
Nem me assombro demais: qual te embarcaste
No instruto galeão, me estás na mente.
Eia, fora da alcova alça, Euricleia,
O reforçado leito, obra de Ulisses,
Com mantas e tosões, com moles colchas”.
Tal foi para o marido a prova extrema.
    Ele à casta mulher gemendo exclama:
“Quem removeu-me o leito? Oh! Triste nova!
Isso nímio custara ao mais sabido,
Salvo intervindo um nume; empresa enorme

Fora a humano qualquer, por mais viçoso:
Fi-lo eu sozinho; este sinal te baste.
Grossa como coluna, vegetava
No pátio umbrosa e flórida oliveira:
Densas pedras em roda, em cima um teto,
Câmara edifiquei de unidas portas;
Já desgalhado, a bronze descasquei-lhe
Desde a raiz o tronco, e de esquadria
Artífice o puli, verrumei tudo,
Formando um pé, começo do meu leito;
Marfim neste embutindo e prata e ouro,
Táureas correias lhe teci vermelhas.
Esta a verdade. Ignoro se está firme
Esse leito, ou, serrando-se-lhe o tronco,
Por algum dos varões foi transplantado".
    Aqui, tendo Penélope a certeza,
Desfaleceu; depois, toda alvoroço,
Em pranto o colo do marido abraça,
E o beija e diz: "Ulisses, foste aos homens
O exemplo da prudência, não te enfades.
Irmos juntos logrando os flóreos dias
O Céu nos invejou; perdão, se ao ver-te
Não fui logo lançar-me no teu seio:
De que outrem com discursos me iludisse
Tremia sempre; os dolos não falecem.
A Dial Grega Helena o toro nunca
Do estranho compartira, a ter previsto
Que à pátria e casa os belicosos Dânaos
Tinham de a reduzir: a tanto opróbrio,
Causa da nossa dor, cruel deidade
A infeliz arrastou, que o não cuidava.
Porém veros sinais manifestaste:
Outro nenhum varão viu nossa alcova,
Nós e a fiel Actóride somente,
Por meu pai concedida, e que é porteira.

Minha justa esquivança embrandeceste”.
Ele com isto em lágrimas rebenta,
Mais ao peito cingindo a casta esposa.
Da praia quando à vista os naufragados,
Por Netuno e por vagas sacudidos,
Poucos no vasto pélago nadando,
Sujos da maresia, à morte escapam,
Não têm maior prazer do que a rainha
Teve ali. Não despega os alvos braços
Do colo do consorte; e a ruiva Aurora
Os encontrara, se não fosse Palas:
A olhicerúlea, prolongando as sombras,
No Oceano a retinha em áureo trono,
Sem que até ao coche alípides ginetes
Lampo e Faeton, que a luz no mundo espalham.
“Mulher”, diz-lhe o marido, “não findaram
Nossas provas; uma árdua imensa empresa
Me cumpre executar: assim Tirésias,
De mim, dos sócios meus, soltando os fados,
Profetizou-me na Plutônia estância.
Mas vamos, doce amiga, ao leito nosso
Deleitar-nos em brando e meigo sono”.
Penélope acedeu: “Já que em meus braços
Pôs-te o Céu, no meu leito a gosto sejas.
Mas que perigo anunciou-te o vate?
Se hei de saber depois, que o saiba agora”.
“Se o queres, anjo meu”, responde Ulisses,
“Não to escondo: ah! matéria é de tristeza
Para ti, para mim! Que peregrine
Remotas plagas me ordenou Tirésias,
E ágil remo sustendo, a povos ande
Que o mar ignoram, nem com sal temperam
Que amuradas puníceas não conhecem,
Nem remos, asas de baixéis velozes.
Deu-me o sinal: assim que um viandante

Pá creia o remo ser, eu do ombro o desça
Finque-o no chão, carneiro e touro imole,
Varrão que inça a pocilga, ao rei Netuno;
Mas na pátria hecatombes sacrifique
Aos imortais Celícolas por ordem.
Do mar cá me virá mui lenta a morte,
Feliz velho entre gentes venturosas.
Certos me asseverou seus vaticínios".
Ela acudiu: "Se os deuses te prometem
Melhor velhice, espero que triunfes
Inda uma vez". – Enquanto praticavam,
Eurínoma e a nutriz, de acesas tochas,
A cama fofa e mórbida estendiam.
Isto acabado, a velha foi deitar-se,
E a camareira ao quarto alumiou-os
E retirou-se. Com delícias ambos
Do antigo toro o pacto repetiram.
Também Telêmaco e os leais pastores
Suspensa a dança, despedindo as servas,
Pelos sombrios paços repousaram.
Ao desejado amor depois de entregues,
Em colóquios os dous se regozijam:
Conta a mulher divina os dissabores
De olhar contínuo a turba dissoluta,
Que, bois, cabras e ovelhas degolando,
E os tonéis exaurindo, a requestava;
Ele, as dores impostas ou sofridas.
Leda a esposa de ouvir, só depois dorme.
Primeiro expôs o estrago dos Cícones,
E a terra dos Lotófagos ubérrima;
Como vingou-se do feroz Ciclope,
Que os sócios lhe comeu; como, inda à pátria
Ir não sendo seu fado, com doçura
De Eolo aceito, mais por fim repulso;
Jogo ah! foi da procela em mar piscoso;

Como, aportado à Lestrigônia, tantos
Perdeu, salvando seu baixel apenas.
Expôs os dolos e dobrez de Circe;
Como, a Plutão vogando em nau compacta,
Viu, do Tebano vate após consulta,
Irmãos de armas e a mãe que amamentou-o;
Como as Sereias lhe cantaram; como
Chegou-se a instáveis rochas e a Caríbdis,
E a Cila que sem perdas não se evita.
Expôs que, a raio o Altíssono a matança
Dos bois do Sol punindo, a nau ligeira
E os demais soçobrou; que, à ilha Ogígia
Arribando ele só, foi por Calipso
Detido em cava gruta e acarinhado;
Que a ninfa, de esposá-lo cobiçosa,
Prometeu-lhe uma eterna juventude,
Sem jamais demovê-lo da constância.
Findou pelos Feaces, que de um nume
A par o honrando, em nau de cobre e alfaias
E de ouro onusta, a Ítaca o mandaram.
    Do sono aqui dulcíssimo assaltado,
Solve os pesares; e, julgando-o Palas
De repouso e de amores satisfeito,
Chama a fulgente Aurora do Oceano,
E na alvorada o sábio herói desperto
Se endereça à mulher: "Sobejas penas
Tivemos: tu, chorando a minha ausência;
Eu, delongas e empeços que o Satúrnio
E outros deuses à vinda me opuseram.
Ora, que o nosso tálamo ansiado
Já tocamos, dos bens restantes cura:
Para suprir os meus currais e enchê-los,
Hei de apresar, e parte haver do povo.
Aos bosques vou-me e campos, as saudades
Aliviar do genitor. Consorte,

Bem que discreta, observa os meus preceitos:
Alto o Sol, desses procos a matança
Ressoará; com tuas servas monta,
Sem comunicação lá permaneças".
Vestindo logo as suas, manda que armas
Também Telêmaco e os pastores peguem.
Arnesando-se os quatro, as portas abrem;
Ulisses marcha à frente. Era já dia;
Mas enublados os dirige Palas.

LIVRO XXIV

Dos procos o Cilênio evoca as almas,
De ouro empunhado o caduceu que os olhos
Mortais a gosto esperta e os adormece;
Elas ao toque ciciando o seguem.
Em divo antro profundo a revoarem,
Guincham morcegos, se um dos cachos tomba
Da rocha a que aderiram: tal se move
Trás Mercúrio benóvolo, em murmúrios
Pelo hediondo espaço, o tropel todo;
Vão-se ao fluido Oceano e à Pedra-Branca,
Do Sol às portas e ao dos Sonos povo.
Em prado verde, habitação dos manes,
Os do Pelides acham, de Patroclo,
De Antíloco, de Ajax galhardo e forte,
Que os Dânaos superava, exceto Aquiles.
Eram deste em redor, quando Agamêmnon
Surge dolente, e as sombras dos que Egisto
Em seu paço com ele assassinara.
"Atrida", enceta Aquiles, "ao Tonante
Nós julgávamos seres o mais caro,
Por dominares nos heróis que em Troia

Padecemos sem conto. Ah! que o tributo
Não rendeste primeiro à Parca dura!
Naqueles campos com supremas honras
Tu falecesses! Dos Aqueus ereto,
Glória a teu filho o monumento fora;
Era fatal misérrimo acabares!"
E Agamêmnon: "Beato herói divino,
Em torno a quem, longe da Grécia extinto,
Bravos Teucros e Argeus caíram tantos!
Em túrbida poeira amplo jazias,
Dos corcéis esquecido; e a combatermos
Ante o cadáver teu, só conturbados
Por um tufão de Júpiter, cessamos.
Posto em féretro a bordo o corpo egrégio,
Em quente água expurgado e ungido, os Gregos
Choravam, tonsa a coma. Eis, das Nereidas
Ouvida a grande voz, tremeram todos,
E nos porões iam meter-se, quando
Experiente Nestor, com douto aviso,
De grado concionou: – Tá! vem do pego
Tétis madre e as irmãs carpir seu filho. –
Coibida aos Grajúgenas a fuga,
Cercam-te as filhas do marinho velho,
Cobrem-te em ais de incorruptível manto.
As Musas nove alternam-se em lamentos:
Ninguém podia, à lugubre toada,
As lágrimas conter. Por dezassete
Noites e dias, de mortais e deuses
Regou-te o pranto e na seguinte aurora
Demos-te ao fogo, e ovelhas te imolamos
Gordas e negros bois; nas divas roupas,
Em óleo e doce mel, queimado foste;
Muitos peões e armados cavaleiros
Circundaram-te a pira estrepitosos.
De manhã, gasta a carne, os brancos ossos,

Em perfumes e vinho e embalsamados,
Recolheu-te a mãe terna em urna de ouro,
Dom de Baco e trabalho de Vulcano.
Estão mistos aos teus os de Patroclo,
Dos de Antíloco perto, a quem dos sócios,
Morto o Menécio, maiormente honravas.
E os do exército sacro te exalçamos,
Do amplo Helesponto em prominente riba
Um magnífico túmulo, que ao longe
Aos vivos manifeste-se e aos vindouros.
Prêmios obteve dos mais numes Tétis,
Que os pôs no circo aos príncipes Aquivos.
A régios funerais tenho assistido,
Onde o páreo mancebos disputavam;
Tu se os visses, Pelides, admiraras
Da mãe deia argentípede as ofertas.
Grato aos Céus, teu renome não perdeste,
Que de evo em evo troará no mundo.
Júpiter propinou-me o copo amaro,
Por mãos de Egisto fero e da traidora".
    Entretanto, o Argicida arrebanhava
As almas dos que Ulisses abatera,
A cujo encontro as mais com pasmo correm.
Agamêmnon conhece incontinenti
O Melanteides ínclito Anfimédon,
Que em Ítaca o hospedara: "Que desastre,
Escolhidos e equevos, cá vos trouxe
Ao reino tenebroso? Não podia
Alguém numa cidade achar melhores.
Com soltos ventos e escarcéus furentes
Vos afundou Netuno? Ou de inimigos
Preia fostes em terra, ao saqueardes
Armentos e rebanhos? Ou pugnando
Pela pátria e família? Nada encubras;
Hóspede teu me chamo. Não te lembra

Que me acolheste e a Menelau divino,
Quando a embarcar-se para Troia Ulisses
Fomos nós suadir? Um mês inteiro
O largo ponto aramos, e a bem custo
O eversor de muralhas demovemos".
"Rei dos reis", Anfimédon respondeu-lhe,
"Tudo me lembra, e franco vou narrar-te
Nosso funesto fim. Do ausente Ulisses
A esposa ambicionávamos; que, avessa
A morte a nos tramar, nos entretinha
E, com sutil pretexto, imensa enrola
Teia fina ao tear, e assim discursa:
– Amantes meus, depois de morto Ulisses,
Vós não me insteis, o meu lavor perdendo,
Sem que do herói Laertes a mortalha
Toda seja tecida, para quando
No sono longo o sopitar o fado:
Nenhuma Argiva exprobre-me um funéreo
Manto rico não ter quem teve tanto. –
Esta desculpa ingênuos aceitamos.
Ela, um triênio, desmanchava à noite
À luz da lâmpada o lavor diurno;
Ao depois, avisou-nos uma escrava,
E a destecer a teia a surpreendemos:
Então viu-se obrigada a concluí-la,
E aos olhos despregou-nos a luzente
Obra insigne, imitante ao Sol e à Lua.
Não sei donde um mau gênio trouxe Ulisses
Ao campo que habitava o guarda-porcos:
Nesses confins se reuniu seu filho,
Já da arenosa Pilos aportado;
E ambos, disposto o plano da matança,
Para a nobre cidade caminharam,
O herói depois, Telêmaco primeiro.
Eumeu guiava o pai, que abordou-se

Em trajo de um decrépito mendigo,
E era tão roto e sujo e malvestido,
Que aos mais idosos conservou-se ignoto.
A golpes e baldões o acometemos;
Tudo curtiu paciente em seu palácio.
Mas, do Egíaco Jove espiritado,
As armas com Telêmaco afastando,
Em cima as tranca, e pela astuta esposa
O arco nos apresenta e o claro ferro,
Donde se derivou nosso infortúnio.
Nenhum de nós dobrou-lhe o forte nervo,
Baldo o esforço; e, ao momento que o Laércio
Dessa arma ia apossar-se, blasfemamos
Que, apesar das instâncias, não lha dessem;
Mas Telêmaco insiste, e o pai, seu arco
Fácil dobrando, enfia as machadinhas.
Ao limiar, derrama a pronta aljava,
E gira a vista horrendo e frecha Antino;
A lutíferas setas rechinantes
(Um deus o protegia) uns após outros
Seu furor em cardumes nos prostrava:
Aos gemidos, aos botes, muge a casa
E se inunda em cruor. Tal fim tivemos!
No pátio os corpos nossos, ora, Atrida,
Isso amigos não sabem, que chorando,
Enxuto o negro sangue, nos sepultem;
Honra devida aos míseros finados".

Grita Agamêmnon: "Venturoso Ulisses,
Possuis mulher de uma virtude rara!
Do varão que pudica amou primeiro
Nunca olvidou-se; obtém perene glória,
Que hão de inspirados celebrar cantores.
Quão diversa a Tindárida ao marido,
Que houve-a donzela odiosa nas balatas
Será do povo, e nódoa às mais sisudas".

Enquanto as almas de Plutão conversam
No vácuo reino, Ulisses e companha
De Laertes entravam pelo enxido,
Que a muito preço e lidas o comprara:
Tinha ali casa, e da varanda em roda
Os servos, com prazer cultivadores,
Comiam, repousavam; diligente
Do amo tratava, em rústico retiro,
Sícula velha. Aos três voltou-se Ulisses:
"Preparai para o almoço um bom cevado.
Verei se o pai me reconhece ainda,
Ou se ignoto me faz tamanha ausência".
E as armas dando aos sócios, que partiram,
Ao pomar foi-se logo para o intento:
Não topa a Dólio e filhos e os mais servos
No grão vergel, do velho conduzidos
A colher espinheiros para sebes;
Só acha o pai no amanho de uma planta:
Sórdida a capa e remendada a roupa,
Luvas grosseiras, borzeguins de coiro,
Para evitar esfoladuras, tinha;
Gorra caprina o luto lhe aumentava.
Desde que o divo sofredor o enxerga
Dos anos e desgostos combalido,
Quedo pranteia à sombra de um pereiro;
Hesita se o abrace e o beije e informe,
Ou se antes com perguntas o exprimente.
Mordaz sondá-lo preferindo, avança
Quando, baixa a cabeça, ele de roda
Cavava um tronco, e lhe bradou: "Meu velho,
Não és inábil; a pereira, a vide,
A oliveira, a figueira, o estão mostrando,
Nem há palmo de terra sem cultura;
Mas não te agastes, se o desleixo noto
Com que trapento afeias essa idade.

O amo não te maltrata pela incúria,
Nem tens servil presença; um rei no vulto
Semelhas ao que, já banhado, come
Para em mole dormir, jus da velhice.
Mas de quem és? O prédio a quem pertence?
Em Ítaca em verdade agora estamos,
Como um certo em caminho asseverou-me?
Brusco foi-se e imprudente, sem dizer-me
Se o meu hóspede é vivo, ou se entre os manes.
Na pátria, escuta, recebi festivo
O herói primeiro que a meu lar sentou-se:
De Ítaca era nativo, e se aclamava
Por filho do Arcebíades Laertes.
Com bondade acolhi-o, e generoso
Dons hospitais lhe presentei condignos:
De ouro talentos sete bem cunhados,
Copa argêntea florida, capas doze,
Doze mantos louçãos, e iguais tapetes
E túnicas iguais; por cima, à escolha,
Quatro prendadas e gentis mulheres".
    Em choro o pai: "Chegaste, forasteiro,
À terra que me indicas, valhacouto
De malvados cruéis. Teus dons frustraste:
Se ele aqui fosse, em câmbio encontrarias
Também dons e benévolo agasalho.
Sê franco, esse infeliz, que era meu filho,
Em que ano o recebeste?... Oh! fútil sonho!
Dos seus longe e da pátria, no profundo
Foi mantimento a peixes, a terrestres
Aves ou feras! Na mortalha envolto,
Da mãe, do genitor, não foi carpido,
Nem a casta mulher fechou-lhe os olhos,
A lamentar no féretro o consorte;
Sacro dever, dos mortos recompensa.
Mas quem és, me declares, de que povo,

De que família? A nau veloz e os nautas
Onde os tens? Ou vieste em vaso alheio,
Que te largou, na rota prosseguindo".
Pronto Ulisses: "Eu tudo vou narrar-te.
Prole de Afidas rei Polipemônio,
Sou de Alibas, em nobre alcáçar moro,
Eperito é meu nome; da Sicânia
Fez-me arribar um nume, e tenho surto
Na costa o meu navio. Quanto a Ulisses,
Anda em cinco anos que saiu de Alibas:
Voláteis à direita lhe adejavam;
Ao despedir-nos, ambos nós contentes
Rever-nos esperávamos, e um dia
Riquezas mutuar, doce amizade".
Um negrume de mágoas tolda o velho;
Pega da ardente cinza, a encanecida
Cabeça asperge, do íntimo soluça.
Comoto o herói, das ventas resfolgando,
Olha o dileto pai, salta-lhe ao colo,
E o beija e abraça: "Ó pai, sou quem suspiras,
Vindo ao vigésimo ano à pátria amada;
Essas penas e lágrimas reprime.
Atende-me, urge o tempo; em nossos paços
Vinguei-me já de injúrias e insolência".
A quem Laertes: "Se és meu próprio Ulisses,
Dá-me um claro sinal que mo comprove".
"Na cicatriz repara (ao pai mostrou-a)
Do alvo dente suíno, indo eu, por ordem
Materna e tua, às abas do Parnaso,
Pelas promessas que anuiu teu sogro.
As árvores direi que tu, rogado
Por mim que infante os passos te seguia
Pelo vergel, me deste, a nomeá-las
Uma a uma: pereiras foram treze,
Macieiras dez, em quádruplo as figueiras;

Marcaste-me também cinquenta renques
De uvas de toda casta, que maduram
Quando nelas de Jove as horas pesam."

Do velho, a provas tais, frouxas as pernas,
Desmaia o coração; mas lança os braços
Ao filho, que nos seus o estreita e cinge.
O pai já cobra alento: "Ó sumo Jove,
Desses procos o crime a estar punido,
Certo no Olimpo há deuses. Mas hei medo
Que a turba assalte e invoque os Cefalenes".
Ulisses o acalmou: "Receios bane.
À casa andemos do jardim vizinha:
Telêmaco, Filétio e Eumeu, diante
Mandei que à pressa o almoço nos preparem".

Já na mansão formosa aos três encontram,
Partindo as carnes, misturando os vinhos.
Lava primeiro e unge, orna e reveste
Ao bom Laertes a Sicana serva;
Porém Minerva os membros lhe engrandece,
Majestoso e divino sai do banho.
O filho o admira: "Gentileza e talhe,
Ó pai, te aumenta um nume!" E o velho: "Ó Jove,
Palas e Apolo, eu fosse o mesmo que era
Quando rendi, com Cefalênias hostes,
No continente a Nérico soberba!
Arnesado e brioso os vis intrusos
Também contigo repelira; a muitos
Os joelhos solvera, e tu folgaras".

Entanto, prestes o festim, por ordem
Em camilhas e tronos se abancavam;
Eis chega Dólio do labor e os filhos.
A eles corre a Sícula, que anosa
Todos nutria e do ancião tratava;
Mudos pasmaram de rever seu amo,
Que afável os convida: "À mesa, ó velho,

À mesa, o espanto cesse; à vossa espera,
Ávidas mãos retínhamos dos pratos”.
Braços abertos, se lhe atira Dólio,
Do amo os pulsos oscula: “Amigo, os votos
Nos enches de improviso, e pois os deuses
Te restituem, salve! alegre exultes
No grêmio da ventura! À esposa a nova
É já notória, ou cumpre anunciarmos?”
“Ela o sabe”, responde o astuto e cauto;
“Mas nisso que te vai?” Tornado ao posto,
Beijam-lhe a destra os moços e o saúdam,
E junto ao pai em ordem se colocam.
O trabalho do almoço ocupa a todos.
Na cidade se espalha a triste fama
Da vingança: ante o paço estrepitosa
Carpe a gente, os cadáveres enterra;
Embarca em leves bojos os que à pátria
Ir deviam por mar; com dor se ajunta
O parlamento. Em luto inexprimível
Eupiteu se levanta, a cujo filho
Antimo o divo herói matou primeiro,
E em soluços e lágrimas acusa:
“Amigos, oh! que horror, que atroz maldade!
Esse homem naus levou, levou guerreiros;
Frota e nautas perdeu: na volta, agora,
Deu cabo dos melhores Cefalenes.
Eia, antes que ele a Pilos se recolha,
Ou busque a dos Epeus Élide santa,
Vamos; ou torpe vida e eterno opróbrio
Tem de caber-nos: se de irmãos e filhos
Não punimos os brutos matadores,
Sombra unir-me anteponho a sombras caras.
Vamos, vamos, os bárbaros não fujam”.
Seu lastimar os corações comove;
Mas do palácio, em que os deteve o sono,

Chegam Médon e o músico divino;
Médon pondera: "Aquivos, nunca Ulisses
Tanto obrara sem nume: um vi que avante,
Na forma de Mentor, na sala o instava,
E o tropel todo em ruma ia caindo".
Palor súbito invade os circunstantes.
Ergueu-se o herói Mastórida Haliterse,
No passado o mais douto e no futuro,
E orou sisudo: "Cidadãos e amigos,
Do feito a culpa tendes; não quisestes,
Surdos aos de Mentor e aos meus conselhos,
Flagício enorme sopear dos filhos,
Que, os bens roendo, injuriando a esposa,
Com tão potente rei já não contavam.
É sem remédio. Ouvi-me agora ao menos:
Mores desastres atalhai, não vamos".
A assembleia divide-se em tumulto:
Uns de Haliterse à voz se aquietaram;
Mas outros, ao combate persuadidos,
Em corpo avançam, reluzindo em bronze,
Por vastas ruas, de Eupiteu sequazes,
Que cego ou desagravo ou morte anela.
Consulta ao pai Minerva: "Ó soberano,
Que tens na mente? Guerra ou congraçá-los?"
E o Nubícogo: "Filha, que perguntas?
Não traçaste que à volta se vingasse?
Pois bem. Direi contudo o que é decente:
Vingado o herói divino, assente as pazes;
Reine em povos leais; de irmãos e filhos
O castigo apaguemos sanguinoso;
Renove-se a amizade, haja abundância".
Disse, o ardor a Minerva acrescentando,
Que do jugoso Olimpo se arremessa.
Apaziguada a fome, aos companheiros
Adverte Ulisses: "Veja alguém se perto

Já nos atacam". Sai de Dólio um filho,
E enxerga logo da soleira a turba:
"Arma, arma", grita, "a gente se aproxima".
Armam-se os quatro, e os seis irmãos com eles;
E Laertes e Dólio, encanecidos,
No perigo urgentíssimo se arnesam.
De ponto em branco, as portas escancaram,
Precipitam-se fora, e os manda Ulisses;
Disfarçada em Mentor, veio ampará-los
A Tritônia, de Jove augusta prole.
Ledo o chefe do auxílio: "Hoje, meu caro
Telêmaco, aos mais fortes investindo,
Mostres brio e vigor; nem me envergonhes,
Nem dos caros maiores degeneres".
E Telêmaco: "À frente, ó pai dileto,
Ver-me-ás honrando sempre a estirpe tua".
Regozijou-se o avô: "Propícios deuses,
Rivais são na virtude o filho e o neto!
Que dia! que prazer!" – E a gázea Palas:
"Arcesíades, sócio o mais querido,
Roga a Minerva e ao Padre, afouto vibres".
Ela ânimo e denodo aqui lhe infunde;
O herói, finda a oração, de Eupiteu rompe
De lança o elmo, à queda o arnês ressoa.
Ulisses e Telêmaco os mais bravos
Talham de espada e pique, e total fora
O estrago e perda, se a gritar Minerva
Não contivesse o povo: "Ítacos, basta,
Já já da crua guerra separai-vos".
Pálido susto, à voz divina, os toma;
Das mãos voando as armas, ansiosos
De resguardar as vidas, se retiram:
Furente Ulisses a bramir os segue,
Tal como águia altaneira as nuvens rasga.
Então fulmina Júpiter, e o raio

Cai ante Palas, que ao Laércio intima:
"Dial cordato aluno, abster-te cumpre
Da discórdia civil, para que infesto
Não te seja o Tonante onipotente".
Gostoso à deusa Ulisses obedece.
A Mentor semelhando em som e em vulto,
Sela a paz a do Egífero progênie.

QUANTOS VERSOS TEM O ORIGINAL E QUANTOS A VERSÃO

	ORIGINAL	VERSÃO
LIVRO I	444	355
LIVRO II	434	332
LIVRO III	497	392
LIVRO IV	847	649
LIVRO V	493	372
LIVRO VI	331	258
LIVRO VII	347	270
LIVRO VIII	586	446
LIVRO IX	566	442
LIVRO X	574	432
LIVRO XI	639	506
LIVRO XII	453	337
LIVRO XIII	440	340
LIVRO XIV	533	420
LIVRO XV	556	420
LIVRO XVI	481	367
LIVRO XVII	606	464
LIVRO XVIII	427	324
LIVRO XIX	604	463
LIVRO XX	394	315
LIVRO XXI	434	326
LIVRO XXII	501	372
LIVRO XXIII	372	286
LIVRO XXIV	547	414
	12.106	9.302

NOTAS DA EDIÇÃO

LIVRO I

2. rasa: arrasa.
6. baldo afã: trabalho inútil.
10. sevo: cruel.
12. ninfa augusta: ninfa poderosa
17. deidades: divindades.
18. infenso: contrário, hostil.
22. alcáçar: fortaleza, castelo, palácio.
27. incúria: desleixo.
28. fado: destino.
29. porvir: futuro.
30. Atrida: filho do rei Atreu. Neste caso, Agamêmnon.
32. Argicida: o destruidor de Argos. Refere-se a Hermes.
43. circúnflua e nemorosa: cercada de ondas e coberta de árvores. Ver nota do tradutor.
46. salso: salgado.
48. blandícias: carícias.
53. Junta-nuvens: o deus Júpiter.
54. encerro: clausura.
56. Celícolas: habitantes do céu.
59. Ciclope: na mitologia grega, gigante com um olho na testa.
61. pego: abismo do mar.
62. Enosigeu: epíteto de Netuno.
66. olhicerúlea: de olhos azuis, da cor do céu.
68. ínsula: ilha.
72. procos: pretendentes.
73. pingues: gordurosas.
80. érea: de cobre ou bronze.
81. metuenda: que causa temor.
82. progênie: filha.
84. de hasta na destra: de lança na mão direita.

85. Táfios: antigo povo da região mediterrânea.
92. deiforme: que se assemelha a uma divindade.
102. celsa: sublime.
103. hastaria: local onde se ensarilhavam ou encostavam as lanças.
105. dedáleo de alcatifa: tapetes intrincados.
108. bulha: gritaria.
111. gomil: jarro de boca estreita.
117. almo: que alimenta.
119. camilhas: espreguiçadeiras.
120. cumulam: acumulam.
121. canistréis: pequenas cestas com alças.
126. ebúrnea: feita de marfim.
135. maretas: ondas pequenas.
149. belaz: de espírito belicoso.
151. pélago: abismo oceânico.
153. vaso: navio.
157. mesto: triste.
159. lasso: cansado.
163. circunfusa: cercada.
166. áugur: adivinho.
176. ditoso: venturoso, afortunado.
180. preclaro: ilustre.
184. por escote: dividindo os custos.
194. Harpias: na mitologia grega, seres monstruosos com cabeça de mulher, corpo de pássaro e garras afiadas.
200. himeneus: bodas, laços matrimoniais.
213. surdisse: surgisse.
224. baixel: navio.
228. postremo: último, final.
229. lorigados: encouraçados.
231. exalça: exalta.
232. exéquias: cerimônias fúnebres.
263. vate: vidente.
266. ledos: contentes.
274. estro: gênio criativo
275. Aqueus: gregos.
285. fâmulas: criadas.
carpindo: chorando.

294. rebuço: dissimulação, fingimento.
296. mutuando: trocando.
298. Sempiternos: eternos.
323. prosápia: linhagem.
327. cauto: cauteloso.
329. curo: cuido.
336. Vésper: o planeta Vênus.
353. corre da aldrava o loro: puxa a correia do ferrolho.
ovelhuna: de ovelha.

LIVRO II

1. dedirrósea: de dedos rosados.
6. aênea: relativa ao bronze.
18. concionou: discursou.
58. comisera-se: apieda-se.
61. ferrete: estigma.
64. contrista: entristece.
66. al: outra coisa.
69. lavor: ocupação, trabalho.
72. sopitar: serenar.
73. exprobre-me: critique-me.
86. emadeixadas: com o cabelo arrumado em madeixas.
100. impreque: peça com insistência.
107. inultos: impunes.
110. pandas: abertas e encurvadas.
111. auras: brisas.
117. coevos: contemporâneos, de mesma idade.
121. Itacenses: habitantes de Ítaca.
127. ignoto: desconhecido.
135. falaz: fraudador.
144. porfia: discussão.
172. precatado: prevenido.
199. obstam-me: opõem-se a mim.
202. siso: juízo, bom senso.
205. baldarás: deixarás de cumprir.
214. comina: ameaça.
217. vitualhas: alimentos.

226. soberbões: arrogantes.
259. pipas: tonéis.
262. bífores: constituídas de dois arcos.
263. ecônoma: governante da residência.
291. excogita: reflete.
297. obumbrava: escurecia.
308. grevados: dotados de grevas, partes da armadura que cobriam as pernas abaixo do joelho.
312. comantes nautas: marinheiros de cabelos espessos.
316. Zéfiro: vento oeste.
320. favônio: suave.
327. buco: parte mais larga do barco.

LIVRO III

1. pulcro: belo, bonito.
5. criniazul: de cabelos azuis.
22. nume: divindade.
25. Pílios: habitantes de Pilos.
38. depreca: suplica.
63. afouto: afoito.
71. pugnaram: travaram combate.
87. márcio: marcial, bélico.
91. memoraria: recordaria.
98. facúndia: eloquência.
104. olhigázea: de olhos garços, ou seja, esverdeados.
120. Alticintas: ver nota do tradutor.
148. Mirmidões: integrantes de antigo povo da Tessália, região da Grécia.
149. gérmen: embrião.
152. escapos: que escaparam, livres.
174. exicial: mortífera.
187. Parca: a morte, cada uma das deusas (Cloto, Láquesis e Átropos) que determinam o curso da vida humana.
192. excele: destaca-se.
198. flagício: atitude vil, ultraje.
200. o louro Atrida: Menelau, filho de Atreu.
206. pascigosa: em que há muitos pastos.
209. roborada: revigorada.

227. estrídulos: ruidosos.
229. Cídones: cidoneus, habitantes de Creta.
231. Gortínios: habitantes de Gortina, antiga cidade de Creta.
234. escolho: recife.
236. cerúleas: da cor do céu.
245. imbele: fraco, pusilânime.
260. gázea Palas: Palas de olhos esverdeados.
263. libemos: façamos libações, bebamos.
274. trapento: vestido com trapos.
283. equevos: de mesma idade.
288. alípedes: que têm asas nos pés.
297. aneja: vaca de um ano.
303. Egífero: Júpiter, o que porta a égide (escudo mágico).
312. pudibunda: pudica.
317. Argeus: de Argos, gregos.
330. nautas: marinheiros.
357. cérceas: rentes, pela raiz.
374. crinita: com muitos pelos.
386. jocunda: agradável.
387. biga: carro puxado por dois cavalos.
jungem: atrelam.
391. unguíssonos: de "ungui-", que significa "unha", "casco". Refere-se ao som dos cavalos.

LIVRO IV

6. Rompe-esquadrões: refere-se a Pirro.
13. opíparo: opulento.
25. louquejaste: disseste loucuras.
39. apoltronam: acomodam em poltronas.
44. escudelas: vasilhas rasas de madeira.
51. tergo: as costas.
69. zagal: empregado.
79. ubertosa: fértil.
85. acérrimo: muito azedo.
105. trípodes: vasos de três pés.
108. açafate: cesto pequeno.
157. coma: cabeleira.

163. inculcas: gravas, imprimes.
174. viandas: alimentos, carnes.
176. nepentes: bebida com o poder de acabar com a tristeza.
204. Teucras: troianas.
208. toro: leito conjugal.
216. Trojúgenas: troianos.
242. gênita: aquela que foi gerada.
247. equóreo: referente ao mar.
272. acerba: dura, penosa.
275. veraz: verdadeiro.
285. undoso: que forma ondas.
315. hirtas: imóveis.
316. surde: surge.
318. ápodes: desprovidas de membros locomotores.
320. azado: oportuno, propício.
343. trescalavam: exalavam um odor forte.
344. salsugem: detritos que boiam no mar perto das praias.
357. urgido: exigido.
382. arnesados: providos de armadura.
388. ímpio: deplorável.
396. arrojou: lançou com ímpeto.
404. inopinado: inesperado.
441. albor: alvorada, a primeira luz do amanhecer.
447. cenotáfio: túmulo honorário.
464. poldros: potros.
467. pugnaz: belicoso.
470. argêntea: cor de prata.
506. rábido: raivoso.
629. insidiam: colocam em ciladas.
646. fragosas: penhascosas.

LIVRO V

3. Altitonante: refere-se a Júpiter.
7. cetrígero: que porta o cetro.
12. galé: embarcação comprida e estreita.
16. Nubícogo: aglomerador de nuvens. Refere-se a Júpiter.
25. propínquos: próximos.

27. onusta: repleta.
36. aleia: voeja.
48. bulício: agitação.
52. veigas: várzeas.
59. macerados: angustiados.
67. ambrosia: alimento dos deuses do Olimpo.
71. ingente: enorme.
75. Priameus: de Príamo.
91. auritrônia: que tem o trono de ouro.
93. anelada coma: cabeleira encaracolada.
106. imana: cruel.
122. páramo: planalto.
124. favônias: ventos suaves.
153. te rala de contino: te atormenta sem parar.
161. empece: prejudica.
166. cendal: tecido de linho ou seda.
168. coifa: rede, touca.
170. bipene: machadinha de dois gumes.
171. oleagíneo: relativo a oliveira.
172. enxó: instrumento cortante.
186. lígneos: lenhosos.
188. escotas e calabres: cabos da embarcação.
195. surrão: saco grande.
198. Plêiadas: conjunto de estrelas da constelação de Touro.
204. umbrosos: sombrios.
205. Feaces: povo de Corcira, antiga ilha do mar Jônio.
206. pavês: escudos longos e largos.
213. procelas concitando: tormentas incitando.
214. enfusca: obscurece.
215. Euro: vento leste.
Noto: vento sul.
216. Bóreas: vento norte.
221. brenhas: emaranhados.
230. horríssono: que produz sons aterradores.
256. cinge: envolve.
279. crinipulcros: de crinas bonitas.
284. vogar: navegar.

300. cachopos: recifes, abrolhos.
319. penha: rocha.
344. anelante: sem fôlego.
366. chimpa-se: mete-se.

LIVRO VI

11. dedálea: labiríntica.
14. êmulas: rivais.
    Graças: na mitologia grega, as três divindades que personificavam o dom de agradar.
29. mus: burros.
51. avio: executo.
65. pascer: pastar.
74. bracicândida: que tem braços muito brancos.
103. pulcrícoma: de belos cabelos.
113. íncola: habitante.
117. coreias: danças acompanhadas de cantos.
144. talante: desejo, vontade.
177. jacintina: relativo ao jacinto (flor).
189. bracinívea: de braços alvos.

LIVRO VII

11. nutriz: ama de leite.
26. talhantes: com a proa armada em talha-mar.
27. trana: atravessa.
31. caligem: nevoeiro denso.
32. alterosas: grandes, de altura considerável.
93. arregoa: abre-se.
130. claviargêntea: que tem cabo de prata.
162. viandante: viajante; caminhante.
209. undívaga: que anda sobre as ondas.

LIVRO VIII

18. errabundo: errante.
25. toletes: cavilhas que servem de apoio ao movimento dos remos.
58. agros: campos.
63. dês: desde.

73. embuçar-se: cobrir o rosto.
82. caterva: grupo de pessoas.
95. pousio: terra que foi deixada sem semeadura, para repousar.
96. tardonhos: vagarosos.
111. ludos: jogos.
113. denodado: corajoso.
125. mercancia: mercadoria.
130. loquela: eloquência.
136. insulso: sem graça.
139. ignaro: ignorante.
152. nímio: demasiado.
172. prístinos: antigos.
179. nimiamente: demasiadamente.
214. incude: bigorna.
218. sobrecéu: dossel.
224. fabro: artesão.
230. Síntios: habitantes de uma região da Macedônia.
234. efúgio: subterfúgio.
264. tresdobro: quantidade três vezes maior.
273. renuir: recusar.
274. ínclito: ilustre.
278. aras: altares pagãos.
312. transmonta: põe-se.
328. louçã: enfeitada.
350. altíssono: magnificente.
359. albidente: ver nota do tradutor.
379. facundo: eloquente.
399. vascas: convulsões.
416. súplice: humilde; que suplica.
433. refolho: fingimento.

LIVRO IX

7. haurir: consumir.
8. escanção: o encarregado dos vinhos.
15. encomiado: elogiado.
17. ocídua: ocidental.
20. nemorosa: cercada de árvores.

32. Cícones: povo da Trácia.
44. êneos: relativos ao bronze.
53. Nimbífero: que traz chuva.
54. bulcão: aglomeração de nuvens de tempestade.
65. dezeno: décimo
79. infanda plaga: abominável região.
80. fiúza: confiança, fé.
83. imbrífero: que causa inundações.
90. zagalejo: pastor jovem.
91. fraga: rocha.
92. inarada: não arada.
93. beques: extremidades superiores da proa de um navio.
100. messes: colheita.
111. abicassem: encalhassem.
115. perlustramos: percorremos.
136. espelunca: cova de animais.
138. ovelhum: ovino.
164. nédio: gordo.
166. cinchos: moldes nos quais se apertam os queijos.
167. anhos: filhotes de ovelhas.
168. meãos: do meio.
169. mungido: extraído.
tarros: vasilhas de ordenha.
186. balantes: que balem.
190. em cobro: terminado.
231. empacho: obstáculo.
247. flutívago: que anda sobre as ondas.
254. sopitado: serenado.
259. munge: ordenha.
284. cerviz: nuca.
286. impar: entupir-se de comida e bebida.
301. grã secure: grande machado.
324. alvitre: notícia.
341. arrebol: hora em que o sol está nascendo.
381. croque: gancho.
388. tuges: murmuras.
413. sidérea: sideral, relativo aos astros ou ao céu.

LIVRO X

37. argento: prata.
51. penates: lar.
68. greis de branco velo: rebanhos de pelo branco.
96. Lestrigões: povo que teria habitado o sul da Itália.
98. gládio: espada curta.
99. companha: companheiro, companhia.
101. sáxeos: de pedra.
112. crinisparsa: de cabelos desgrenhados.
127. hastil: haste.
130. cachaço: nuca.
140. veação: os animais mortos na caçada.
147. eoo: Oriente.
154. fero: sanguinário.
161. insigne: ilustre.
187. glande, azinha e cornisolo: frutos de várias árvores.
210. venéfica: venenosa.
237. contristado: entristecido.
248. inconcussa: inabalável.
345. refocilai: descansai.
347. alpestre: montanhosa.
389. mulso: espécie de vinho temperado com mel.
392. manes: as almas dos mortos.

LIVRO XI

4. enfuna: enche.
5. crino: cabelo encaracolado.
10. Cimérios: povo de um país imaginário.
12. estelífero: estrelado.
19. cubital: relativo ao osso do antebraço.
29. cruor: sangue derramado.
37. troncas: cortadas.
55. exoro: suplico.
83. exouve: ouve.
100. varrão: porco reprodutor.
    inça: povoa.
113. Plutônia: infernal, relativo ao inferno.

119. invadeável: que não se pode atravessar.
154. pungiu-me: afligiu-me.
182. vorticoso: que se move em espiral.
226. largifrontes: de cabeças largas.
229. boieiros: os guardadores de bois.
320. presepe: estábulo.
323. escote: a parte que cada um deve pagar.
bródio: banquete, refeição farta.
348. intemerata: pura.
399. propinando: oferecendo.
402. Ceteus: ver nota do tradutor.
450. jeiras: jeira é uma medida agrária.
470. pertinaz: persistente.
472. antolha: aparece diante dos olhos.
479. talim: tira de couro; boldrié.
481. recontros: combates.
492. trifauce: com três bocas.
504. tostes: bancos.

LIVRO XII

17. arraiada: alvorada.
20. pingue bodo: comida farta.
30. apropinqua estulto: se aproxima tolamente.
32. veigas: várzeas.
44. fremem: rugem, vibram.
58. Orco: inferno.
66. colmilhos: presas (dentes).
75. baforeira: espécie de figueira.
77. revessa: expele.
80. cose-te: junta-te.
95. armentos: rebanhos.
155. denodo: bravura.
168. bailéu: parte do pavimento superior dos antigos navios.
194. nédios: brilhantes de gordura.
204. fusco: sem brilho.
236. suadi: persuadi.
240. vitualhas: alimentos.

260. rostrada: pontiaguda.
270. alvorotado: alvoroçado.
283. Tonante: Júpiter.
289. increpo: repreendo.
299. bulcão: nuvem de tempestade.
303. maçame: o conjunto dos cabos do navio.
sentina: parte inferior das galés.
312. inerme: inofensivo.

LIVRO XIII

3. aêneo: relativo ao bronze.
7. acendrado: sem impurezas.
13. arrebol: a hora em que o sol está surgindo.
18. nimboso: tempestuoso.
28. perora: discursa.
59. calabre: corda grossa.
63. quadriga: carro puxado por quatro cavalos.
71. rubicunda: avermelhada.
77. Naiádes: ninfas das fontes e dos rios
107. altanado: leviano.
124. alígera: dotada de asas, rápida.
171. chapins: coturnos.
223. falsilóquios: palavras falsas.
240. dês: desde.
265. sacelo: pequeno santuário.
281. arrima: coloca.
291. embai: ilude.
308. embaciar: embaçar.
312. marrões: porcos pequenos que deixaram de mamar.
336. tisnada: escurecida.

LIVRO XIV

55. exício: prejuízo, morte.
69. onustas: carregadas.
82. cabruns: cabras.
encerros: local onde se encerra algo.
130. alvíssaras: recompensas.

169. messe: colheita.
175. ronceiros: vagarosos.
178. zargunchos: lanças.
184. matalotes: navios; marujos, marinheiros.
213. erifulgentes: com o brilho do cobre ou do bronze.
221. broquel: pequeno escudo.
225. sanhoso: raivoso.
247. Tesprócia: região da Grécia.
294. homizio: homicídio.
328. primícias: primeiras emoções e sentimentos.
333. farro: farinha.
335. brasido: brasas.
348. turrífrago: que destrói torres.
352. Táfios: povo da antiga Cítia.
356. mádido: umedecido.
361. doudeja: age como um doido, brinca.
369. urzes e morraças: espécies de plantas.
371. encaramela: enrijece, endurece.
379. solerte: esperto, sagaz.
385. cal-te: cala-te.
390. lesto: ágil.
409. gabinardo: vestimenta de mangas compridas.
416. albornoz: manto com capuz.

LIVRO XV

27. galerno: suave.
35. sus: eia!, coragem!
54. nímia: demasiada.
62. perlustrarei: percorrerei.
79. peplos: túnica feminina sem mangas, presa ao ombro, típica da Antiga Grécia.
99. flavo: loiro.
108. jungem: colocam lado a lado.
109. árdego: fogoso, impetuoso.
117. pugnamos: combatemos.
141. desjungidos: separados.
171. preclaro: nobre.
279. desditosos: desafortunados, infelizes.

288. sovertida: subvertida.
310. industres: manufaturados.
317. blasono: que ostenta, exibe.
318. erífera: que produz bronze.
340. núncio: mensageiro.
341. eletro: liga metálica de ouro e prata.

LIVRO XVI

2. aprestam: aprontam rapidamente.
8. ledos: alegres.
40. canjirão: vaso de boca larga.
61. ancípite: de dois gumes.
68. agra dor: dor ácida.
93. inçada: povoada.
111. tábida: em estado de putrefação.
cútis: pele.
155. íncola: habitante.
167. estrugem: soam.
215. nuto: movimento de consentimento com a cabeça.
222. esponsais: promessa de casamento.
227. providente: prudente, cauteloso.
263. esquipemos: equipemos.
280. rosicler: cor-de-rosa.
330. arengou: discursou.
343. abebera: dera de beber.
345. bácoro: porco novo.
346. avelhantou: tornou velho.

LIVRO XVII

28. oscula: beija.
44. alãos: cães de fila.
89. cervatos: cervo novo.
98. rebuço: fingimento.
102. equóreo: referente ao mar.
107. vate: adivinho.
121. greis: rebanho de gado.
148. arroio: pequena corrente de água.

149. penha: rocha.
162. panturra: barriga.
165. bandulho: pança.
191. ecônoma: governante da residência.
198. nidor: cheiro que sai do estômago quando há indigestão.
248. conduto: acompanhamento do pão.
251. fraxíneo: feito de freixo.
252. cuprésseo: feito de cipreste.
264. adite: junte-se.
287. vindiço: que veio de fora.
297. chascos: gracejos, zombarias.
326. agros talando: terras devastando.
357. opróbrio: desonra.

LIVRO XVIII

5. rapazia: rapaziada.
27. arrostar: encarar.
64. exprobou: repreendeu.
73. exânime: desfalecido.
85. arrogues: atribuas.
180. puerícia: infância.
182. empecem-me: impedem-me.
190. laxo: frouxo, fraco.
226. alamares: enfeites feitos com cordões.
234. lucernas: candeias; aberturas para a entrada da luz.
250. baiúca: bodega, taberna.
251. galrar: tagarelar.
254. calamocado: surrado.
255. descoco: ousadia, atrevimento.
271. herdade: fazenda.
306. concita: convence, persuade.

LIVRO XIX

28. abietinas: feitas de abeto.
54. a tiçoadas: debaixo de pancadas.
60. adita: torna feliz.
64. exorna: adorna.

76. escano: banco comprido.
tosões: lã de carneiro ou de ovelha.
80. orbe: qualquer corpo celeste.
86. greis e armentios: rebanho de gado vacum.
120. efúgio: subterfúgio.
156. trezeno: décimo terceiro.
181. recamo: bordado.
195. trigueiro: moreno.
202. firmal: broche.
211. tesprotes: habitantes da Tesprócia, região da Grécia.
216. undoso: que tem ondas.
245. pedilúvio: lavagem dos pés.
273. coevo: contemporâneo, da mesma idade.
298. arcano: segredo.
304. chibos: cavalos.
305. anhos: filhotes de ovelha.
329. fraguras: asperezas do caminho.
358. fauces: gargantas.
417. grimpa: bandeira pequena localizada no topo do mastro do navio.

LIVRO XX

85. toa: ressoa.
103. bálteo: cinto.
107. parleiro: que fala muito.
118. grevados: dotados de grevas, partes da armadura que cobriam as pernas abaixo do joelho.
134. menoscabam: menosprezam.
144. pedinchando: pedindo com insistência.
146. comezaina: refeição farta.
179. profligar: arruinar, destruir.
201. escanceia: reparte, partilha.
214. açaimado: obrigado a se calar.
301. moteja: graceja.
303. sitibundo: sedento.

LIVRO XXI

21. pique: lança.
29. solípedes: que têm um único casco em cada pata.

32. egrégia: distinta.
37. armela: argola por onde passa a lingueta do ferrolho.
55. atese: estique.
59. acerado: temperado com aço.
74. alvergue: albergue.
104. alizares: rodapés.
114. atreitas: treinadas.
116. estrênuos: valentes.
244. erradio: errante.
292. cancelos: pequena cancela.
293. biblino: ver nota do tradutor.
303. galrejavam: tagarelavam.
305. citaredo: cantor que se apresentava com a cítara.

LIVRO XXII

2. aljava: estojo para guardar setas.
88. carcás: aljava.
91. nutante: pendente.
111. tituba: titubeia.
155. doestos: insultos.
168. prélios: lutas, combates.
220. fastígio: ponto mais alto.
223. tavão: mutuca.
254. claviargêntea: de prata.
260. onígenas: de todas as formas.
265. insonte: inocente.
310. impudícia: impudicícia, falta de pudor.
325. rotunda: construção circular com uma cúpula no topo.
346. vergel: pomar.

LIVRO XXIII

25. alverga: alberga.
30. retretes: aposentos mais afastados.
78. ignotos: desconhecidos.
146. verrumei: furei.
202. plagas: regiões, países.
205. puníceas: da antiga cidade de Cartago.

245. dobrez: fingimento.
270. empeços: empecilhos.

LIVRO XXIV

41. concionou: discursou.
72. argentípede: que tem pés de prata.
75. propinou-me: serviu-me.
97. eversor: destruidor.
146. lutíferas: funestas.
184. gorra: gorro.
198. incúria: desleixo.
219. valhacouto: refúgio.
299. anosa: antiga.
370. jugoso: montanhoso.
405. furente: enfurecido.

NOTAS DO TRADUTOR

NOTAS AO LIVRO I

43-88. *Circúnfluo* quer dizer *cercado de ondas* e já é nosso. – *Embigo do mar*, versão literal do grego, significa *o lugar mais elevado do mar*: não quis diminuir a força do texto. – *Pesoissi*, interpretado *calculis*, indica o xadrez, que, segundo a tradição, pouco havia que Palamedes o tinha inventado, e devera ser o jogo da moda; mas parece que o termo grego indica antes *o jogo de dados*.

104-114. A expressão *em pé dormiam*, aplicada às lanças, é de Pindemonte, e parece-me ter lido em Francisco Manuel coisa parecida. – Das palavras a que faço corresponder *presentes iguarias*, vê-se que a serva pôs à mesa de Minerva alguns dos pratos que estavam na dos príncipes, e ao depois veio o cozinheiro trinchante com outros quentes: os primeiros deviam ser daqueles que, ainda entre os modernos, se costumam guardar, *v.g.* fiambres, doces, etc. Assim opinam comentadores, mas em várias traduções omite-se esta circunstância, que aliás mostra um uso da Antiguidade.

221. Não é claro se o dote seria dado pelo pai ou pelo noivo preferido: há diferentes opiniões, e eu sou mais da segunda.

274 – Diz M. Giguet: *Les poètes ne sont pas coupables; mais Jupiter, qui dispose à son gré du sort des humains.* Penso que o sentido é que Penélope não culpe a Fêmio o cantar aqueles versos, porque Júpiter é que inspira os poetas a seu prazer.

302-311. Digo *Antino* e não *Antinoo,* assim como Camões dizia *Alcino* e não *Alcinoo.* – Do verso 308-311, opina-se que o reinar não é um mal; o meu bom Ferreira, numa cena belíssima da Castro, é de voto contrário: a experiência contudo favorece o do poeta grego. Se fosse mau o reinar, não se teriam cometido tantos crimes para se obter um cetro. Ao momento de escrever isto, os próprios gregos lutam atrapalhados com a candidatura de muitos que aspiram a carregar sobre eles o mesmo cetro que o trágico lusitano qualifica de pesado para os que o trazem; e os três animais ferozes da Europa estão vibrando o olhar sanguíneo, uns contra os outros, por causa da presa.

NOTAS AO LIVRO II

68-71. Nesta passagem, usa Rochefort de estilo erótico alheio de Homero: Antino fala no tom do *Pastor Fido* ou da *Marília de Dirceu.* Apesar de ser Pindemonte um bom poeta, caiu no mesmo erro, na aparição dramática de Penélope no livro I, pondo-lhe na boca não palavras convinháveis ao conjugal amor daquela mãe de um filho de vinte anos, sim próprios da mais ardente mocidade. Amiúde, como sucede em outros lugares deste livro II, emprestam os tradutores aos seus quadros cores modernas mal assentes, por mero enfeite. Ora, pode-se uma ou outra vez ornar o pensamento, contanto que não se abuse da licença, e o ornato seja no gosto do autor; e, se tal se permite, é por uma espécie de compensação, visto que em não poucas ocasiões deixa o tradutor forçosamente de passar com a mesma gala muitas expressões do original. A simplicidade homérica é um grande escolho para nós outros.

118-174. *Éuphroneon* tomam alguns na acepção de *prudente:* Homero, penso, diz que Haliterse falou contente, por ver que as águias reforçavam o seu antigo prognóstico. – No verso 150, trato só da virtude, não da beleza de Penélope, como alguns acrescentaram, contra a precisão do texto: refiro-me à nota antecedente. – Com M. Giguet, tenho que o verso 169 não é Laertes; é Mentor, que, menos idoso, encarregou-se da família na ausência do herói. – O 174 é o enérgico e belíssimo verso de Ferreira na carta primeira, o qual orna o pensamento sem fugir do estilo simples do poeta grego.

219-244. Chama-se aqui a farinha ou o pão *medula dos varões:* não quis eu esfriar esta expressão com um equivalente; o mesmo praticou M. Giguet, em prosa e numa língua menos ousada. – *O rheia* do 322 do original, verti-o à letra por *fácil:* parece-me que no seu advérbio indica o autor a força do braço de Telêmaco, de bom agouro para o futuro. Este belo toque de mestre é como o de Virgílio, que no verso 652 do livro VII só no advérbio *nequidquam* aponta a morte futura de Lauso. Muitos não fizeram caso algum desta passagem, mas Rochefort acertou, bem que a sua versão, longa e prolixa, pareça antes uma explanação do texto. – *Ondicercada,* no meu verso 221, imitado do italiano, é o mesmo que *circúnflua,* adjetivo já da nossa língua, do qual falei anteriormente.

NOTAS AO LIVRO III

120. *Alticintas*, correspondendo a *balhuzonous*, quer dizer *que trazem apanhados os vestidos*; epíteto que otimamente pinta certo vestuário das gregas antigas. Pindemonte, com toda a fidelidade, ousou dizer *altocinte schiave*: eu o sigo, mas adotando a forma latina, melhor no português.

212. Este verso é de Filinto nos *Mártires*, onde se fala de Clitemnestra e do assassino de Agamêmnon.

328. M. Giguet, distinguindo o *ourives* do *batedor de ouro*, colocou-se nos tempos atuais: dantes, o ourives, o carpinteiro, o armeiro e os demais artífices reuniam muitos ofícios em si, que ao depois se foram dividindo e subdividindo, à medida que se aperfeiçoava o material das sociedades. Laerceu era ourives e batedor de metais ao mesmo tempo.

343-347. *Oulàs*, em latim *moloe* e também *farreum pium*: eram porções de farinha de cevada com sal torrado, ou bolos da mesma cevada com sal, que serviam nos sacrifícios. *Bolos* nem sempre exprime cabalmente a coisa, e por isso na *Eneida* usei de *molas*, como uso aqui, a exemplo de alguns antigos. De *farreum* fizemos nós *farro*, como lhe chamam Francisco Manuel e outros.

NOTAS AO LIVRO IV

9-21. Diz Homero que uma serva, na ausência de Menelau, a este pariu um filho. Pretende M. Giguet que Megapentes nascera na velhice do pai, o que era impossível. Partido vinte anos antes e de fresco recolhido, ou Megapentes era gerado antes da expedição ou depois da vinda de Menelau: no primeiro caso, este era moço; no segundo caso, era Megapentes uma criança e não tinha idade para casar. *Telyguetos*, segundo Hederico e os seus continuadores, significa: 1º) e é o sentido próprio, *nascido ao longe na ausência do pai*; 2º) *nascido na velhice*; 3º) *de mui tenra idade*; 4º) *querido de seus pais*. Pelo acima exposto, é evidente que o adotável é o primeiro. – Se, no verso 21, em vez de *quiçá* usasse eu de *talvez*, desagradável seria e duro: muito mau serviço fizeram os que afastaram da língua uma infinidade de palavras sonoras e expressivas.

32. *Espelta*, de que já me servi em outras obras, *spelta* ou *zea* em latim, é uma espécie de trigo, e tem o mesmo nome em italiano, em castelhano e em português, em francês, *épeautre*.

176. *Nepentes*, adjetivo que significa *sem dor* ou *que dissipa a dor*, é tomado substantivamente por certa erva ou remédio que produzia o mesmo efeito.

219-221. *Cava insídia*, significando *o bojo do cavalo*, é uma arrojada expressão, que eu não quis apoucar. – Acho razão em Rochefort quando opina que há interpolação nesta passagem, por ser indigno de Homero que Helena fosse contrafazer a voz das mulheres dos que estavam dentro do cavalo; e é tanto mais ridículo quanto é certo que essas mulheres não estavam em Troia, nem os maridos podiam acreditar que elas, de um dia para outro, chegassem todas para os excitar. Conservo a passagem, não querendo ser tachado de omisso; mas não creio que tal qual fosse escrita pelo poeta.

299. *Algum*, posto que venha posposto a *celícola*, não é em sentido negativo. Constâncio categoricamente afirma que *homem algum* significa *homem nenhum*; mas este erro grosseiro é um dos seus frequentes caprichos; nem ele cita, nem se podem citar exemplos, de autor que faça fé, em justificação do seu parecer: o único, de Barros,

onde houve a omissão de um *nom* está longe de contrabalançar os inumeráveis de Camões, Ferreira, Sá de Miranda, Corte-Real Bernardes, Leão, Mausinho, Ordenações do Reino, e outros que alega Morais.

368-448. O rio Egito, que deu nome à região, ainda não se chamava Nilo no tempo de Homero; e esta é uma das razões que provam ter sido o poeta anterior a Hesíodo, que já usa do nome Nilo. – O verso 448 é um de Camões no seu episódio de Adamastor.

600-601. Alguns vertem que os pretendentes amararam-se logo, soltaram as velas e esperaram pela noite: ora, eles esperavam que anoitecesse para partirem; *não soltaram as velas,* somente as desenvergaram e as tiveram prestes para à noite saírem imprevistamente; nem se amararam, somente se *puseram de largo*, o que é diferente: os navios, antes de largarem, costumam colocar-se um tanto afastados do porto.

NOTAS AO LIVRO V

120-121. É notável que a descrição da jangada, assim aqui como mais adiante, case inteiramente com o que vemos hoje em dia. As que andam nas costas de muitas províncias do Brasil têm o mesmo soalho de que fala Homero, com um banco alto onde os jangadeiros atam os cabos da vela. Este soalho, ou tabulado, é como tombadilho, mas não comparável aos dos navios; e eu o chamara *jirau*, nome da língua geral dos indígenas usado para significar o objeto, se não temesse a pecha de querer acaboclar a linguagem de Homero. Pobre tradutor do poeta, já me vi metido em uma jangada na costa do Ceará, a qual saía ao mar pela primeira vez e tinha uma vela descompassada; virou-se, e tive de perder entre as grossas vagas chapéu, sapatos e meias: foi este um dos grandes perigos em que me tenho achado. A ninfa Ino certamente não me acudiu nem me emprestou a cintura de salvação, como fez a Ulisses; mas outra jangada, maior e melhor, veio em socorro nosso, e levou-me de pés descalços a bordo do brigue português *Aurora*, que me transportou ao Maranhão. Os velhos gostam de memorar as suas aventuras.

148-155. Rochefort, cujas reflexões acerca de Homero são de ordinário cordatas, é um dos seus mais insuportáveis tradutores: nesta fala, não só alambica as expressões amatórias, mas empresta ao singelo autor **coisas** alheias ao seu pensamento, chamando a Penélope, *v.g., vulgaire objet d'une folle tendresse*; e, gabando-se Calipso da sua beleza imortal, acrescenta: *Car j'ai lieu de penser que mon air et mes traits, Ne sont point au dessous de ses faibles attraits.* Busquei nada emprestar ao poeta: coteje o leitor paciente o original com as nossas duas traduções.

193-195. Calipso não só meteu num surrão os mais necessários comestíveis, mas também num saco vários manjares delicados, ou *acepipes*. Em vez de seguir o original nestas interessantes miudezas, traz Rochefort os seus dois versos: *Tout chargé des présens qu'une amante attendrie remet, en soupirant, à l'amant qui l'oublie.* E explica em nota quais eram os presentes, dizendo que os suprimia porque o francês não podia exprimir tais particularidades! M. Giguet e outros modernos têm mostrado quão fútil é a censura que era moda fazer à língua francesa.

206. Afirmam que o *rhinòn* do original é uma nuvem, e termo da língua dos ilírios; mas Homero não escreveu nessa língua. Podia a ilha Esquéria, ou seja Corfu ou qualquer outra, apresentar-se a Ulisses por algum lado que tivesse a figura de um escudo; ao menos é o que diz o poeta. Junto a Santos, no Brasil, há uma ilha que chamam a Moela, por ter a forma deste estômago das aves depois de aberto e como costuma vir às mesas; uma das maravilhas do nosso globo é o agregado de montanhas do Rio de Janeiro, que todas juntas representam um gigante deitado: que impossibilidade há de oferecer uma ilha a figura de um escudo? A maior parte dos tradutores cinge-se a este sentido.

359. Opinei, em nota à *Ilíada*, que *erinéos* não era em geral *figueira-brava*, mas uma chamada *baforeira:* aqui opino que *phylíe* também não é *figueira-brava* em geral, mas aquela que os latinos dizem *oleaster,* e nós dizemos *azambujeiro* ou *zambujeiro* ou *zambujo*. Os que traduzem não especificadamente são obrigados a confundir as duas árvores, isto é, a que Homero denomina *erinéos* com a que denomina *phylíe*: quem traduz os antigos deve ser escrupuloso nestas particularidades, que, não sendo sempre essenciais, podem sê-lo algumas vezes.

NOTAS AO LIVRO VI

42-66. Alguns vertem que Nausica achou o pai ao limiar, a partir *com os outros chefes* para o conselho, onde os feaces o esperavam: eu, com Pindemonte, verto que ela o achou ao limiar a partir para o conselho, onde o esperavam; porque, sendo madrugada, é inverossímil que os magnatas fossem tão cedo incomodar a Alcino. – Note-se que este costume de bater com os pés a roupa dentro d'água dura ainda na mourama, *v.g.* em Túnis: muitos costumes dos tempos homéricos, uns conservam-se no Oriente, e não poucos no Ocidente.

96-102. Tomam *pakheíei* por *forte*: creio que o adjetivo grego, significando propriamente *grosso* ou *gordo*, aqui não quer dizer forte, mas *inchado*; porque Ulisses deixou a pele das mãos ao rochedo a que esteve agarrado, e elas deviam estar inflamadas ou inchadas, sentido que mais se aproxima ao próprio: certo é que isto mesmo demonstra a sua fortaleza, todavia por uma indução e não diretamente. M. Giguet, com escrúpulo talvez de servir-se do correspondente ao nosso termo *genitais*, verte que Ulisses cobriu com o ramo a *sua nudez*, e logo adiante que, *malgré sa nudité*, veio ter com as moças: ora ou ele não cobriu a sua nudez, ou não veio ter com as moças nu. Quem seguir o texto, solve esta contradição: Ulisses com o ramo cobriu os genitais, e apesar da nudez dos outros membros, apareceu forçado a Nausica e às servas. Não tenho escrúpulo de usar do termo próprio, que não encerra obscenidade alguma: obscenas são as palavras que, ao declararem a coisa, indicam em quem as profere uma torpe e maligna intenção. O nosso épico, na estância XVIII do canto sexto, acerca de Tritão nos diz: *O corpo nu e os membros genitais.*

128. No hemistíquio do verso 169, a que este meu corresponde, alguns põem um ponto final e tomam o segundo hemistíquio, principiando pela palavra *khalepòn* como coisa inteiramente separada: cuido, ao contrário, que um se refere ao outro, e que a palavra *pénthos* não comemora todas as misérias de Ulisses, mas unicamente a de ver-se obrigado a falar a uma senhora no vergonhoso estado em que se achava. Isto é mais da situação e mostra o grande respeito do herói para com mulheres jovens e pudicas.

236-239. Estes versos, com leve mudança, os traz Filinto em uma nota ao livro I dos *Mártires*. Sempre que tamanho mestre houver traduzido uma passagem de Homero, de seus versos me aproveitarei, e das suas frases principalmente.

NOTAS AO LIVRO VII

13-15. Imitou Virgílio esta passagem no [livro] I da *Eneida*. Pope, Rochefort e outros, bem entendido, acham Homero muito superior. A honra da invenção cabe certamente ao grego; mas, no executar e no escolher a situação, tenho que o latino é pelo menos igual. Minerva cobre de uma nuvem a Ulisses para o salvar dos insolentes marujos de Esquéria; Vênus cobre de uma nuvem Eneias para sem perigo atravessar Cartago, onde, por confissão de Dido a Ilioneu, ela mesma deixa o povo ser áspero com os estrangeiros: por mais que Minerva amasse a Ulisses, não o amava tanto como Vênus a Eneias, que era seu filho; e a cautela da mãe, que opinam ser inútil, é plenamente justificada. A melhoria que alguns deparam sempre em Homero é paixão de tradutores: eu, que o sou de ambos os poetas, não tenho o amor-próprio empenhado por um deles. Muito realça a imitação o estar ouvindo Eneias do encerro nebuloso os gabos que os troianos lhe prodigalizavam: que situação! E quanto não é dramático o desfazer-se a nuvem no momento em que Dido se propunha mandá-lo procurar! Preferir sempre Homero a Virgílio presta ao crítico um ar de sapiência e recôndita erudição, e apascenta a vaidade de poder penetrar os mistérios de uma língua menos conhecida.

40. Assentava bem o nome na virtuosa *Areta*, ou porque signifique *desejada*, ou porque soa como *areté*, que significa *virtude*.

70-85. Os cães do portão de Alcino, segundo Homero, bem que de ouro, tinham voz e inteligência; mas por timidez alguns acrescentam em sua tradução um antipoético *parecem*. Era isso uma das maravilhas de Vulcano; maravilha igual à das trípodes que iam por seus pés ao congresso dos deuses, e à das moças, também de ouro, que andavam com o mestre, como se lê no livro XVIII da *Ilíada*. – Fala-se em moer os grãos: pensa-se que isto é coisa do tempo de Homero emprestada ao dos seus heróis; ou que a moedura era imperfeita, sendo o grão apenas quebrado na pedra, *frangere saxo*, como diz Virgílio; ou então que os feaces, povo navegador, possuíam maior indústria que os sócios de Eneias, que eram de Troia, menos civilizada. – O verso correspondente ao meu 85 não diz que as teias eram luzidias como azeite, à maneira de Pindemonte; nem tão bem tecidas que o azeite as não penetrava, segundo a *Clavis Homerica*: acertou M. Giguet em dizer que as teias destilavam óleo. Cá em Pisa, onde escrevo esta nota, uma camponesa grande fiandeira ensinou-me que, ao tecer, untava-se o linho com unto para o tornar menos seco e de trabalhar melhor: Homero nos memora um costume antigo, ainda hoje conservado.

96-98. *Fruta de vez* é a que, não bem madura, contudo já pode ser colhida; e também falta o verbo *melar*, que significa *escorrer a fruta o seu suco*, e aos figos aplica-se frequentemente. – Alguns põem laranjas no pomar de Alcino; mas nada vejo no texto que os justifique: as palavras *meléai aglaókarpoi* querem dizer *macieiras que dão boa fruta*, e não laranjeiras. A exatidão é de interesse histórico.

177. Folguei de poder aqui servir-me de um dos melhores versos do patriota Camões.

224-270. Digo *declinar* e não *cair o Sol*, como dizem alguns; porque, se ele já estivesse no ocaso, Ulisses não tivera tempo de ver as moças a jogar, de lhes falar e suplicar, de banhar-se no rio, ungir-se e vestir-se, de comer e beber, antes que Nausica partisse para a cidade. – No verso 245, vê-se que Alcino ofereceu a filha extemporaneamente: por mais que se esforcem os críticos em desculpar o poeta, confesso que não gosto do oferecimento. – Homero não afirma que a Eubeia é a mais longínqua *das terras*, como afirmam não poucas versões; apenas a denomina a ilha mais afastada *da Esquéria*, e o que se segue mais comprova esta opinião. – Quanto ao último verso, tenho como razoável o que diz Rochefort, contra o *parecer de muitos*, isto é, que dormia Areta, não ao pé, sim no mesmo leito do marido.

NOTAS AO LIVRO VIII

71-78. Homero não diz, como alguns tradutores, que só a toada agradava aos ouvintes; a letra, sobretudo, é que entristecia a Ulisses. O verbo *enamorar*, Constâncio o dá por antiquado e Gonzaga, autor que nunca sai da linguagem do tempo de Garção e Denis, traz *enamorar*, no translato, em que é comumente empregado de preferência a *namorar*. E este último tem menos nobreza no sentido próprio; diz-se, por exemplo, *a moça namora a todos*, e não *enamora a todos*; além de que, a primeira oração mostra sempre que é a moça que procura agradar, quando a segunda pode mostrar que ela é a todos agradável sem buscar sê-lo. – Homero, parece-me, distingue o *saltar* do *dançar*: nos jogos públicos, houve exercício de luta, carreira, pugilato e salto; a dança propriamente dita foi ao depois que mandaram vir a lira de Demôdoco, e mereceu louvor especial de Ulisses.

106-115. O verso 106 é de Camões, canto VI, na fala de Veloso. O meu verso 115 diz que o navio estava em nado, ou que tinha sido lançado ao mar: não sei por que Pindemonte usa de *varar*, que é o contrário do texto.

121-126. A insolência de Euríalo tem dobrado merecimento: primeiro, serve para preparar a quase declaração de Ulisses e mover o desejo de lhe ouvirem as aventuras; segundo, faz aparecer a disposição da chusma não favorável aos estrangeiros. Ainda que Euríalo pertencia aos grandes, o que representa a preocupação popular contra os vindiços; porque esta preocupação, quando geral, até penetra nas classes elevadas; e em todos os tempos houve na aristocracia quem, ao menos na aparência, adotasse a opinião da maior parte.

359. *Albidente* é de óbvio sentido: Pindemonte, para o italiano, compôs o adjetivo *dentibianco* neste mesmo lugar.

392-395. Dá Homero a primazia a Ulisses, pondo Menelau como seu ajudante, para assim realçar a valentia do seu herói, e para que a este mais comovesse Demôdoco. M. Giguet, aliás fiel em quase tudo, verteu: *la victoire que leur assura Pallas*. Mas Homero, como que de propósito, mete Menelau na sombra, deixando brilhar a figura de Ulisses, e usando sempre do singular; o plural *leur* diminui a delicadeza do poeta.

NOTAS AO LIVRO IX

15-34. O reconhecimento parece tardio, crê-se à primeira vista que devera ser muito antes; mas note-se que Homero, no livro VII, como para escapar à objeção, faz Ulisses dizer a Areta que não pode *já* narrar todas as aventuras e só responderia às últimas perguntas: assim, respeitou Alcino o seu silêncio, até vir a ocasião de saber-se aonde a nau devia conduzi-lo. Esta demora, adaptada à marcha dramática do poema, tenho-a por um belo artifício. – *Same* é o mais antigo nome de Samos; *Ismara* é cidade, assim lhe chama Virgílio, sem confundi-la com o monte, que também se diz *Ismara*. – Ulisses, depois de saquear os Cicones, que justamente o escarmentaram, gaba-se da boa repartição da presa: entre os mesmos salteadores há uma espécie de equidade, para se poderem manter.

343-361. Esta passagem tem sido censurada por inverossímil: a saída dos companheiros, cada um no animal do meio e conduzido pelos dois dos lados, compreende-se melhor; mas a de Ulisses num só carneiro, posto que o maior do rebanho, é difícil de conceber, sem embargo das diferentes explicações. Como porém o gigante estava cego e Minerva protegia a Ulisses, pode supor-se que, por influxo divino, afagou Polifemo o tal carneiro só em partes onde não se sentisse o engano. – O adjetivo *cru*, do verso 355, onde o gigante se queixa de o terem cegado, quando acabava de comer seis homens, não admira na boca de um monstro brutal; nós outros somos propensos a ter por injusto o mal que nos fazem e a achar pequeno o que aos outros fazemos: a modo que Homero quis representar um dos achaques da humanidade.

NOTAS AO LIVRO X

64. A interpretação explica *Telépylon* por *distantes portas*. Rochefort, Pindemonte e outros são deste parecer; mas eu, com M. Giguet, tomo *Telépyla* por uma cidade do rei Lamos sita na Lestrigônia, viesse embora o nome da posição das suas portas.

107. O irmão de Circe é em latim *Æetes* ou *Æeta*, ou simplesmente *Æta*; mas o nosso Antônio José, na sua ópera *Encantos de Medeia*, chama-lhe *Etas:* estando já o nome consagrado em português por tão engenhoso poeta, não fiz mais que segui-lo.

174-175. *Dápedon* é o pavimento: alguns o tomaram por *muros*, alguns pela *casa toda*; eu creio que se deve conservar a palavra *pavimento*. Ainda hoje dizemos que o sobrado parece cair com o estrépito, e na verdade figura-se à imaginação que é o pavimento que vai desabar.

232. Usa Homero de *orýssein*, em latim *effossu* porque a erva móly estava metida na terra, como o gengibre ou o *mendobim* (que os afetados e até Morais, contra o uso comum e que nos veio de África, chamam *amendoim*, para camparem de reinóis), e como outras muitas plantas: *cavar* melhor exprime a coisa do que *arrancar*, porque mostra que o fruto não se via de fora. Alguns fazem que Mercúrio ofereça a Ulisses a planta, que ele já tinha *arrancado*; mas diz o texto que foi *cavada ali mesmo*, depois do oferecimento.

264-265. Diz Homero que aos pés das cadeiras ou poltronas, cobertas de belos tapetes, havia tecidos de alvo linho: M. Giguet, à francesa e à moderna, põe os tecidos por cima da púrpura dos assentos, como para servirem de capas; não advertiu que em dia de festa e ostentação (tal era o em que Circe recebeu a Ulisses) tiram-se as capas e descobre-se a riqueza da tapeçaria. Ao presente, *v.g.* no Peru, consta-me que nos bailes estendem-se por cima das alcatifas ricos e alvíssimos tecidos.

410. *Pharos*, em latim *stola*, era das deusas e das matronas; ao depois a adotaram os sacerdotes; mas entre os cristãos restringiu-se a palavra *estola* a significar uma tira de

seda, larga para as pontas, que se veste por cima da alva e por baixo da casula. Uso de *estola* no sentido primitivo, porque não temos um termo especial, e desagradam-me tais generalidades. Pindemonte empregou o termo *gonna*: mas ignoro se ele compreende a *estola* inteira, saia e corpo, ou somente a saia – neste último caso, falta-lhe a força do grego e do latim.

NOTAS AO LIVRO XI

10-16. Questionam os eruditos se os *Cimérios* ficavam na Quersoneso Táurica, ou junto a Nápoles, ou fora das colunas de Hércules. Fundam-se os da última opinião na palavra *Oceano*, de que usa o poeta; mas, em grego e latim, *Oceano* tomava-se pelo mar todo e qualquer, e mesmo por um golfo, e só este argumento parece que não conclui. Rochefort trabalha por mostrar que os *Cimérios* de Homero são na Quersoneso Táurica, e cita os principais que até seu tempo trataram da questão. Sou mais da segunda opinião, confessando contudo que é matéria duvidosa, e o sou: 1º) porque sempre foi este o parecer dos antigos de maior nota; 2º) porque o adotou Virgílio, autoridade para mim de toda a exceção; e enfim, pelos argumentos que vêm na *Lettre à M. Victor Langlois par Ch. Em. Ruelle*, publicada em Paris em 1859, à qual pode recorrer o leitor curioso, pois citá-los todos faria não pequeno volume.

298. *Levar em gosto*, boa e usada locução, vem em Morais, mas falta em Constâncio: é de óbvio sentido, e da conversação ordinária.

402-403. Não é líquido quem fossem os ceteus comandados por Eurípilo: pensam uns que eram simples mercenários; outros, certos povos da Míria; outros, da Eleia, por causa do rio Ceteu, que é dessa parte da Grécia; outros enfim, de Pérgamo. Há também dúvida quanto às palavras *gynaíon hêineka dóron*: uns dizem que Príamo fez presentes à mulher e à mãe de Eurípilo a fim de que este o ajudasse; outros, que lhe prometeu uma das filhas para atraí-lo. Pindemonte é do segundo parecer; eu sou do primeiro, porque o plural *gunaion* indica antes que Homero se refere às dádivas, que a só filha de Príamo. M. Giguet verteu à letra, *à cause des présents des femmes*; o que não levo a mal, posto que assim torne-se escura a passagem, pois a escuridade vem do próprio autor e não do seu tradutor.

438-441. Apesar de Mme. Dacier e dos mais tradutores, este encontro não é tão belo como o de Eneias com Dido. "A inflexibilidade de Ajax", diz Rochefort, "é verdadeiramente sublime; a cena patética dos dois heróis perde muito com dois atores como Eneias e a sua amante, sobretudo ao voar Dido aos braços de um marido de quem se esquecera". Deslembrou-se o crítico de que os fundadores de Roma e de Cartago, na hipótese de Virgílio, eram também dois heróis e dois heróis muito úteis; e a circunstância de amantes acrescenta o interesse dramático. Rochefort devera ser mais

ciumento que um turco, pois não admitia que uma viúva, depois de vingar o seu primeiro esposo, passados tantos anos, quisesse casar de novo para ter um defensor e aumentar a sua colônia. Siqueu não tinha sido atraiçoado, e justo era que perdoasse um erro onde a sua honra não fora comprometida; o perdão de Siqueu e o amor de Dido para com o marido que a não tinha manchado (assim opino eu em nota à Eneida) causam grande comoção. O meu bom camarada Garret, no seu *Frei Luís de Sousa*, um dos primores do nosso teatro, melhor conheceu, conheceu como Virgílio, a delicadeza de um grande coração, quando fez que o primeiro marido de D. Madalena, sabendo-a casada com um cavaleiro generoso, em vez de mostrar ciúme estúpido se compadecesse dos novos consortes e desaparecesse. Já toquei, em nota ao sexto livro da *Eneida*, que o silêncio de Dido sobe ao cume do sublime pela sua irrevogabilidade, exprimida com a comparação *Quam si dura silex aut siet Marpesia cautes*; e o de Ajax diminui de força pela afirmação de que ele teria falado a Ulisses, a ter este insistido. – Para mim o inferno do poeta latino é grandemente superior ao do poeta grego; mas, quanto ao mérito dos autores, é coisa diferente: Homero, como criador, está sentado na principal cadeira, e com razão tem sido representado na figura de um rio caudaloso em cuja urna cada qual dos outros vem encher a sua.

504. As *tostes*, em latim *transtra*, que Larramendi cuida vir do vasconso *tostae*, são bancos de navios de remos, e não só bancos de forçados, segundo o querem dar a entender os nossos dicionaristas.

NOTAS AO LIVRO XII

53. Não obstante haver mais razões para pensar-se que a Cila e a Caríbdis de Homero estavam onde as pôs Virgílio, esta passagem dos Argonautas de Jasão excita não pequena dúvida, e formou um dos argumentos de Rochefort. É uma questão interminável.

246. *Abrigado*, que Bernardes e outros substantivaram, neste sentido não vem nos dicionários.

302-309. *Amphotérous* muitos vertem por *dois*, dizendo que ambos os cabos do mastro foram quebrados: eu cuido que a palavra quer dizer *de uma e outra parte*; porque o mastro não seguram sós dois cabos, seguram vários de uma e outra parte, a que os nossos marítimos chamam *ovéns*: Rochefort aqui foi exato. – *Alcatrazes* são os corvos marinhos, e destes é que fala Homero.

320-324. Neste lugar, prefiro Pindemonte a M. Giguet. Eis aqui a interpretação deste: "*Je saisis les branches du figuier et je m'y tiens suspendu comme un oiseau de nuit, sans pouvoir affermir mes pieds ni monter jusqu'au tronc de l'arbre; car je suis loin des racines, et je ne tiens que l'extrémité des longs et grands rameaux qui couvrent le gouffre*

de leur ombrage". Ora, a estar Ulisses agarrado aos ramos, podia ir-se alando por eles adiante e chegar ao tronco; mas a sua posição era mais perigosa: estava agarrado ao mesmo tronco, sem poder alcançar os altos ramos nem as baixas raízes, e então aferrava-se como se fosse um morcego, e a comparação torna-se da maior justeza. Esta posição era própria e azada para deitar-se no destroço do navio sem tanto perigo; e, se se deitasse da altura dos ramos de uma grande árvore, far-se-ia em pedaços. O texto é imperioso.

NOTAS AO LIVRO XIII

35-36. Interpretam este lugar assim: "Os deuses vos ornem de todas as virtudes e vos livrem das calamidades públicas". O pensamento é mais digno da sabedoria de Ulisses; com o texto à vista, parece-me que se dá um conselho aos reis dos feaces: por boca do herói, o poeta reconhece que o mal público vem da falta de virtudes nos grandes, ou que os maus governos é que excitam as revoluções, para falarmos a linguagem moderna.

86-87. Na opinião de Aristóteles, seria esta inverossimilhança intolerável, se as belezas do estilo não fizessem esquecer a pequenez da invenção. Sem embargo da sentença do oráculo da Antiguidade, faria algumas observações a favor do poeta. A inverossimilhança consiste em desembarcarem a Ulisses dormindo sem que ele despertasse. Advirta-se porém que, depois de quebrar-se o navio onde longamente padeceu, depois de nadar quase três dias com o auxílio da cintura de Leucoteia, depois de escalavrar as mãos nos rochedos, ainda não tinha assaz reparado as forças perdidas: o sono mais salutar foi o que dormiu no bosque antes de lhe aparecer Nausica; porquanto na cidade, onde esteve dois dias, pouco descansou, levando quase todo o tempo a narrar suas aventuras, o que por certo não lhe diminuía o cansaço. Necessariamente, ao chegar ao navio dos feaces, devera cair em profunda modorra. Tenho visto mudarem-se muitos adormecidos, principalmente meninos, sem darem por si; e o que a idade faz nos meninos, podia fazer em Ulisses a extraordinária fadiga. Se Aristóteles tivesse passado por iguais trabalhos, talvez não teria despertado nem cochilado.

295. Homero, para exaltar o herói, diz acima que a deusa da sabedoria com Ulisses consultou; mas este, por veneração para com Minerva, nunca se mete a par, antes pede-lhe sempre o seu parecer e proteção. M. Giguet verteu: *Voyons comment* nous punirons *ces audacieux*. O que era permitido a Homero por exageração poética, isto é, pôr o mortal conjuntamente a deliberar com a deusa, não era permitido a Ulisses, que nunca ali falou no dual nem no plural; e a imodéstia ou atrevimento, que se lhe empresta, é em contradição com as habituais cautelas do astuto.

317-340. Constâncio dá por antiquado o verbo *andar-se* e manda ver *andar*; foi um descuido: ele mesmo diz com acerto que *se* com os verbos absolutos indica espontaneidade; portanto, *andar* não é o mesmo que *andar-se*, do uso de clássicos nossos. – No último verso, omiti que Minerva partiu para chamar a Telêmaco, e digo só que partiu para Esparta, porque pouco atrás ela afirmou que a sua ida era para chamá-lo. Estas supressões, que me permito quando não ofendem a clareza, tendem a tornar concisa a minha tradução, e o estilo asiático de Homero a isto se presta sem inconveniente; supressões que não se podem fazer em Lucrécio, Virgílio, Horácio, Pérsio, Dante, nem em Sá de Miranda e Ferreira, e em poucos outros poetas que só dizem o bastante, e onde cada palavra oferece uma nova ideia. O leitor que, neste e em muitos lugares, me julgar em falta, não decida sem consultar os antecedentes ou subsequentes.

NOTAS AO LIVRO XIV

21-57. *Vara de porcos* não vem em Constâncio, posto que venha em Morais, e que Lobo, na *Corte na aldeia*, diga ser o mais próprio para significar a reunião destes animais. – Eumeu, com a pressa de ir buscar sustento para o hóspede, aperta mal o cinto. M. Giguet diz: *Eumée relève sa tunique, qu'il passe dans sa ceinture*. Diz Pindemonte: *La tunica si strinse col cinto, et alle stalle in freta mosse.* Nem um nem outro, parece-me, exprimiu o pensamento: o essencial e o belo é ter o pastor, com o afogo de servir o seu hóspede, atacado mal o cinto, para não perder tempo. Esta passagem assim entendida, como é forçoso que o seja à vista do texto, foi louvada por Chateaubriand.

182-186. É antiquíssimo o costume de não se atender ao modo por que se ganhou a fortuna: fosse por furtos, vexações, pirataria, pouco importa; há dinheiro, e basta. Não raramente, as condecorações e os títulos vêm dourar o baixo metal de que se compõem certas riquezas; e no futuro os descendentes honrar-se-ão do negro tronco donde procedem.

237. *Alagar-se a terra* é frase marítima, assim como *arrasar-se*, para exprimir que ela com o andar do navio tem desaparecido.

409-416. *Gabinarda*, ou *gabinardo*, como dizem Filinto e outros, é *um grande capote de mangas*; vem em Morais e não em Constâncio. Quanto a *albornoz*, *capa aguadeira de capuz*, eu assim o pronuncio pelas razões do mesmo Constâncio, e não *albernoz*, como escrevem com Filinto alguns autores.

NOTAS AO LIVRO XV

107. *Comensal* e *convidado* são os termos que correspondem ao que os Franceses dizem *convive*. Este último, de origem latina, tem sido modernamente adotado, e era

no meu tempo do uso de Coimbra: eu dele me tenho servido em várias ocasiões por ter menos sílabas e se acomodar melhor ao verso.

246. A palavra *corja* é baixa, como o é *omilos*, do grego; mas está posta na boca de um porqueiro. Por esta ocasião, direi que admiro a maneira por que Homero, neste livro e no antecedente, exalta o pobre Eumeu, descrevendo as suas nobilíssimas qualidades. Os principalmente da escola do século de Luís XIV, *v.g.* Laharpe, que todavia não era um grande fidalgo, não admitiam um humilde figurando nos dramas sérios ou nas tragédias: nestas, lhes eram precisos reis, imperadores, sumos-sacerdotes, generais, duques (os marqueses por má sorte foram degradados para as comédias), condes, barões ou pelo menos cavalheiros e ainda os capitães da guarda real. Assim, Laharpe, louvando no *Pai de família* de Diderot o caráter cômico do marechal, diz positivamente que não lhe agradam tragédias caseiras, consagrando a regra arbitrária de Aristóteles; como se o sublime e o patético só pudessem vir das elevadas condições sociais, como se todas as dores humanas não comovessem os corações. O dramático de Inglaterra, os nossos bons contemporâneos, razoavelmente se desataram de tais preceitos; muitos porém cuidam que todos os antigos eram desta errônea opinião: basta lermos Homero para nos capacitarmos do contrário. O sublime vem da alma, as virtudes e os generosos conceitos são de todas as classes; e até parece que, se uma família por causa do *lustre do sangue* não se retempera no popular, acaba às vezes por ficar estúpida e insensível, e, por consequência, incapaz de grandes pensamentos. Eu conheço uma onde, casando sempre entre si os parentes, abundam mentecaptos; conheço outra que, pela mesma razão, tem tomado um tipo e figura particular, e está bem longe de poder servir de modelo a pintores e escultores. Perdoem-me a digressão.

283-285. Os tradutores, em geral de países onde felizmente não há escravos, conceberam mal esta passagem: Homero não diz que eles comessem à mesa da senhora, sim em presença da senhora; se comiam na mesma sala, era em mesa separada. No Maranhão, quando se jantava sem hóspedes, os crioulinhos (os meninos escravos nascidos em casa) estavam de roda; e os senhores, sobretudo os outros meninos, repartiam com eles do melhor, para que exclusivamente não comessem do sustento mais grosseiro dos escravos maiores. Eu em pequeno tinha um chamado Genésio a quem, por anterior promessa, deixava no prato uma porção de doce ou de outra iguaria escolhida para o que me serviam abundantemente. Em todas as famílias o mesmo acontecia, e consta-me que ainda acontece: isto prova que, apesar das preocupações, a natureza reluta e pugna pela fraternidade dos homens todos; e no coração dos meninos, mais singelo e menos orgulhoso, é que se levanta e brada com mais força. A ilustríssima e patriótica autora do *Rancho do tio Tomé*, acima do mesmo Bernardin de Saint-Pierre, descreve algumas das cenas entre senhores e escravos com verdade e exatidão; e vários Europeus a têm por exagerada por ignorarem os costumes e usos de que trata no seu livro admirável. A escravidão no tempo de Homero, menos dura que em Roma, se assemelhava mais à do nosso Brasil; contudo, na mesma de Roma havia coisas inteiramente conformes às nossas, como bem reflete o major Taunay, douto e porventura o mais recomendável tradutor das obras de Terêncio em francês, o qual tem vivido no Brasil muitíssimos anos; vivenda que, a meu ver, o habilitou para melhor entrar nos segredos e primores do elegante e sábio liberto Africano.

301. Homero não pôs errado Siros ao poente da Ortígia, que na verdade fica ao nascente; mas fala do quadrante solar, que havia na mesma ilha, ao depois renovado por Ferecides, filósofo ali nascido, que na sua escola de Samos teve por discípulo a Pitágoras.

395. *Circo*, do latim e do grego, chama-se também em português uma espécie de açor que, segundo o léxicon do padre mestre Pinho Cabral, é coxo de um pé: em francês carece de nome, ou pelo menos foi desconhecido a Noel, que o define *sorte d'oiseau de proie*, e noutro lugar o confunde com o gavião: e os nossos dicionários, à exceção do citado, não o mencionam.

NOTAS AO LIVRO XVI

33-65. Diz Pindemonte ser de mármore a soleira da choupana de Eumeu; é sobeja riqueza para a casa de um porqueiro: Homero só diz que era de pedra. – A passagem vertida no meu verso 65 faz conjeturar que certos escravos em Ítaca tinham alguma coisa de seu, que nem tudo pertencia exclusivamente aos senhores; pois, a ser tudo dos senhores, Telêmaco não dissera que ia mandar a Eumeu com que sustentar o mendigo, para este não lhe ser pesado. Nas fazendas do Brasil, os senhores permitem aos escravos cultivar para si um pequeno terreno, ou também criar seus porcos e galinhas etc., e tais produtos são inteiramente dos escravos; para o que há um dia da semana em que eles trabalham no dito terreno, e se lhes dá o tempo necessário ao trato dos seus animais: os econômicos e ativos não raramente adquirem dinheiro e com ele conseguem a sua alforria. Parecia que havia quer que seja de semelhante, ao menos em alguns lugares da Grécia.

85. *Anèmustõ epi ergõ*, M. Giguet traduz assim: *pour une entreprise qui ne s'accomplira pas*. Este modo de falar indicaria em Ulisses uma confiança no futuro, não própria da sua habitual cautela. Sou com Pindemonte, que interpreta: *indarno e senza fine o frutto*.

89-91. Rochefort, louvando este lugar, afirma que a repetição de *mounon*, que significa *só*, *ne saurait guère passer dans une traduction*. E não se limita à sua língua, decide logo de todas, como se ele as tivesse examinado: é defeito de não poucos tradutores franceses, quando não acertam com frase que bem traslade o original, afirmar que nenhuma outra língua o pode conseguir. Ora, se Homero não oferecesse outras dificuldades, a que nota Rochefort não embaraçara nem embaraçaria a tradutor nenhum: Pindemonte verteu a repetição do *mounon*, eu também o fiz; e qualquer francês, querendo, o pode fazer, pois que a sua língua a isto se presta otimamente.

136. Desta passagem vê-se que Ulisses era trigueiro e de barba negra: o adjetivo *melancroiès* refere-se à tez; *kuáneai* refere-se à barba, que, se é negra e feita, azul parece. Em um dos livros antecedentes, se diz que Ulisses tinha os cabelos da cabeça louros, o que não é contradição, pois há muitos homens de barba negra e de coma alourada ou mesmo loura. Combinado porém tudo que vem neste poema, antes se deve pensar que Ulisses tinha os cabelos da cabeça da cor dos que dizemos castanhos.

167-169. Belíssima comparação: os dois heróis a chorar, principalmente Ulisses, a quem o poeta chama tantas vezes o *destruidor de cidades*, eram como águias ou abutres a grasnar pelos filhos perdidos. Por esta ocasião, Rochefort lembra a imitação de Virgílio na Geórgica, principiada por aquele verso nunca excedido: *Qualis populea moerens Philomela sub umbra*. Acrescenta porém: "*Je ne pense pas, comme Pope, que Virgile ait judicieusement substitué le rossignol à l'aigle. Le rossignol, que chante toujours au commencement du printemps, ne forme pas de sons plus touchants lorsqu'on lui a enlevé ses petits, que lorsqu'on a respecté son nid; au lieu que l'aigle, ou l'autour, passait, réellement, chez les Anciens, pour déplorer amèrement la perte de ses petits lorsqu'on les lui enlevait; et c'etait peut-être pour cette raison que dans les hiéroglyphes Egyptiens, l'autour représentait la douleur. Ainsi, il y a ici dans Virgile une faute contre l'imitation exacte de la Nature, et en voulant embellir Homère, il s'est écarté de la verité*". Antes de combater esta opinião, direi que Rochefort sem dúvida era habilíssimo em distinguir os diferentes sons das aves, e que, a ter vivido na Antiguidade, fora talvez um excelente adivinho. Donde tirou ele que o rouxinol, cujo canto é variadíssimo, não tenha sons mais ternos e maviosos para carpir os filhinhos perdidos? Em que observações funda a sua sentença? Não há naturalista que tal assevere: ao contrário, não é de crer-se que o rouxinol seja uma exceção, quando os animais, ao menos os que têm sido observados, usam de sons diversos em diversas ocasiões. Já Lucrécio o havia notado a respeito dos cães; e é indubitável que o naturalista Virgílio, com pleno conhecimento da matéria, adotou a mudança. Homero com razão compara o prantear dos heróis aos gemidos da águia e do abutre; mas o latino judiciosamente, como o notou o poeta inglês, serviu-se do rouxinol. E por quê? Porque Orfeu, que era um suave cantor e não um guerreiro, com mais propriedade é comparável em seus queixumes à ave mais conhecida pela doçura da sua voz. Podia Virgílio, sem incorrer em censura, servir-se de outra ave canora, mas escolheu o rouxinol para exaltar a música de Orfeu e a ternura dos seus gemidos. – Fora melhor que Rochefort se contentasse de ser um dos péssimos tradutores de Homero, e fugisse de criticar miúdas vezes, do que ele mesmo se gaba, as imitações em que o poeta do bom gosto, por consenso dos imparciais, não raramente excede a seu grande mestre.

211. Pensam muitos que Ulisses diz que Telêmaco dissimule, ainda que seu pai seja arrastado pelos pés fora da sala; isto supõe que, para o enxotarem, o derribariam e o puxariam pelos pés; o natural porém, quando se quer fazer outrem sair de uma casa, é levá-lo a empurrões, ou a pontapés, se a violência é maior. Eu não me contentava com o sentido que se tem dado às palavras de Homero; e havendo em Pisa, na mesma casa que habitei, um estudante grego instruído na sua língua tanto moderna como antiga, pedi-lhe que me traduzisse literalmente a passagem do poeta, sem declarar qual fosse a minha opinião: com prazer o ouvi traduzir que Telêmaco dissimulasse, ainda que Ulisses fosse levado a pontapés; e o moço acrescentou que parecia-lhe impossível outra interpretação. Ora, não obstante ser eu contrário aos que opinam que a pronúncia do grego moderno seja em tudo conforme à do antigo, estou convencido de que bem conhecer o moderno é grande vantagem para conhecer o antigo; sendo, como é certo, que as modificações e alterações são muito menos consideráveis que as dos idiomas de origem latina em confrontação com a língua mãe.

224-225. A meu ver, diz Ulisses ao filho que deixe dois escudos *maneiros*; porque uma sala, por maior que fosse, era estreita para um combate, e nela mais convinham escudos não muito grandes, para melhor se manejarem. As espadas eram também curtas, *phásgana*; sós as lanças eram das ordinárias, *dourè*.

277. *Ocaso* adjetivo, por *cadente*, se é latinismo, já o foi de Francisco Manuel nos *Mártires*, na descrição do Paraíso.

NOTAS AO LIVRO XVII

22-67. Nas obras de Homero nem sempre *trono* é a cadeira do rei; é as mais das vezes uma poltrona mais ou menos ornada. – Fala aqui, bem como em inumeráveis lugares, de bacia e jarro para se lavarem as mãos: a minha versão é mais resumida, não só para poupar ao leitor enfadonhas repetições, mas porque não falta quem afirme que esta passagem é uma interpolação, e alguns tradutores a suprimiram; ao que não me atrevi, posto que a este respeito ache a crítica não sem fundamento.

124. Confessa Rochefort que *deipnon* significa *o jantar*, ou *a comida principal do dia*, mas o traduz por *festim*; porque, diz ele, *"si au lieu de festin, il y avait diner, qui est le terme propre, le vers deviendrait du genre comique, et ne serait plus du style de l'originel, qui n'a rien de bas ni de plaisant"* (!) Para mim, *jantar* não é termo baixo, quando bem empregado; e o lugar é jocoso, pois o arauto Médon, admitido à mesa

dos procos, tinha com eles bastante confiança para gracejar e dizer que um bom jantar vinha muito a propósito.

155-170. Tudo isto é evidentemente cômico; e muito louvo a diferença de estilo nas cenas várias deste poema, cujo entrecho e andamento não é menos admirável que o da *Ilíada*. Esforçaram-se tradutores por nobilitar à sua maneira esta passagem, crendo fazer a Homero um serviço; pois eles têm para si que tudo numa epopeia deve ser sublime, ou elevado: o cego de Esmirna pensava de outro modo.

180. Creio, com M. Giguet e outros, que não há neste lugar sentença, ou epifonema: a palavra *nomees* decide a questão.

218-240. Ainda hoje, na Suíça por exemplo, ajunta-se o estrume encostado às casas de campo; e quem pensa que dentro são elas imundas, muito se engana, porque ali a maior parte são limpas e asseadas. – No verso 237-238, não se trata de súditos e de reis, como julgam não poucos, sim de senhores e escravos. É sabido que estes nada fazem quando não são instigados: natural defeito a quem trabalha só para outros, sabendo que, por mais que faça, ficará sempre no viltamento; conta como um ganho o furtar-se ao trabalho.

246-257. Os que amodernam Homero, distinguem o copeiro do cozinheiro; mas ele nunca fala de copeiro: é sempre uma mulher quem trata ou da copa ou da despensa, e o cozinheiro mesmo estava na sala e servia de trinchante. Ainda hoje, nas Índias Orientais, o cozinheiro é recebido com certas honras, e aparece no fim dos banquetes para colher os aplausos dos convidados. – Os dicionários só trazem *esmolar* por *dar esmolas*, posto que também signifique *pedir esmolas*; o que se vê do seguinte verso dos *Mártires* de Filinto: *Eles que aos pés dos grandes o ouro esmolam.*

345. No Maranhão, na minha meninice ainda se dizia que a ninguém se deve negar água, sal e fogo; mas por *fogo* não entendiam o combustível, porém somente o lume necessário para acender a candeia do vizinho, pois nesse tempo não era geral o uso das mechas. Isto nos veio de Portugal, segundo se colhe de Tolentino e de Ferreira na sua comédia do Cioso.

414. O espirrar, entre os antigos, era um sinal próspero; ao depois, foi de mau agouro. Não quis Rochefort traduzir esta passagem, e sacrificou o dever de representar uma preocupação de que fala o autor, à suposta nobreza de estilo, que tanto o amofinava.

NOTAS AO LIVRO XVIII

5-10. *Iros* em grego é *o que faz recados. Piscar os olhos* diz o original; frase do estilo cômico, adequada às pessoas e às circunstâncias.

67-70. Tanto na antiguidade como hoje em dia, uma grande ameaça é a de venderem o escravo a indivíduos ou famílias de reconhecido rigor e dureza.

76-93. Um murro debaixo da orelha e ao pescoço, sendo em uma das extremidades dos queixos, não podia fazer saltar os dentes; e com razão o intérprete latino diz que não lhe esmigalhou os ossos, e só lhe fez uma forte lesão: alguns porém opinam erradamente em sentido contrário. – O verso 93 fala em *presságio*, porque julgava-se de feliz anúncio a felicitação do inimigo, como eram os procos de Ulisses, a quem disfarçado não conheciam.

200. Pensam tradutores que Penélope deseja a vinda do marido para governar-lhe os bens; mas o pensamento da rainha é o de uma honrada mulher, que de bom grado se quer submeter à autoridade marital; e esta submissão devera causar grande prazer a Ulisses, que ali se achava encoberto. Este mesmo pensamento, exprimido com os toques maviosos de Voltaire, enternece muitíssimo na sua *Zaira,* obra-prima, que os beatos buscam rebaixar, mas que o não pode ser por quantos conventos, capítulos ou confrarias existem sobre a terra.

268-269. Busquei tornar este lugar o mais cômico, por ser tal a intenção de Homero: autorizado pelos antecedentes, verto eu que a lisa calva de Ulisses era uma lanterna que alumiava a sala; assim, aclarei a ideia do autor.

294-296. Estes versos são os mesmos que proferiu Melântia pouco atrás; mas, sendo ela amásia de Eurímaco, este, que a tinha ouvido minutos antes, não é fora do natural que repetisse as mesmas expressões ao declarar o mesmo pensamento; pois devera prestar muitíssima atenção à disputa havida entre a serva e o falso mendigo.

298. Opinei que em Homero não há copeiro ou despenseiro, porque este ofício é exercido por mulher. Note-se porém que o escanção, ou o que ministra o vinho e enche os copos, era homem.

NOTAS AO LIVRO XIX

94-98. Não me atrevo a suprimir esta passagem, que vem nas diferentes edições, não obstante pensar com Rochefort que há interpolação. Com efeito, falando o falso mendigo só da glória da rainha, parece-me inconveniente que ela de mão fale da sua própria formosura. Estes versos vêm mais a propósito no livro antecedente, como diz o mesmo Rochefort.

134. Homero dá sempre a Creta cem cidades, menos aqui, onde só lhe dá noventa. Os críticos dizem que o redondo número de cem é para encarecer; outros cuidam que, tendo sido cem, Idomeneu destruiu dez numa sedição.

166. A *Clavis Homerica* de muitos seguida, acha ótima a comparação com o ferro ou com o *corno* por causa da sua natural secura; mas Rochefort, sempre fiel ao seu sistema, achando *corno* matéria indigna de uma epopeia, o substituiu por *marfim*.

309-312. O nome *Ulisses*, ou *Odisseus*, vem do verbo *odýssō irar-se*. Querem muitos que a história da ferida, a qual vai seguindo, seja uma interpolação. Pode ser que haja acrescentamentos; porém Homero, em ambos os seus poemas, não perde ocasião de contar-nos sucessos ainda mais longos, e estes, interessantes como pertencentes ao seu herói, é provável que os não quisesse omitir.

439. *Olho* chama-se o buraco por onde se introduz o cabo do machado e de outros instrumentos.

NOTAS AO LIVRO XX

120-156. Como é antiquíssimo o borrifar as casas para as varrer! Assim o fazem na Itália aos pavimentos de tijolos, gerais ainda nas maiores cidades; assim o fazem no Brasil, onde o uso desses pavimentos é muito menor. – *Frasca* é o que os afrancesados chamam *bateria de cozinha*. – Os mesmos senhores é que rachavam a lenha, por ser a festa solene de Apolo: é o que diz o original, apesar dos que traduzem que os servos dos procos é que o faziam. – *Enovelar* ou *dobrar* o fio dos infortúnios é o que propriamente exprime o verbo grego.

313-315. Os pretendentes acabavam de jantar e iam já preparando outro repasto; o autor acrescenta que ceia menos agradável lhes tinham de preparar Minerva e Ulisses. Pindemonte seguia passo a passo a Homero; mas M. Giguet, omitindo a circunstância da ceia, diz: *Mais bientôt une déesse et un invencible héros vont dissiper leur joie par des exploits terribles.* Esta última versão está longe de ser fiel, nem tem a energia do original.

NOTAS AO LIVRO XXI

83. O autor chama negro o Epiro; e eu conservo o adjetivo, sem poder contudo acertar com a razão. Uns dizem que *negro* se refere à cor do terreno e equivale a *fecundo*; pensam outros que, passando os Epirotas por ásperos e rudes entre os antigos, toma-se aqui *negro* por *tosco* ou por *quase bárbaro*; alguns afirmam que o Epiro, visto de longe, por exemplo de Corfu, apresenta uma cor sobremodo escura. Não sei escolher.

123. Resumi esta passagem, por ser a repetição dos versos 104-106 deste mesmo livro; e o advérbio *também* declara suficientemente que Liodes fez o mesmo que fizera Telêmaco.

293-307. O cabo era *biblino*, ou de *biblos*, certa espécie de *papiros*; assemelhava-se ao que hoje tem o nome de *cairo*, que é a corda ou calabre da casca externa do coco. – Daqui se vê quão antigas são as cordas de tripa de carneiro para os instrumentos músicos.

NOTAS AO LIVRO XXII

93-98. A posição desta janela e subida não se pode bem determinar; os comentadores não explicam o lugar satisfatoriamente, nem eu me lisonjeio de ter acertado.

141-145. Nesta passagem, principalmente no fim, apartei-me um pouco do sentido literal, para melhor exprimir a zombaria de Eumeu.

155. *Doesto* significa *injúria* ou *vitupério*; sem embargo de alguns diários e folhas o tomarem erradamente por *dor* ou *pesadume*.

210. Advirto que, sempre que vem o nome *Ctsipo* com duas sílabas, eu o faço de três, *Ctesipo*, como o fez Pindemonte; porque na língua portuguesa, que foge de muitas consoantes seguidas, o dissílabo seria áspero em qualquer verso.

342-354. Toda esta cena de *serralho*, como a nomeia M. Giguet, é horribilíssima; e acrescenta o horror o suplício de Melântio, sobre quem se exerce uma vingança brutal. Não é mau que Homero nos pintasse um tal quadro, para avaliarmos os costumes daqueles tempos. Contudo, se fosse Virgílio que o fizesse, quantas pragas não choveriam das bocas e penas de certos críticos modernos!

368-372. Depois da cruel carniçaria, Homero desenluta o seu ouvinte ou leitor com a ternura das servas inocentes e com o desejo de chorar que teve o senhor ao reconhecê-las; mas, não obstante a habilidade com que traça este novo quadro, o primeiro não se apaga e nos deixa uma dolorosa impressão.

NOTAS AO LIVRO XXIII

152. Os intérpretes e tradutores não viram nesta passagem um rápido movimento de ciúme, que nela parece-me existir: Ulisses, à nova de que o leito fora mudado, leito cujo segredo só ele e Penélope conheciam, pasmou de que tal houvesse acontecido; isto, sendo combinado com a tristeza que lhe causou a nova, segundo se colhe do verso 135, e com o toque da mulher no 170, torna provável a minha observação. Na dúvida, contudo, não quis aclarar a passagem mais do que o fez o autor, nem tampouco seguir interpretação contrária, como o fez M. Giguet, traduzindo *Andrõn* por *quelque artisan*: ao menos deve conservar-se o termo *varões*, que favorece a minha opinião. Este leve movimento de ciúme, em um homem tão suspeitoso, seria interessante nesta cena.

184-187. Aqui temos um milagre, operado por Minerva, igual ao de Josué: este fez parar o sol acima do horizonte para aumentar o dia; Minerva também o faz parar, mas abaixo do horizonte, para aumentar a noite. Josué, porém, é mais antigo do que Homero.

NOTAS AO LIVRO XXIV

6-17. *Cacho*, correspondente ao latim *uva* neste sentido, é o grupo em que se englobam certos animais, como as abelhas e os morcegos. – Homero chama *euróenta*, isto é, *podres* ou *hediondos*, os caminhos por onde se conduzem os mortos. – *Pedra-Branca* é o nome de certo lugar por onde passavam as almas. – *Dolente* é usado por Francisco Manuel.

247-270. Depois de tantos reconhecimentos que há na *Odisseia*, é para louvar que Homero guardasse os toques mais belos e maviosos para este reconhecimento de Laertes, que era o último, comprovando sempre a sua pasmosa fecundidade.

315. Este repasto é um almoço, não obstante *prandium* e *cœna* de que usa neste livro a interpretação latina.

342. Dizemos *rima* ou *ruma*: preferi neste verso *ruma*, para não repetir a vogal *i* que vem nele muitas vezes.

370. *Jugoso*, tirado do latim, significa *cheio de cumes ou picos.*